U0833444

湖岸记事

HU AN JI SHI

赵常丽 著

西北大学出版社

有一种叫诗心的中国力量

徐方清

一

这篇序文拖了很长一段时间。因为懒散，更因为惶恐。

作为晚辈和曾经的诗歌业余爱好者，我需要找到一个足够有说服力的理由，才有勇气写下这些，至少不会拖累赵常丽老师这部作品的文字。

最终我勉强找到了一个理由：我即便不具备写诗的能力，但可以传承“诗心”；而我的职业经历，又可能有机会将这份“诗心”传达得更远。

二

“你等着，我下午就会从西安赶回来，明天我们咸阳见。”

2015年春节刚过，赵老师在电话里的热情让我误以为，遇到了又一个媒体圈里常见的社交达人。

这是我们之间的第一次通电话。当时，我是有事相求，想拿到一些赵老师曾在报道里用过的老照片。

在咸阳日报社，我们如约见面。

雪后的阴天，四五个人在赵老师简朴的办公室里昏天暗地聊了一整个下午，我几乎忘了此番登门的目的。赵老师就像是娴熟地从自家的果园里摘果子一般，念出一些她自少女时代起写下的诗句。

我被一下子拉回二十年前读诗、写诗的校园时光，却又唏嘘过往的美好，只是已遥远依稀；可赵老师却能在过往和当下间没有任何障碍地自由穿梭，就算青春的脸庞不在，但岁月并没有在她的心里筑起隔断青春的堤坝。

此前对陕西了解不多的我，也隐约找到了此番咸阳之行所想寻求的一个答案：为什么三秦大地依然文化丰茂，依然盛产诗句和文人。

三

物质贫瘠的人生是可以丰富的，但精神荒芜的人生一定是苍白的，哪怕物质已经从贫瘠走向了富有。

道理易懂，可对于多数人来说，却是需要被裹挟进横流的物欲、经历过精神荒芜之后，才能找到人生的价值，或者永远迷失。于是，在某一个阶段，就出现了太多的人，不怎么把自己当人，却太拿自己当回事。

也正因此，在喧嚣浮躁的年月里，那种一直守着精神家园的人生是可敬的，其背后的原因更值得探寻。

赵老师的诗句和散文随笔字里行间，有一种很质朴的家国情怀。我看她写家人、家事、家乡，听她说家人和乡闻，也和她的家人有过一些接触。我接收到的信息多是关于那种淡泊、向善、包容且坚定的小日子，但养分很足，让我能感受到一种力量的注入，不是那种一下子让人振奋的，而是缓缓绵绵地传递过来，让你即便心情不畅也能舒展开来，还不让人产生不适感。

其实，家国情怀一点都不宏大。一个个有趣、有益的人，一家家积极、有养分的小日子，再一代代传承下去，并辐射开来，就会构成一个大时代，就会成就一个伟大的民族、伟大的祖国。

四

更多的人应该如我这般，走着走着，就和“诗心”渐行渐远，藕断且丝不再连。

这让从事国际传播工作的我颇感忧虑。我们有太多可以向世界炫耀的美好事物，但能够让国际友人产生内心共鸣的内容却少之又少。

在遇到赵老师的大约一年前，也是在冬天，我随当时的美国国务院常务副国务卿托尼·布林肯从北京到天津访问。

在途中的采访中，我和喜欢电影的他聊到了张艺谋。虽然是几十年前看的电影，但他还能大致不差地回忆起《红高粱》和《秋菊打官司》的故事脉络。

我问他：如果不是因为工作关系常来中国，只是看了几部张艺谋的电影，是否到今天还依然认为，中国就是那种四处黄沙漫天、民风粗犷的落后样子？

他有些诧异我会问这样的问题，顿了顿之后，给出一个很肯定的回答：不会。

他的理由是，电影不是媒体报道，也不是纪录片，但这些电影有助于他了解中国文化和中国人的思维方式。

当我们误以为他人会看到落后和愚昧时，他人看到的却是美：画面的美感，思维的美感，文化的美感。

五

真实、真诚，往往就是最具美感的，也最有力量。不论是在人际交往中，还是在国际交往中；不论是以呈现真相为使命的媒体报道，还是以展现思考和文化为目的的文艺作品。可我们的媒体传播和艺术呈现，已经形成了一种惯性，喜欢将华丽和光鲜高调展露，而将残缺和丑陋深藏、掩饰。

所谓各花入各眼，美和丑、圆满和残缺，都是相对的。你自以为是的美和圆满，可能放到他人的眼里，未必那么美那么圆满；反之，那些真实的丑和残缺，换一个视角看，却可能是另外一种美和圆满。

最不可取的是不真实和不真诚，因为如果美和圆满不是由表及里，那么一旦华美的外衣被揭去，幻想破灭之后，人们一时的相信，就可能变成永久的不信任。

我特别喜欢赵老师的文字里，以及她的人生中散发出来的一种美好，能让人不假思索地信任，并会一直信任下去。

这就是真实和真诚的力量，这种美好大概只能源于一直不改的初心和“诗心”。

这样的力量和美好，因为稀缺，更需珍视。

作者系《中国新闻周刊》国际部主任

2018年1月5日写于北京

目录
contents

第一章　主编卷首

第二章　亲情空间

第三章　青春列车

第四章　微言小语

第六章　梦里故乡

第七章　采访手记

第八章　大家评论

第九章　时代讲坛

第一章

主编卷首

爱你，姐妹

春雨无声，大地有情。

一直以来，因为姐妹，才有了生命长河的延续与期盼。

亲爱的姐妹，当新年的阳光撒向怀抱，当孩子们像燕子咿唔翱翔，当我们穿上春装翘首花间时，您可想到？这是同一个春天，这是不一样的风景。

走在风景中的姐妹，已标注着时代的步伐。在新生活的巨变中，以个人独立自主，去践行法治与文明、公平与正义、智慧与善良。

这是一个真正男女平等的时代。民富国强，家和万事兴。愿我们的爱，像春雨润万物而柔美。让我们的笑，带动全家人也笑。愿笑声，就像欢乐的海洋，掀开每一个人的心房。

我们笑了，世界暖了。

新的一年里，姐妹更要撸起袖子，甩开膀子，扑下身子，弘扬中国女排精神，用洪荒之力创造奇迹。

一个百花齐放的大地，一个万人争春的咸阳，因为姐妹的蛮拼，必将开启新的征程，迎接新的机遇。

爱你，姐妹。

我们是咸阳蓝图上，心心相印的姐妹花。

面对冬韵，唱响春天，期待新刊。

花开了

一切都很美好，这是“十三五”开局之年。

《咸阳女性》的春天卷，随着花开的声音，随着姐妹的笑脸，随着各行各业开门红，落实咸阳市委六届十二次全委会精神的脚步来了。

一切刚刚开始，告别昨日的遗憾，迎接全新的明天。春当时，花正香，心潮涌。

春天是年轻态，是属于女人的。

走进春天，女人就开始了花海之旅。服饰，千姿万态绽放；生活，天天都过三八节；事业，巧手慧心并肩须眉。

花开了，一切都很美好。

愿姐妹置身春天，笑靥如花。让心中的花园，四季如春，无关岁月。

三月里

世上有一朵最美的花，她的名字叫女人。

人间有一湾最柔的水，她的名字叫女人。

三月，这个和女人与花有关的季节，就像春天的花坛，甜甜的，暖暖的，携带着生机、绚丽、浪漫，向大地缓缓绽放。

女人，生命之初，就以博大的胸怀和爱心，母仪天下，在社会发展的长途上与男人一路走来，风雨无阻，无愧半边天。尤其在改革开放的蓝图中，她们用自己的智慧和柔美，为生活增添了无限激情、阳光和温馨。

女人爱孩子，爱丈夫，爱父母，爱亲友，更爱事业，爱祖国， 爱和平。她们用善良和包容驱走生活的阴霾，就像三月里的小雨，永远开不败的玫瑰，盛放在家里家外和谐的花园。

女人以柔克刚，就像水润万物禾苗，悄然带走心灵的沙漠，让生活因为爱的甘露，变得甜美幸福。

古往今来，有多少赞歌在为女人传唱？在这个布满鲜花的春天里，让我们再次祝福女人，向女人致敬：因为她们才是人间永远开不败的美丽花。

静而慧

一杯香茗，漫卷书香，心自然静了。

心静了，莲开了，慧根生。

静，是调节人神智的精神密码，也能帮助我们梳理许多闹心事。静，可以沉淀浮躁，可以过滤浅薄。

心静如水，才能坦荡做人。平静处事，方可少一些负累，多一些豁达。静生智，智而慧，人就自然通佛性，结善缘，向真美，在不张不扬中，富有学养显内涵。

静，是潜伏在心灵深处又温暖生命阳光的低调。静，始终与喜悦、奉献、和谐、创新、共享携手并进、相得益彰。在包容、开放的大局中，让我们更懂回归新常态，享受心灵的独处和精神的富足。

燥热的夏季，心静自然凉。

久居繁华闹市，身处繁忙公务。

亲爱的姐妹，让我们远离浮躁和纠结，来享受心灵的平和、安静吧。

守好心

整理屋子，就是梳理思绪。

这个世界，变换很快。昔日男主外女主内的传统早已被现实取代。无法想象，一个不整理家的女人，家又是什么样子。

当时尚不断挑战传统时，古典便被遗忘在角落里；默默守家的贤淑女子，似乎越来越少。一些女人，迷失了回家的路，家在虚设中落尘；一些女人，忘记性别差异，欲与男子争高低，受伤的永远是自己。

淑女永远如琴似水，大家闺秀像一所贵族学校，滋润心灵。做不了淑女，变不成闺秀，就静下心来，做平平淡淡的素女。千万不要大事做不来，小事不愿做，还要去搅浑外面的水。

迷失自我，是女人最大的不幸。一个爱整理家的女人，就像午后的茶。学会静静守候，也是另一种富足。

家是生命的归宿，知足而常乐，女人才是幸福的。

淡墨留白

时光，在渐行渐远中迎来金秋。

秋天，是成熟的季节，是收获的季节，是生命中最饱满和丰盈的日子。 面对光阴，我们懂得悉数自己的心思，学会提笔淡墨后的留白。

留白，是人生沉静后的内敛，是描绘未来中的含蓄。

果实压枝，望月畅想。

一路走来，感谢所有的暖阳与相携。

想一想，春华秋实，有得有失，就像我们的人生，繁简相宜，物华最美。

熟女之美

如果说春似少女，那么秋就是韵妇。经过了热烈的夏恋，一路收获着成熟的美。

熟女的特质，是秋夜温婉的月光，是风中淡雅的百合，动得优雅，坐得端庄，行得从容。那种超然的宁静，与纯朴本色的交融，就像原野丰收的果实，大气而包容，低调而内涵，让人回味无穷。

生活从来都不是一帆风顺的，尤其是人到中年，上老下小，肩有重担。对熟女而言，将复杂的事简单做，固守本心不攀比，遇到挫折不颓废，面对委屈不失态，用聪慧的双目看世界，用淡定的心境辨是非，用和善的胸怀处生活，这才是她们与青涩不同的美。

人无完人，何况弱女？在岁月中不断充实自己，实践或书本，在家庭或单位，时时刻刻注意提升个人境界，内外兼修，升华气质，做永远不落伍的熟女，做令人爱慕的熟女。

利人利己，利家利国。熟女就是一所好学校，愿我们周围熟女萦绕，人人生活幸福，快乐永远。

咸阳金秋

秋叶红了，柿子红了。

渭河里抱出了湖女儿，三秦大地家家户户笑了。

田野里，果实累累。辣椒通红，高粱通红。关中人家，正喜迎金灿灿的秋天。这是一个富有的秋天，也是一个与众不同的秋天。

十八大以来，党和国家事业发生的历史性变革、取得的历史性成就，鼓舞和激励咸阳市民凝心聚力、埋头苦干，满怀信心走进十九大胜利召开的日子。

渭水廊桥，灯火通明。咸阳湖上，星河灿烂。

北塬新城，咸阳市民文化中心，有了妇女儿童之家。

伴随着这个金秋，我们的生活更甜蜜，我们的家园更美丽。一切才刚刚开始，美酒在花好月圆里飘香，让我们一起举杯吧。

祝福祖国，祝福咸阳，祝福明天。

又见冬天

时光，就像一壶美酒，收进无数春和月，留下品味在此刻。酝酿的过程，就是提炼升华的过程。

酒越陈越香，思想的升华也随典藏的美酒开始散发。思考这一年，我们尽力而为，力求站在惠民、维权和关爱姐妹的政治大局上，传递党的温暖和阳光。帮助姐妹树立自信、自尊和自爱的底气，树立爱岗模范、巾帼女杰和相夫教子的榜样力量。

有了力量，我们向上、向美的方向和步伐就更加坚定。等到春暖花开时，您会接连发现，我们将不断推出新栏目，为推进书香之家、最美家庭而致力，为配合落实好咸阳市委、市政府的各项关爱政策而努力。

除了这些不懈努力，我们还想站在西咸乃至国际国内姐妹大视野的亲密圈里，亮出“大秦故都，德善咸阳”女人的风采。让暖暖的《咸阳女性》真正成为地域公益平台上，一本充满活力、散发秦韵又互动共学的心灵读本。

面对冬韵，畅想春天，期待新刊。

回眸这一年

手捧这份杂志时，窗外也许正飘雪花，案头也许正煮红茶。

一个人，三五姐妹，一群挚友，我们都是从春天出发，一路夏荷秋月，不知不觉就到了冬的原野。

这一刻，是宁静的。

这一刻，是喜悦的。

想想这一年，我们享受心灵的书香，我们争当生活的熟女，我们紧紧围绕《本期关注》《巾帼风采》《维权中心》《生活讲坛》《健美茶坊》《时尚有约》《艺苑添香》《女人聊吧》和《心灵阅读》，来表达心中的话题。

我们的设计风格和栏目内容，在不断琢磨中悄然变化。轻盈、时尚、靓丽。变化，是为了完美。虽然没有绝对的完美，但我们一直在努力，努力就是不愿模仿，只想超越自己。因为我们是第一帝都走来的女人，尚礼、典雅、乐观、自信。

这一年，我们携手在努力。

努力，就是力争将咸阳市委、市政府的各项关爱惠民政策，更暖心地送到姐妹身边，让她们无助时有援手，疲惫时有家园。

我们要做的努力还有很多，我们将不断反思自己，整合智慧，与时俱进。这就需要和姐妹们互动，才接地气；这更需要姐妹们的心声，才有韵味。

一本有着滚烫的姐妹热情的期刊，才有归属感，才是充满活力、永远年轻的。我们期待明天，我们相信未来。

你好，2014

作别过去，迎接新年。

又一个告别和启幕的时刻，是平常淡定的歌，是感慨万千的曲，是反思迈进的号角。

2013年，是深入贯彻落实十八大精神的一年，是全面小康社会和中国特色社会主义社会建设的关键之年，也是十八届三中全会开启新一轮改革开放的蓝图之年。“五位一体”的改革定盘，从全局勾勒出未来中国改革的总路线：利益格局要调整，体制机制要创新，各方诉求需平衡，发展方式待转型……在新的历史起点上，中国改革的“攻坚战”也刚刚开始。

这一年，面对复杂的国际金融形势、国内继续改革前进的目标，各行各业在政府着力稳增长促发展的背景下，沉着应对风险挑战。企业和企业家也在商业版图中，一次次博弈，要么蓄势收缩，要么寻求突破，让睿智在变化和被变化的经营蓝图中闪光。

这一年，全民高举中国梦，在努力奋发中“全面深化经济体制改革”。

这一年，《秦商》杂志在春天诞生了。

柔嫩中蕴含厚重，典雅里藏着潮流，在众多的精神阵地中，《秦商》打开了另一扇政治、经济和文化之窗。

这是一本沟通地域和外界的友谊之桥的综合类权威期刊，它收揽着国际国内最新财经动态，传递着政策前沿资讯，交流着商界成功管理宝典，展示着企业及企业家风采，要求我们坚持努力塑造它“大气、高端、品位、新锐、阳光”的气质。

每一期精心策划设计，总是想超越过去。超越，是我们的梦想，更是企业家的追求。有梦想和追求的日子，精彩处处飞扬。

迎接新年，意味着希望，预示着收获。

相约2014，让我们在深化经济改革的路上稳中求进，在企业创新中调结构抓突破实现大丰收，在智慧和勇气的碰撞较量中，为时代留下责任和担当，也为自己的人生写下新的篇章。

祝福2014，我们还要继续传递求真务实、诚信仁义的正能量，激发各行各业的活力，为商界精英、后起之秀提供政策资讯，剖析经济背景，传递发展信息，同时，在闲暇时一起尽享心灵港湾。

这些愿景，随着新年的钟声，都将在《秦商》这个永远属于企业和企业家的舞台上拉开序幕。

最后，让我们一起拥抱新年，问候新年！

注：忙忙碌碌，转眼新年。因为工作岗位职责所在，不得不提笔寄语。这是对支持《秦商》的各界人士的答谢，也是一份坚守责任的心灵答卷。

特别的高兴

一支蜡烛，传递无数温暖。一群人，共同描绘山水。

2017年11月17日，500多万咸阳市民，洒出12年汗水，终于捧回“全国文明城市”称号。

这一天，呼秀珍老师也从北京抱回“第六届全国诚实守信类道德模范”称号，为自己的家园再添光彩。

又到年底了，总结这一年的工作，两块引人注目的奖牌，浓缩着一座城的梦想和向往。这是今年特别高兴的事，咸阳人收到走进新时代的特别礼物，也诠释着十多年奋斗的艰辛和汗水。全国文明城市的桂冠上，写满了咸阳人民对美好生活的深情，更记录着咸阳人的向上。

《咸阳女性》值得高兴，走进时代的新征程，呼秀珍老师作为道德的典范，更让我们女性扬眉吐气，与文明同行，与道德坚守，为这座城市一起传递爱的红烛。

2005年“三城同创”，十八大后尤其是近三年来，咸阳人砥砺奋进、追赶超越，加快建设富强、人文、健康的新咸阳。截至2017年11月，咸阳上榜“中国好人”73人次、“陕西好人”109人次；全国道德模范1名，提名奖4人次，市级道德模范99人；有4户家庭荣获第一届全国文明家庭，“善行义举榜”上榜548人次。“咸阳好人”现象，被中省媒体誉为“蒲公英效应”。

姐妹们，来吧。让我们迎接进新时代的新春。

文明在路上，道德不退休。咸阳人民更美好的生活和收获还在后头。

第二章
亲情空间

外婆的两盏灯

晚秋的夜色，似乎比往日来得更浓重一些。

这些天，我总是迎着夜幕采访归来。满地的落叶，伴着匆匆的脚步，闪烁的路灯，照着回家的路。

一缕缕灯光，在寒风中让人倍感温暖和亲切，就像儿时老家窑洞里那两盏灯。

记得小时候，每当夜幕降临，家家户户的窑洞里，就会亮起一盏盏油灯。为了节省一些煤油周济乡邻，外婆让母亲将我们家原来点的三盏油灯，变为一盏油灯。另外那两盏油灯，分别送给村里没有油灯的人家照亮。

家里的三盏油灯突然变成了一盏油灯时，首先不适应昏暗的就是我和哥哥。每次在油灯下读书，他和我都为了多占点灯光挤来挤去，最后争得我眼泪汪汪。他从来不知道让妹妹的主要原因是，他是男孩他光荣，我是女孩就受气。这时，外婆总会出面哄劝着我说："你是女孩子，村里的女孩子本来都是不让读书的，你看你，有个好爸爸，今天多有福气的，能读书不去放牛放羊，就应该高高兴兴才对的；更何况，你是小妹妹么，就应该忍让、听从着大哥哥才对。"

外婆的道理，经常让我破涕为笑，擦干眼泪继续礼让哥哥。这大概就是我记忆中，最早从外婆那里接受知足常乐的朴素道理吧。

三盏油灯，变成了一盏油灯后，家里的和谐气氛也逐渐浓郁了。一向沉默寡言的父亲，常常会在油灯下，给我们兄妹讲历史故事，外婆和母亲也常常会借着灯光，为左邻右舍赶做嫁妆或缝制过冬的棉衣、棉鞋。那时，外婆和爸爸妈妈都爱在油灯下，叮咛我们兄妹多读一些好书，在家做个听话的孩子；出门在外要尊老爱幼，不惹是生非，遇上事情和矛盾，一定记好吃亏是福。

记得刚刚上小学时，村上架起了电缆。父亲立即和相关专业人员联系，专业人员不仅亲手为我们家里拉上了第一盏电灯，还给邻居大妈和小娘们家里接通了电灯线。

有了电灯，夜幕降临，村上的老人和小伙伴都会挤过来看新奇，家里也一下子热闹起来。外婆一开始不知道怎么使用电灯，她还继续保持着用嘴吹油灯的习惯。于是，哥哥故意叫我用线拉灯；外婆嘴一吹，我就拉线开关灯。一亮一暗，可爱的外婆忽然喜成了大红灯笼，高高挂在嘴上，总以为自己嘴里有仙气，能将电灯吹亮又吹暗。

慈祥的外婆，发现神话传说突然变成现实并且悄然降临身边，把自己的生活照得通亮时，她高兴得逢人就讲新社会的好处，竟然能让人用嘴吹得电灯亮通通。淘气的妹妹，又将打碗儿花花等一朵朵野花偷偷插进外婆的发髻，表示对家里有了电灯的热烈祝贺。蒙在鼓里根本不知内情的外婆，站在村口，开心地宣扬电灯的神奇，过往的人看到她满头鲜花，也乐得喜笑颜开，好多人也是边纳闷边跟上偷偷笑她的发髻。

这一天下午，外婆丝毫不知自己竟被妹妹打扮成了站在村口的鲜花娘子。直到晚上电灯亮起，她吹着，我们哥妹又恶作剧地拉起开关线，电灯一亮一暗时，小姑才大笑着揭开了谜底。

我们婆孙的隔代亲，继续乐在电灯下，笑成了一团花。外婆知道后，就紧紧抱起我和妹妹使劲夸，还说这才是聪明又淘气的乖娃娃。

明亮的电灯下，我和哥哥经常带着同学，三五成群围在一起读书。电灯也把左邻右舍的距离更加拉近，大家经常围着电灯，坐在一起谈古说今。成长中，这难忘的第一盏电灯，不但替代了油灯的昏暗，而且打破了村庄不再借月光照明农耕的历史。

渐渐地，家家户户拉起了明亮的电灯，一盏盏电灯为我们的生活带来了无限光明和美好幸福。接下来的记忆，就是爸爸勤工俭学，为小村庄的学校买下了第一台电视机，大家农闲后围着电视机，看新闻、听秦腔。封闭的村庄，因为有了电灯、电视，开始和外面的五光十色、精彩世界对接联系。

步入城市，转眼不惑。走在缤纷多彩的霓虹灯下，母亲经常念叨远在天国的外婆、念叨窑洞里那一盏油灯的艰辛又温暖；念叨老家乡亲迎接第一盏电灯时的喜悦；念叨厚道一生的外婆，从没有享受过人间美味和今天的现代生活；念叨外婆从来不知道什么是劳累，不知道什么是抱怨。

在外婆的脸上，似乎永远挂着笑眯眯的菊花。

前不久，老乡聚会，失散20多年的发小见到我时，第一句话就是："哎呀，这些年，你变得越来越像你的母亲，而你的母亲长得很像你外婆呀！"

喝着下午茶，我们不约而同地聊起永远的外婆。

聊起外婆，油灯下给小伙伴缝制棉手套的情景；聊起外婆，第一次看见电灯时欢天喜地的样子，就像从黑暗中忽然奔走出来的孩子，见到了光明后就激动不已。

外婆奔走相告的情景就在眼前。我们聊着聊着，就好像又看见她抱着干柴，点燃冬季的薪火，在风雨中提醒晚辈要与人为善、走向知识学堂的那一天。感觉在外婆的怀抱里，有一盏油灯，点亮了我的友善；有一盏电灯，照亮了我的梦想。

无论未来的路，多么漫长艰辛，甚至风雨兼程，只要有外婆的两盏灯陪伴，我就永远不知什么叫疲倦和孤单。

首发于2008.11.14《西安晚报》

理解爸爸

对镜梳妆，玉兰就开了。小区里盛开的白玉兰，多像爸妈满头的白发，还有我头顶的一些华发。

望着玉兰花，我就想起喜欢守在老家的爸爸。记得1989年高考落榜后，在爸爸的支持下，我用了一年半时间，拿到自学西北大学汉语言文学的毕业证，又获得了陕西省教委优秀毕业生称号。

这一刻，向来深沉的爸爸，突然打电话让我赶紧回家，他喜出望外地说："咱县上政策很好，要给劳模安排儿女就业问题，我也给组织上报啦，你回来，就在咱老家当乡村教师，像爸爸一样……"

您可能永远都无法理解，自幼听话的我，为何突然间在电话里和您反着论理，让您当时很生气。从此，我的职业都和您的愿望不一样。爸爸，您可能至今也不明白，我为什么不愿像您一样，回家当个乡村教师。

6岁那年，过暑假。您带我到西安参加全省优秀教师经验交流大会。当时，西安似乎没有公交车，只有三三两两的人力脚踏车。天气又闷又热，好像蒸笼一样袭人。您拉着我，身上背着装着中草药的大麻袋，肩上还背着防饿的干粮袋。

那一天正午，街道几乎无人，静得能听到蝉鸣和树叶沙沙声。爸爸，您当时汗流浃背，我也实在走不动了，口里也快要冒火，又困又渴，就不断求您带我坐个五毛钱的三轮车。您却一路讲着望梅止渴的故事，不断鼓励我当个乖娃娃，非要等咱们找到中药店，将药材卖了再说。

走啊走啊，好不容易碰见了卖冰棍的老奶奶，我就感觉像是救命主来了。您却让我再等等。我开始委屈得哭了，坐在地上腿软得也无法站起，就闹着不愿跟您走了。

一向严厉的您却蹲下来抱起我，一路走走停停，终于找到了收购药材的门店。卖完药材，本想和您好好享受一番冰棍的爽味，可您只用5分钱买了一根冰棍。我拿过冰棍，急切地先咬了一口，才想起让您也吃。您却说口不渴，让我慢慢吃，小心吃得太快又渴了。我让您再买一根，您却说要省点钱，给上不起学的娃凑学费。

那天，我多么烦您这个穷爸爸。回家后，您依然整天到沟里背水、打柴、养蜂，带着娃娃捡麦穗、种药材，在自己和爷爷一手自筹资金创办的西王村小学学堂里，音体美、书法、珠算和语数一身教。为了省点煤油，晚上您把学生娃带回家里，让我们围在一起写作业。

我们成长的家，也是乡村里的小学堂。而勤工俭学的钱，您从来都舍不得给子女花，总是想着给学生娃娃买蛔虫药、铅笔和作业本。

那时，妈妈身体不好，我们姐妹基本都是您走哪儿带哪儿，您在哪里任教开会，我就跟您在哪里上学开会。最让我难忘的是，省委让您去北京开会，您说带上我负担太重；县上三次调您到教育局工作，您说自己走了，乡村的学生娃娃上学就没人管了。

因您平时对待儿女的态度，您成了方圆有名气的“虎爸”。总是别人家的孩子优秀，人家的孩子可以犯错，我们姐妹就不能有一点点错。受了委屈，也不能给您说，说了不是罚站就是写检讨。您说，出现问题只能先找自家娃的错。

这些都习以为常。爸爸，您可能永远都不知道，我最不想当您的女儿，是从10岁开始的。

那一年，寒冬腊月。村里娶了个新媳妇，黄昏时孩子们都去看热闹，我也趁您不在，偷偷带上妹妹去玩。谁知回家晚了一点，您和妈妈将大门关紧，不让我们回家了。邻居大妈让我们去她家，您说坚决不能再惯坏了。

那一夜，风雪交加，我和妹妹守在门墩上，静静等您发话，多么渴望早点躺进棉被，暖和一下快要冻僵的身体。那一夜，妹妹偷偷问我："咱们是不是爸爸妈妈的亲娃，会不会是捡来的呀？"

妹妹的疑问，似乎提醒了我。好像是呀！对了，4岁那年，爸爸带我到西安，一个娃撞碎了我手里的杯子，爸爸赶紧问那个娃手受伤没，而我被玻璃渣子划破手，他好像一点也不急。还有，我发烧时，爸爸为何先给别人家娃看病打针，连妈妈也经常给别人家娃缝衣服、做棉袄？还有，别人家娃偷了生产队里的杏子和苜蓿，他为何也要带我去赔礼？……

那一夜，我和妹妹越想越有道理。当晚，我们就商定好长大后，一定要离开这里的假爸爸假妈妈。

妹妹说，咱们以后不再回家，也坚决不能再当爸爸这样的虎爸爸。是的，我完全赞同。爸爸从事的职业又苦又穷，买个酱油都要求人，又累又舍不得自己花钱，咱姐妹将来坚决不从事相同的职业。

说到做到，我刚工作就把妹妹带走了。三年前，个性小妹妹非要自发去云南藏区支教。全家人都不让去，连爸爸也坚决反对。可是，妹妹却道出了一番"牛"语。

她说，我现在才明白咱爸爸从事的是天下最慈善、最伟大的职业。自己以身作则，教人向善求真，丁是丁来卯是卯，不当面一套背后一套，不闲来论人非，不浪费攀比虚荣……这正是咱们的做人准则、立身之本，更是现在国家民风倡导的正能量。如果，在中国的乡村和城市，有许多像爸爸这样的教师，我看教育界的红烛就熠熠闪亮，而且现在的各种奖章荣誉和高校文凭的含金量也绝对高。

个性小妹，一番“牛”理，让我无语。

接着，我就拿起手机问候留守在南塬上的爸爸，并且告诉他：“我想继续当您的乖乖女。如果有机会，就去当一名乡村老师。”

首发于2017.5.3《教育周刊》

我家的压岁钱

火树银花，咸阳湖畔，向阳小院。

一套80平方米的简洁民房里，除夕之夜，老爸给我们又各发了20元压岁钱。

这个惯例他已坚持了近30年，早就成了邻里街坊的笑谈。

去年除夕，孙辈们发起了一场压岁钱“涨价运动”，笑老先生“细教师”出身，铁公鸡一毛不拔，几十年“物价不涨”。无奈中他终于“举手投降”，答应以后每逢佳节，全家都去酒店欢聚，而且压岁钱也要“水涨船高”。

谁知临到春节，他不但取消了外出吃年夜饭，压岁钱还是每人20元。

76岁的老爸祖籍长武，16岁当了乡村民办教师，月工资3元钱。在他的记忆里，自己从没拿过压岁钱；26岁时，他的月工资15元，养活着老少八口人。现在，他的退休金超过3000元。

20世纪六七十年代，为了摆脱饥饿，老爸带领孩子们育树苗、种药材、养蜜蜂，自费办起了村上第一所小学，再苦再累都坚持让所有孩子来读书。渐渐地，家人过上了温饱生活。因为勤工俭学，他让上不起学的孩子免交了书本费和学杂费。实践中，他首创教学“小循环责任制模式”，多次在全国和省市介绍经验，推广至今。

随着家境的好转，为鼓励子女上进，每逢除夕，老爸都给我们姊妹每人一张奢侈的5元压岁钱。20世纪80年代中期，老爸给我们的压岁钱涨到了20元——这钱，当时能买一只大绵羊。

改革开放以来，城乡居民生活节节高，衣、食、住、行发生了翻天覆地的变化，迁新居、自驾游、讲气派已是不争的现实。但我发现，别人生活都讲究了，老爸却越来越抠门了。

姐妹们有口难言，孙子辈常常抱怨。每次，老爸都正色引导：房子温馨够住就好，出行方便环保就好，饭菜爽口营养就好。他看不惯晚辈收入越来越高，生活越来越张扬浪费。

2010年端午，家人团圆。老爸发现上班不久的孙子，追求名牌并接二连三换手机，话语冲突中，他将孙子赶出门外，气愤地斥责："快给我滚！这些败家子！……我没有能力阻止家外的贪污浪费，但我有责任纠正你们的虚荣攀比。长期下去，家将不家，国将何存？"

然而去年，我的外甥女考上了大学，老爸高兴地向晚辈宣布："从现在起，考上名牌的奖励3万，上一本线的奖励2万，其他都是1万元。"

今年除夕，我的儿子当场发难："姥爷，你怎么骗人？去年说好要涨压岁钱，现在又不涨了，还不让我们去酒店吃年夜饭？"小顽童责问大姥爷，正好道出了晚辈们的心里话。

借此，老爸细说缘由。

"自十八大召开以来，各地刮起一股勤俭节约、求真务实的好风气。欣喜之余，我决定取消去年的计划，一切从简。希望你们传承家风，别让浓缩亲情的压岁钱变了味。"

接着，老人话题一转："今年起，我要奖励岗位能手，再也不当铁公鸡啦！”

“哈哈！我看孝敬不如孝顺，孝顺不如顺心。来，干杯！”侄子的话刚落音，全家就笑声迭起。

米酒，甜进心窝；鞭炮，迎来希望。

不知不觉，新年钟声，已在我们心中敲响。

首发于2013.2.16《咸阳日报》

陪妈妈去看海

陪妈妈去看海，是我儿时的梦想，没想到在自己年近不惑时才实现了。那一刻，妈妈异常兴奋。

她找出大红真丝印花上衣，配上白色真丝裤子，站在镜子前，照来照去，越看越精神。也许她从来都没想过，会有这么一天，陪她看海的人，竟然是自己的女儿、外孙和老乡。

陪妈妈看海，我就想起童年。那时，妈妈用柴火烧热土炕，让离家远的同学来取暖过冬，我和哥哥都带同学到家里住，挤在一盏昏暗的油灯下写作业。妈妈常常叮咛我，和同学要互相帮助、共同进步，长大后要去城里生活。这辈子，她最遗憾的就是自己的艺术梦被婚后日子打碎了。她要我专心读书，千万不能早恋早婚。

那时，忙完家务，只要爸爸不在家，她就带着我和同学唱歌跳舞，演样板戏，说快板，还教大家学口技、说相声。我的角色就是卖花姑娘、丑小鸭、小红帽、灰姑娘……还有小常宝、李铁梅、娘子军等红色人物。然后，妈妈就提醒我，私下千万不要和男孩子讲话，更不能随便拿别人的东西。如今想起来，可爱又好笑。我竟然言听计从，甘做妈妈的小尾巴。也盼着爸爸不在家，就可以跟妈妈做游戏。

因为受妈妈的影响，我在上学期间还穿起军装，见了男同学赶紧走正步，这一习惯保持到结婚后好长时间。至今，许多趣事让同学们讲起来，个个令人捧腹大笑，我的学生时代简直就是小小又笨笨的木偶剧。

确切地说，我更像妈妈心中的熊猫盼盼。她常常告诉我，自己心里一直爱荷花、莲池。她的梦想就是去看看江南的水乡，坐在美丽的大海边。可惜这辈子只能待在黄土塬，连看湖的机会都没了。

我在油灯下，常常望着月亮，也暗暗下决心，将来一定要带上妈妈去看海，看水乡，看她一生最爱的莲荷。

在母亲的引导下，我坚持目不窥园，与书为伴，一路带着她的心愿离开老家。寻寻觅觅，在拥挤的都市有了自己的立身之地，直到而立之年才谈婚论嫁。说起来也奇巧，我和妈妈的小蜗居南边，竟然在城市化改造中，被天遂人愿地看到了咸阳湖和渭水桥。

临水而居，碧波蓝天，鸟语花香。我和妈妈的生活也进入了诗情画意。妈妈越来越开心，也越来越感激爸爸，他总是顶天立地，为我们母女遮风避雨，就是在贫困年代的农村，也舍不得让妈妈去学着干农活。

妈妈在家爱绣花、擀面、缝衣，她长年照顾卧床不起的爷爷，代替早逝的奶奶照顾年幼的两个姑姑，全力支持爸爸工作。她的巧手和贤淑在老家几乎无人不知。养大了子女，又毫无怨言帮子女带孩子，尤其现在常年当我的后勤部长，里里外外都是一把手，让我尽量少些人间烟火。

在她66岁年华到来之际，暑假期间，我盼不回常年出差的爱人，就计划自己带母亲和儿子去看海。谁知二十多年未见过面的老乡，听说妈妈想看海，她怀着对妈妈当年给大家烧过热炕的感恩之心，积极成全了我们的母女梦。我想，这肯定是上帝给妈妈安排好的一次待遇，一次难忘的远行。

从上海、青岛、北京、长城到北戴河，一路上外国游客都争着和母亲合影留念，妈妈被商务车护送着，又被乡情和亲情浓浓包围着。

面对大海，一股惬意和幸福感从我心底油然而生。此刻，妈妈脸上挂满了她年轻时最美的桃花。

海风阵阵，沙滩细细。儿子激动地趴在海滩上，学着爱人修路架桥的样子，一会儿建航母，一会儿人造房子……乐得妈妈像一朵醉美的笑莲，盛开在她今生的海边。

月亮升起了。我们坐在海边，数起童年，听妈妈讲过去的窑洞、油灯，讲给大家在土炕上分着吃干粮、吃苹果、吃鸡肉，还有许多小伙伴尿床的趣闻……遥远而亲切的记忆，就像发生在昨天，引得笑声串串，一直串进大海与月光里。

浪漫的海岸，温馨的窑洞。我们的梦，伴随妈妈的歌，开始在浪花波涛上扬帆欢唱。只要心里年轻快乐，人生就不怕败给岁月。愿看过了大海的母亲，健康长寿，青春永驻。

写于2007年中秋节

母亲在老家

刚刚分上单位房，我就将母亲接到身边。

那是工作后的第三年。至今算起来，母亲和我在都市已经生活了二十多年。这些年，她就是后勤部长，家里大大小小的事，几乎全都包揽，省去了我许多劳心。

逢年过节，看着游子都扛着大包小包，匆匆回家，我就暗暗庆幸自己身边永远有母亲陪伴。

爱人喜欢吃饺子，我喜欢吃米饭。母亲就从自己最擅长做的手工面开始，修改全家饮食，伴着家乡风味小吃，让我们饱尝口福。一年四季，忙忙碌碌，等到年底，春晚开始，团聚时刻，更感受不到亲人远离的滋味。

2013年腊月还没到，母亲非要早早回农村过年不可。她说，离开老家时间太久，想走走亲戚，想看看老友，我和她不得不暂时分开。那一段，最担心的就是临近年关，下雪路滑，行车不便，我无法回家和她一起过年。谁知，预报很准，春节前夕，回老家陪母亲过年的行动，被冰雪阻断，我只好望着天空发呆，想着生我养我的小村庄。

母亲似乎早有预感，她在电话里说，天太冷路又不好，担心我和孩子感冒，要不等着天晴了，回家过年也不迟。语音里，我听出了母亲的另一种情绪。之前，她总在电话里告诉我，老家一点都不冷，根本没有我想象中那样寒冷。她在老家过得很开心，整天自由自在地休闲游逛。我知道，她这是在安慰我，担心我牵挂着她。

听姨妈说，母亲在老家过得很舒心，身体还胖了好多。我又内疚地想，可能是她这些年，给我操的心太多了，所以身体一直很瘦弱。

眼看春晚临近，我被大雪阻断了回家过年的路。

父亲打电话说，母亲和嫂嫂、妹妹早已备好了年夜饭，专门给我做了许多血条和肉臊子。团圆的日子，我在电话这边心急，等待的心情，不知怎么表述。通完电话，我沉默了很久，我怕我的情绪影响到爱人和孩子，因为那几天，他们想见母亲的心情，比我还强烈。

愿天公作美，让我们早点团圆。那夜，母亲在村口张望，我也闻到了老家年夜饭的香。

闺中细语

又是一个花飞的日子，面对漫山的青翠与鸟语，人就回到了老家。那点点滴滴的昨日，如茎叶长进心田蔓延，成了我生命里沉甸甸的记忆。

儿时，几乎每天都被父亲关在家中读书写字。当时，似乎全家人都很忙。爷爷在外工作，偶尔回来只和哥哥玩；父亲整天忙着写大字报、画漫画；母亲则沉浸在样板戏中。

能歌善舞的母亲，也想把我训练成小演员，谁知父亲知道后怒发冲冠，烧掉了所有的表演道具，惹得母亲还为此伤心流泪。孤独的我，最奢侈的想法，就是望着天空发呆，在外婆身边寻找欢乐。

大花轿

外婆是个标准的大家闺秀，出嫁时正逢桃花盛开，五匹大马护送着她，从一个桃花村到了另一个桃花山庄。那张灯结彩穿行在桃花林中的大花轿，让人心驰神往。与外婆为伴时，她还教我做女工、讲美丽的神话、唱动听的歌谣。

她常常对我讲：女孩子一定要心灵手巧，否则出嫁以后会遭人嫌弃的。傻傻的我，还常常问外婆：到底什么时候自己也能坐上大花轿呀?

在一个父母外出的日子，外婆悄悄放假让我和小伙伴一起去玩。不知不觉，我们跑到了一片山地挖苜蓿。谁知生产队长追赶过来，小伙伴们都飞也似的逃跑。有的篮子滚了、有的大喊大叫，不知所措的我刚回过神来准备跑时，却不料被一块石头绊倒。眼看小伙伴们都跑远了，我就急得坐在地上哇哇大哭，那时真不明白小伙伴为何忽然要飞起来逃离。生产队长见状也不追赶了，他扶起我，帮我捡起撒了一地的苜蓿，并叮咛以后千万别到这么危险的地方来了。

这次冒险，让我对那位生产队长心存感激，但回想当时的惊恐场面，就像老虎来了一样心有余悸。我的腿还受了点轻伤，爷爷知道后便责怪外婆看管不严，惹得一家人又不高兴。

小小的我总盼望着自己快快长大，能和外婆一样在那桃花盛开的日子，坐上大花轿欢欢喜喜嫁出去。

小阁楼

为了不受外界的干扰，父亲精心设计并亲手修建起小阁楼，专供我读书。

小阁楼三面有窗，直立在院子东南角的绿树花丛中。东窗能望到无边无际的玉米地；西窗能看到遥远的山那边；南窗外，时时传来虫儿与青蛙对唱。春天，燕子到窗前探望；夏天，蝴蝶落在书上；秋天，满眼果实，张口就能吃到大黄梨；冬天，可以静静感受白雪世界。

我再也不愿离开这个安全又别致的小阁楼，整天待在里面玩弄琴棋书画，经常头枕月光、抱着唐诗宋词入睡，醒来时闻不完的满院花香。

8岁那年，当我领略完大城市的风光后，就不再留恋小阁楼的景色了。尤其是目睹一个疯女人后，更不向往外婆的那个大花轿了。

那是一个文弱善良的女子，嫁人后，因为连生三个女孩而不断遭受公公、婆婆的斥骂，到后来那个爱她的庄稼汉及家族中的男人也对她拳脚相加。可怜无助的她被折磨成了疯子，整天衣不遮体，见了人一会儿哭，一会儿笑，还打人骂人。

女疯子唯独和外婆很友好，她大约每天都会在吃饭时间准时出现在小阁楼下，总是等待外婆给她一些吃的，送她一些穿的，帮她洗脸洗手。

女兵梦

面对这个可怜的女疯子，我开始喜欢穿妈妈做的军装。似乎穿一身军装才能不受欺负，也默默地想：坐了漂亮的大花轿后，还有可怕的事情等着呢。

这下，我时刻为将来当一名女兵做准备。青春期一度拒绝穿那漂亮裙、花花衣，让家人大伤脑筋。最有趣的是，我把正戴的粉红色风雪帽和印花的确良上衣送给了女同学，还偷偷将蝴蝶结扔了。不知内情的母亲，对我的丢三落四责怪了好长时间。

最大的叛逆，就是当着爷爷的面，将他发给我的两元压岁钱撕掉，因为他给哥哥发了十元。没想到这一行为，惹怒了太上皇似的爷爷，他非要把大逆不道的女孩送给别人家，幸亏有外婆的呵护，才使我逃过灾难。

有了这样的童年，就注定我而立之年才出嫁。爱人是一个见水修桥、逢山开路的倔强汉子，他对理科的特长和数字的敏感让我甘做学生，克服重重困难与他风雨同舟。结婚时唯一的嫁妆就是自拟了一副暗藏两人专业和名字的对联：日月常新丽人才子共吟窗前诗，大地林茂毅君秀女同修幸福路。横批：比翼双飞。

奇怪的是，当年那个踏遍青山、不知伊人在何处的爱人，竟然在与我相识前的一个晚上，梦见自己在桃花林中和一个素雅女子漫步。如今，我虽然没有走进军营，却始终紧握着笔涂涂写写，而且为了小家放弃自我，做起爱人的助理。

在那块重男轻女的故土上，看着依然耕作的父辈，我的心里充满了感动。是那一方厚重的泥土，种植了我会飞的思想；是那紧锁童心的家教，配备了我远行的自信。

看遍了天南海北、林林总总的高楼大厦，唯有那依然站在老家的小阁楼，似乎永远不需要任何问候和回报，只是默默地注视着我走向远方。

首发于2004.3《小品文选刊》

柿子红了

儿子说："妈，你听，我爸回来了。"

我静听上楼的脚步声，孩子的提醒一点没错，他肯定还抱着沉重的物品。

门一开，果然，爱人刚刚从老家回来。

又带回这么多好吃的。

三妈家的菜饼，四妈家的糍粑，姨妈家的包子……把老家的风味小吃，几乎全打包回来了。数不完的小吃里，最特别的是公公晒甜的柿子饼。

一

一串串柿子饼，除了颜色、味道与众不同，更重要的是，公公的甜柿饼，浓缩了庄稼人的心情。

儿子小的时候，我很少回婆家。大约有几个原因：爱人总担心我和孩子体弱多病，还有饮食习惯怕不适应，回家也没个地方住。婆婆一家，待我也总是小孩，几乎没有要求。

只要我们过得好，老人的心情，一年到头，就像挂在枝头的柿子，红扑扑的笑脸和甜蜜迎面而来。

结婚20多年，最难忘的是婚前一趟回婆家的路，让我至今想起当初，就像张艺谋《秋菊打官司》中的秋菊一样，在泥泞、曲折、扬尘又高低不平的乡间来回奔波。

从咸阳到泾阳，短短30多公里，先是坐公交到火车站，再从火车站坐班车，班车颠簸到坡头，小叔子开着烧柴油的土蹦蹦三轮车，一路油气和黄土飞滚，搓板路将人心脏快要搓出来。

经过一个积水的黑桥洞，就像进了水帘洞，头飘得感觉上了花果山。正想停下来呕吐时，小叔的三轮车也无路可走了。爱人只好扶我下车，步行半个小时后，满眼都是玉米地。

乡间小路，野菊花簇拥。无名叶草上，有许多可爱的小蜗牛，有的休息，有的爬行，蝴蝶、蜜蜂和小鸟时而飞来。忽然，身旁溜出一只小松鼠，头顶飞过几只小蜻蜓。

我的秋菊打官司心情，一下子变成了春天的阿诗玛。高兴得逮不住蝴蝶，就逮蜻蜓；逮不住蜻蜓，就抓蜗牛。乐得正想唱“马铃儿响来了百鸟唱，我陪……”

忽然，爱人说：“快起来走。你看，老人都等急了，咱赶紧回家吧！”

顺着爱人的手势望去，远方有一棵挂满红柿子的树。

两位老人，一高一矮，提着菜篮子，站在柿子树下，正远望着我们。

二

爱人拉着我，向柿子树走。

老人提着菜篮子，也向我们走。

第一次见婆婆，还有80多岁的老奶奶。三代人都紧张得先是一愣，接着婆婆和奶奶高兴地一路领着我，问长问短急忙往家里赶。

这是我领完结婚证后，第一次见婆家人。

到家了，婆婆急着去烧饭。奶奶拉着我，到几个叔叔家挨个看，像向导一样，讲解各种亲属关系和称呼。看得出，她是个德高望重的老人。80多岁的大家闺秀，腰板挺直得像高粱秆，走起路来，轻如纱，快如风，思路清晰得似乎打过草稿。

短暂的相聚。临走前，奶奶硬要给我50元见面礼，婆婆也拿着200元给我往口袋装。看着低矮的破土房、冷清的小院落，我怎么也不忍心拿走老人的钱。

返程的车上，捏着从地里刨出来的250元血汗钱，体验这一趟回家的路，单程将近三小时……忽然百感交集，觉得自己就这么突然嫁出去了，爱人不停打断我的思绪。

生活还算幸运，从负数开始，并且一天天好起来了。

改革开放的春风，从南方吹到了北方。中国大地，家家户户的日子，都发生了天翻地覆的改变。

乡村公路全线通了，回家不再像当年那么周折了。

老家的土塌房，在爱人的操心下，也换新了。

辛苦了一生的婆婆，该享清福了。

谁知，她在63岁时，突发脑出血，经过全力抢救，奇迹般地脱离了生命危险。然而，她成了植物人，永远地躺着呼吸。

三

婆婆从持久的昏迷中，渐渐清醒过来，有了知觉，直到能坐着轮椅，和亲人慢慢交流。这对乖孝的爱人来说，是多大的精神鼓舞和安慰啊。

我每次看望婆婆，见她的表情和语言，一天天丰富起来，心中暗暗感叹现代医术的神奇无比。五年前，暑假回去，她又颤巍巍地从身上掏出50元，让儿子买零食吃。一向淘气的儿子，竟然懂事地让我将这份意想不到的见面礼珍藏起来，并叮咛我永远留下不要花费。

此时，我的心头涌起一股难以名状的滋味。

婆婆是个老牌高中生，瘦小如火柴棒，精明、能干又会持家，和公公一生育有五子女。三儿两女，爱人是长子，也是她心中的骄傲。在缺衣少吃的年代里，公公忙于单位的电工活根本不顾家，她种菜、养鸡又耕地，用瘦弱的双肩，给子女撑起一个完整的天。妯娌之间，总是吃亏在先，邻里关系也很和睦。尽管备受艰辛，可寒门最终还是走出了当地祖祖辈辈唯一的大学生儿子。

正当爱人工作蒸蒸日上时，婆婆突然病倒了。

这一倒，家里半个天塌了。

从不操心家事的公公，一夜间成了照顾婆婆的好护工。为了不给子女添乱，他学会了洗衣、做饭。一日三餐，饮食起居，洗脚擦身，精心呵护。让婆婆在病床上，舒心走完了生命最后的十余年。

遇上好天气，公公最爱将婆婆推到柿子树下，晒着太阳，给她捏胳膊，捏腿脚，活动经络。每到秋天，柿子红了，公公就一个个摘下来，用小刀刮皮，晾晒，再扭成各种形状，然后分享给亲朋好友吃。

晒柿子，陪老伴，穿辣椒，剥玉米……这些慢劳动，也是公公晚年最爱干的农事。

一串串温暖的柿子饼，伴着老人，消磨时光，甜进子女心头，也甜在我身边的好姐妹和邻居心中。

四

生病前的婆婆，常年忙里忙外，一分钟都不闲着。

她说她喜欢忙农活，待在城里心里急。

她很爱思虑，还经常为并未给我们的日子帮添一点感到非常不安。她最放心不下的，也就是两个小叔子。每次回家，拉起家常，她就给我讲述，爱人小时候在河里捞石头养家糊口，和小姑子拉着西瓜到西安南郊等很远的地方，卖钱挣学费的故事……听得我满眼热泪，像知识青年接受再教育，更感恩她在艰苦的环境里，供养儿女读书。

婆婆还爱给我翻看她年轻时的照片，让我看爱人上学时用过的书籍、用品。偶尔说出些爱人的小秘密，惹得我笑起来，感觉自己结婚就像互相扶贫。这时，她就时时叮嘱我和爱人要好好工作，珍惜今天的好日子。

她还要求爱人护让我，要孝敬我的父母，并让心灵手巧的小姑，给我的父母和孩子做鞋子、织毛衣。临走时，总要步行3里多泥泞路，看着我们坐上车后，直到望不见影子才走开。

转眼间，奶奶离开我们已经19年了，婆婆离开我们也快三年了。

每次回家，在柿子树下，我们都要停下来，望一望。

这是一棵婆婆带着爱人栽起的柿子树。

在生活里，它带给亲人的除了甜蜜充饥，还有许多邻里互助友爱的佳话。

这些年，我被爱人的孝心时时感动着，尤其是自己为人母后，就更加理解婆婆这一辈子很不容易。爱人也常常给我讲述小时候跟着婆婆挖地瓜、摘棉花的情景，以及整天劳动却饿着肚子的难受。

如今，婆家的村庄，已经叫中国大地原点。亲人们都住上了洋楼房，个个成了远近闻名的乐华城东道主。我们开专车，沿兰池大道或者机场高速，回一趟家，超不过40分钟。

五

日子好了，婆婆走了。回家，难免空空荡荡。

这些年，城乡生活芝麻开花，村庄灯火辉煌，扶贫攻坚政策进入千家万户，党的阳光温暖着每个人的心。

寒衣节还没到，三妈就发微信，提醒我早早回家。

周末一大早，我正睡懒觉，她的电话就来了：“娃，你们早饭就回来吃，妈已经将酸菜鱼鱼做好了，菜疙瘩也蒸好了，你们爱吃的，妈都做好了……”

我放下电话，一看才是六点钟刚过。

闭上眼，全都是三妈乐呵呵的笑貌。

她和婆婆是妯娌，今生最大的开心就是夫唱妇随。幸福的小院落，在她手下打扮得像花园；她又喜欢做爽口的私房菜，将子女全都喂成了“蚕宝宝”。

每次回家，我最爱享受三妈的后花园。

她年过古稀，性格开朗，身体像棉花，处处有温度。听说，自从土地征迁后，农家妇女都不再干农活了，她就和大家跳起了广场舞。城里人有的，她们有；城里没有的，她们也有。

有次回家，儿子在路上说：“妈妈，我看我们陈氏家族的人，当年从海南飘到大西北，支援建设新农村，也能上‘感动中国十大人物’光荣榜啦，尤其是爷爷这个人，看似木讷却是有智慧的人。”

我问，为何？

儿子说：“他经常给我讲的道理，一看都是国学里面的。他最感人的就是，照顾卧床的奶奶那么久；年轻时又为了操心大家的事，不管小家生活，导致爸爸受穷很苦。你知道吗？”

儿子的话，让我和爱人一路都沉默了。

在乡村，在城市，还有许多像公公一样，沉默寡言、憨厚质朴又与世无争的人。他们不爱表达内心的需要，甚至淹没在被大家忘却的城乡一体化建设角落中。

他们总是忘了小家，却顾了大家……

他们的影子随处可见，就像挂满枝头，在秋风中永远燃烧的一串串火红柿子，正温暖着中国最乡村的幸福梦。

首发于2017.10.31《咸阳日报》

两个妹妹

正想午休，大妹发来《忆外婆》，让我修改。

她说，马上过寒衣节了，这几天不断梦见外婆。大妹说，等我将诗改好了，她就在老家提前给外婆送寒衣。

外婆去世已经35年了。这些年，我们都会情不自禁想起她。看了大妹的小诗，一种感动和惭愧涌上心头。

大妹体形圆润，眼大鼻挺，皮肤细嫩，像个维吾尔族姑娘，有时被误认为混血儿。她自幼懂事，人到中年，更像纱绸，温和大气。

小时候，她经常帮助外婆和妈妈干家务，也看不惯我大小姐式的“好吃懒做”，偶尔会生气地用拳头警告我要勤快点，给外人留下她是我的大姐姐的印象。现在，她过一段时间，就会做些美味小吃，千方百计从老家给我捎来，叮咛我好好护养身体，照顾好老人，不要整天风花雪月熬夜写作。

看着大妹乡村赵树理式的写作，我忽然佩服起她了。大妹小我四岁，却比我早结婚五年。婚后，遇上单位解体下岗，在生活困境里，她从不给任何人添乱诉苦，为了谋生办起打字复印部。妹妹说，经常打字看文件，看着看着，忽然才知道写作可以疏通情绪。她不但爱上了文字，也爱上了中医针灸和推拿拔罐。这几天，大妹的电话总是讨论写作灵感与技巧，并让我给她当好参谋，买些养生保健方面的书，还要将老人接到身边亲自“打通经络”尽孝。

我将这个信息讲给小妹赵常青，她不以为然地说：“你们都落后了，我三年前在藏区支教时，就学会了民间手诊。去年就将《心经》工工整整抄写了三遍。今年，开始画画和写毛笔字了。”说完，她笑我阳春白雪从不接地气，又笑大妹赵常娥醒悟太晚太迟。

接完电话，我也笑了一下。

小妹与大妹判如两人，她自幼假小子打扮至今，个性独立自主，做事雷厉风行，条理非常清楚。开车、蹦极、赛车……男孩子爱的玩意儿，她都非常投入精力。之前，与家人总唱对台戏，把我也不当个姐姐。自从云南支教回来，叛逆有所改观，还开始关爱父母了。

两个妹妹，都像我的大姐姐，在别人眼里，更不像亲生姐妹。为此，我还打听过到底谁是抱养的。经过多方证实，本是同根生，个性有差异。不过，我自知姐妹三人，虽然外表不一，但都喜欢整洁、安静，为人处世的原则和业余爱好相同。尤其都喜欢慈善公益活动，不喜欢在人群中去挤热闹。我们各自独立走着走着，在中国传统文化的道路上，姐妹不谋而合相遇。

我想，岁月是最好的镜子。在镜子里，我愿看到越来越柔和善美的手足姐妹。

写于2017.11.5写于家中

附：妹妹作品《忆外婆》

/大妹 赵常娥

常年素衣布丁摞，头裹旧巾尘不落。
三寸金莲忙农活，幼年与娘相依过。
童年嫁给石磨匠，做牛做马育子女。
丈夫打骂出苦力，性情温和不言语。
妯娌关系如手足，贤淑善良大家知。
缝衣做饭巧绣女，织布纺线济方圆。
金秋野菊当头花，路人看见暗笑话。
暑期陪我拔蒿草，驱赶蚊虫靠烟绕。
初冬院子晒萝干，手脚并用跑得欢。
油灯土炕讲古今，听得入迷到鸡鸣。
玩耍皮球对半分，里外颠倒立墙根。
嬉戏浪费扔馍馍，气得小脚追打我。
真相大白知搞怪，两人相拥笑开怀。

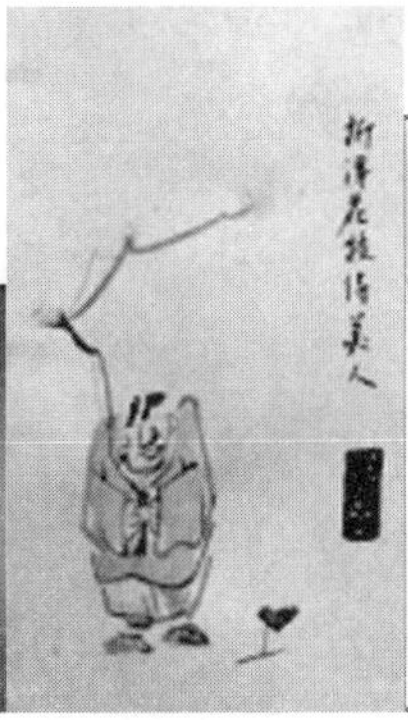
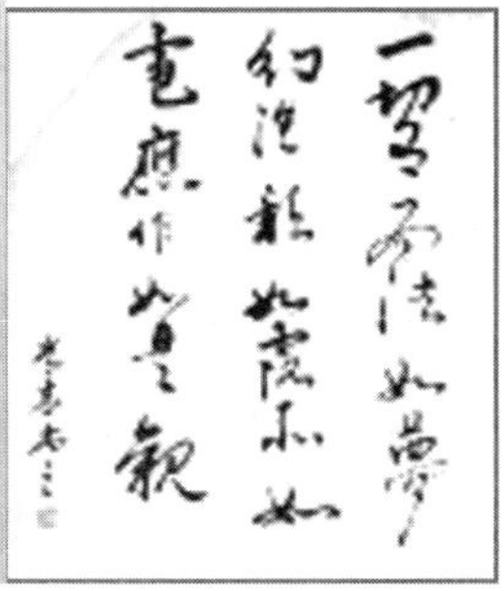

小妹赵常青书画选

儿子逼我上山

暑期周末，同事相约去太平森林公园玩。

10岁的儿子听到消息后，简直乐翻了。他拍着胸膛保证：“有我陪妈妈，一定能安全登上山顶的！”

看着小男子汉信誓旦旦，想想爱人整天在外辛忙，思考再三，就决定和小男人一起去爬山。

这次出门，我已经分不清是自己带着儿子，还是儿子带着我。之前，我一向呵护着儿子，在出游时显得笨拙缓慢。这次，却是儿子跑前跑后呵护着我，生怕我掉队落后。

这些年，我带着儿子，几乎看完了远远近近的风景，唯独太平森林公园没来过。想一想原因，无非是风景离自己太近，神秘感不够吧。人往往都向往远方的山水，忽视身边的美景。我也不例外。

车子刚刚进入森林公园门口，我们就有久违的感觉，也有犯了常规思维的内疚。

山间瀑布飞泉，一路古木野花。人的神经一下就注入这岩这石，留印过多少母子追寻的足迹。我以小女人的身份来拜访风景，看着儿子生龙活虎的样子，还有远远近近的亲友，开心走向森林每一片叶子和阳光。

拾级而上，看着身边一对对情侣家人，我真后悔自己没等爱人一起爬山。如果他在，我一定穿上喜欢的旗袍，然后领着可爱的儿子，一路姗姗而上，不用担心掉队。可惜他不在，我只好一身牛仔淹没在急急忙忙的队伍中，我怕自己掉队后云深不知归路。

儿子似乎发现了我的心思，他在一旁告诉我："妈妈，你要是累了，咱们就歇一会儿，这里只有一条路，不用担心迷路的！"听儿子这么一讲，我忽然觉得自己很弱智。明明只有一条上山的路，怎么可能会迷路呢？这时，我和儿子已经来到了伏牛滩。

蝴蝶满山飞舞，鸟儿欢唱呼叫。儿子高兴得到清泉里逮蝌蚪，我坐在石头上休息。随行的好同事告诉我，才走了四分之一路程，弱不禁风的她也有点疲惫，不过她有老公和弟弟一直护送着，显得比我安全感更强些。

抬头看看，山那么高，路那么陡，岩那么险，我有些打退堂鼓了。儿子一看队伍前进了，急忙放生蝌蚪，拉起我要赶路。为了给儿子做好榜样，就硬着头皮又出发吧。

山峰陡峭，山路曲折。我满身汗流，腿脚不再听大脑指挥了。儿子在前面一边跑一边喊："坚持到底就是胜利，妈妈，我们一定要坚持到底！"

坚持呀坚持，大约一个小时后，终于来到了最大的瀑布前。同事们合影留念，我有气无力地坐在石头上。这时，不得不如实告诉儿子，我不想再上山了。

儿子一听急坏了，他借用大人的话说："妈妈，人要勇敢克服困难的，总不能让一座大山吓住了我们吧？"接着，他不知从哪里找来一根竹棍，让我扶上继续爬山。看我无动于衷的样子，他开始做思想工作："妈妈，你看年迈的老奶奶和孕妇阿姨都登上了山，难道你不羞吗？"

他一边教育我，一边硬要拉起我走。游客们向我们母子投来关注的目光，更多的爬山者也情不自禁将儿子当成了前进的手动挡、发动机，在儿子的鼓励声中，游客们的关系也一下子拉近了。素不相识的游客好奇地和儿子问长问短，谈笑风生，我们在轻松愉快的气氛中继续爬山。

好同事也走走停停，一路关注着我和儿子。大约一个小时后，我们一起不知不觉登上了最高峰。

飞虹直流似银河，好像天上落山间。当一道美丽的彩虹瀑布横在眼前时，儿子激动地欢呼："爸爸，我和妈妈终于征服了大山！"

低头望望上山的路，怪石嶙峋，险象环生。好一个无法让人平静的太平山。儿子对着大山继续激动地大喊："爱拼才会赢！我们终于征服大山了！我让妈妈登上山顶了！"

站在山顶，遥望古木参天，谛听飞流瀑布。天籁之音顿时带走了刚才的疲惫，一股征服大山的成就感油然而生。

陶醉在大自然的怀抱，看着懂事勇敢的儿子，想想这十年相夫教子的艰难行程，真有点登上山顶的感觉。

儿子已经长大了。幸福在感动与知足中。

写于2009.7.15

儿子的成人礼

亲爱的儿子：

你休息了吗？刚刚忙完你表哥的婚事，才想起今天是你18岁的生日。小时候，你与同龄伙伴攀比过，想为自己过一个气派的生日。遗憾的是，遇上了我，你的心愿至今都没有实现，因为我不想让你沾满独生子女的油腻味。

月上高楼，心静下来。我忽然想用书信的方式，与你谈心。但愿这封信，是妈妈留给你值得收藏的成人礼。

1998年9月15日午后1:05，我冒着高龄产妇的危险，喜悦地接受你的到来。那一刻，同产房有三个二十出头的妈妈，正在大闹不休中接受人工分娩。你洪亮的报到声，让现场气氛忽然静止后，医护人员带头赞叹，温馨的鲜花和轻柔的掌声，给了我们母子当时最高的评分。

这一刻，你的父亲才正从工地赶回。

你可知道？当时陪伴妈妈等你的人，是单位的宋奶奶和徐阿姨。那天上午，妈妈还在机要岗位，工作无法脱身，办公室的钥匙迟迟交不出去。身体实在撑不住时，才让白红玲阿姨带班，自己背起早已备好的大包袱，独自一波三折匆匆赶到医院长廊时，医生却说妈妈不像个临产妇，让我在外面耐心等一等，并劝我给正在大哭疼痛甚至嘴里大骂丈夫的产妇，先让出位置生产。

据说，这个时候，产妇尽情发泄个人情绪，才可以减轻分娩的疼痛。可是妈妈不会闹腾，而且不好意思制造噪音影响别人。等实在扛不住身体的剧痛后，才请求医生让我插队。果真，躺上产床30多分钟，你就急切切地跑出来看妈妈了。

母子相逢，妈妈流出激动的泪水。在医护人员的怀里，我只看了你一眼：浓浓的头发，红红的嘴唇……你就被抱走了。接着，我迷迷糊糊地醒来后，已是下午5点多。

这时，我才听你爸爸说，有个产妇，已经哭闹了三天三夜，还在待产中。听着她用脏话大骂丈夫，还有人哄她叫宝贝，我有点羡慕，这是多么幸福而野蛮的女人啊！“爱哭的孩子有奶吃。”可惜妈妈，这辈子都学不会。

写到这里，我是多么希望你——儿子，遇上任何伤痛，都不要撒野大吼，尤其是面对委屈、误解和身体不适的时候。你要知道，这个世界，无人能代替你的苦难，你更不能将痛苦转嫁给别人，或者幻想用喋喋不休的方式改变环境。你应该勇敢面对一切不幸、伤心的事，不断识时务、明事理，找出自身原因，加以修身调整出飞翔的姿势和角度，从而去感受生活的乐趣和笑声。

假如你遇上了欺骗，请不要怀疑人性的友善。无论你所处的环境多么阴暗，人心多么复杂，你都要用简单的方式，处理恶意的尴尬，行走在阳光下，时间是最好的答案。男儿有泪不轻弹，坚强乐观才是你的护身符。

从今天起，你可以自己的事自己大胆做主，你可以与父母平等对话，你可以承担所有的抉择与后果。妈妈不想大包大揽你的一切，包括学业之外的情趣生活。只希望你脚踏实地，做好本分，给人沉稳的安全感，不断丰富学业内涵。

我坚信，一个人的心智和胸怀，是不断打磨出来的。所以，我不想再为你遮挡风雨，包括规划你的人生；也不怕你在外吃亏受累，我觉得社会的活教材，你应该去亲历、阅读和熟记，然后在美好的年华里，多做无愧于青春的事。

距离是最稳固的美。这句话适合任何人，包括咱们母子。儿大不由娘，妈妈从来都没有想过养育你，是为了预防我的衰老，延续我的梦想。大千世界，花开有果，母爱有你，顺应生态，非常满足。对你如此，对你将来的伴侣，也是一样的明智。

在放手你前，希望你精交善友，与知书达理的她，共建爱的小屋。你必须多付出一些，给你心仪的姑娘。拥有时，要珍惜她，不能玩感情游戏。如果没有缘分，也应该给她留下高贵、包容与大气的男人形象，而不是用自己的看法，去强占对方的心灵。你可以有一万种理由，选择与她相爱，唯独不可以自由选择的，就是彼此伤害，影响身心健康。妈妈希望你注意饮食，坚持锻炼，爱惜身体。过平凡日子，也要过出清香有味。

小时候，你体弱多病，咱俩是医院的常客；入学后，你是"敢动"校园的淘气包，我为你提心吊胆，陪你写过无数次检讨，直到看着你走进大学门槛。青春的叛逆与独立，让我纠结又惊喜。妈妈现在非常感谢你，让我脱离了风花雪月、少女的诗情画意，爱上生活的油盐酱醋。夜里，也做了几年慈母，为你缝制棉衣。

小时候，你总说我爱别人家的孩子。其实，我爱你，才不迁就你。妈妈让你穿着布衣、布鞋甚至淘来的二手货，行走在城市孩子的名牌里，你一路让某些人讥笑瞧不起，加上小小的个头受尽委屈……最终，你用事实证明，内涵才是长久的硬道理。曾经，我们斗智斗勇，周旋在小区抓刺猬的花园里……儿子，想起你可爱、调皮和机灵的样子，就像还在昨天的楼道里、黑夜里、医院里和校园里……不知不觉，你已经成人了。

不求家国情怀，愿你爱在亲间、暖及周围。

18岁的生日，正在提醒我们，彼此尊重从今天开始。

这就是妈妈送你的成人礼。让我们一起感恩亲友师长，感谢生命的机遇，让咱们成为母子。

儿子，你永远是我的成人礼。让我为你的成人礼，再一次送去双亲最美好的祝福：你平安，我快乐。

写于2016.9.15深夜

注：儿子18岁生日当天全家照，后附他深夜写的两篇小文。

之一：剑胆令/陈兆波

手握沙门赴千斤，折弓屈膝刻石印。
文炼武岗十八载，连盖负胜五十城。
相聚挽梅连阴雨，劝君畅饮煮酒亭。
雅兴驻足虚怀谷，围坐高朋皆精英。

之二：释怀说/陈兆波

古有鲲，复于海。今有鹏，乘之天。国有君，设江山。君有臣，为苍生。所谓君，以梅兰竹菊为德，乃笔墨纸砚为信。出污池而不染，临銮室而不窃，入江湖而不忧，安天下而不怨。君子复悦，忍辱负重；城笙焕歌，毅勃棋樵；箫笛瑟琴，射笔舞墨；力劈棒地，细掌抹拳；寄红颜思，托知己念。囊括天下亭宇，安抚高堂忧思。夜夜笙歌，日日阅幡。逐鹿视驹，望月慰怀。鄙溜须拍马，视前舍不顾，探犬洞四肢沐地者为耻。观嗜银捧金，觅蚁蝼蚊蝇者乃蝙蝠狭尔。噫乎，德善尊祖，因果厚报，自然承载。反则悟省，鉴镜照心。君子封托，上泽天下润民也；万物有阳，不分光辉蒙羞也。青少无志，乃国复兴大悲也。

第三章

青春列车

与花无缘

错过花季，就注定我一直与花无缘。

人都形容女子如花似玉，可惜自己始终与黄花落红联系不到一起。这大概因为是个丑小鸭，也与少女时服饰总离不开一身军装有关系吧。

前不久，一位朋友电话中说，有个老同学还打听我，现在是不是见了男孩子仍走正步？我笑着让她转告：军装早脱了，正步也不走了。我明白，这话是对我当年目不窥园的最好戏谑。

记得初中快毕业时，偶然收到一份礼物，礼物中夹着信，信中夹着一朵花瓣做的书签。读着信中的激情热语，我脑海里迅速闪现出电影中那坏人暗探少女时采用的手段和危险场面……从来都没招惹过谁，他是谁？我根本就不认识，怎么办？

想着想着，我被这突然到来的神秘礼物吓哭了，继而跑回家中闹腾着几天不敢去学校，闹得家人也惶惶不安，爸爸开始像警察一样暗访明察，四处查找送花者何许人也。最后，谜底从班主任那里得到线索和破解：他是我们同级不同班的一位外地籍贯男生。按老师的意见，完全不必紧张害怕，也不要理睬这些礼物。于是，我若无其事地继续上学。

一个多月后，我终于在学校的操场边遇见了送花人。

他默默挡住我的去路，高高的个子，大大的眼睛，手中又拿着一束花和一把小木梳要送给我……我看着他，他看着我，说不清是熟悉，还是陌生，瞬间，他肯定怎么也不会想到，一个弱小的我，却突然生气地按家长教的办法，在他充满自信的期待中，突然打翻他手中的小木梳，并且警告他不要再来打扰我上学，我要安静地读书。

那时那刻，男孩什么也没说，只是呆呆地站在那里，用百思不得其解的目光，上上下下打量着我。随之，手中的花撒了一地。接着，头也不回地走了。

这一走，听班主任说，他再也没有返回学校。

从此，我的生活就再也没有碰见过一个送花的人。寻寻觅觅，而立婚嫁，也无缘鲜花，以极其简单的方式告别了单身生活。

据班主任说，他已经成为年轻的总裁。

步入相夫教子，我开始对花也有了新的认识和思考。

就在婚后第一个情人节里，我发现到处都是卖花人和买花人。许多男男女女手持鲜花，以各种各样的姿势和表情走在花海享受花季。我这个与鲜花格格不入的人，在花的节日里也开始关注鲜花、期待鲜花。同行的爱人忽然问："要不要买朵花给你？"我笑着摇摇头，似乎欣赏比拥有更有一份情趣。

这时，一个卖花人迎面而来："先生，要不要花？""多少钱一枝？""十块！"丈夫从卖花人手中，接过一束带露吐香的花，仔细挑拣着颜色，并自言自语地计算着价钱，好像要说什么却犹豫了一下，然后将花又还给卖花人。

卖花人那失望的态度，明显在责怪我：为什么不开口说要一束鲜花呢？他只好主动讨价还价，而爱人还是摆摆手，牵着我的手走了。

第二天，他竟然抱回一箱奶粉，一进门就说："买花还不如买吃的，好好补补你的身体！"

与花无缘，就注定嫁给这样一位爱人。

一个雨过天晴的傍晚，微风轻拂。

我和爱人坐在公园的石椅上，四周绿树环绕，头顶鸟儿歌唱，身旁是一片接一片的郁金香。红的、黄的、粉的，五彩缤纷，叶间花端露珠欲滚欲滴，恰似情窦初开的少女，个个亭亭玉立。结婚计划就这样，在鲜花簇拥中拉开。

尽管与花无缘，然而是花的氛围和意象营造了我婚恋的港湾，让我有了一个家。

生活中有多少事，在没有鲜花中度过。

拥有鲜花，浪漫温馨。无花相伴，宁静默契。花开总有花谢时，只有心灵之花，永远绽放，美丽可人。

与爱人同行，无花相伴，却有踏实安宁的感觉。人间有味是清欢，这样的日子也静然美好。

首发于1999.3.8《西安晚报》

穿越时空

当潘多拉之盒打开后，天地间便诞生了许多故事。事中有你，有我，有他，我你他之间又诞生了更多的故事。有时，一双善良的眼睛看你；有时，一双眼睛诱惑地追我；有时，一双眼睛美丽地骗他。

面对人生百态、五花八门的事，你我他，时而迷茫，时而明朗，时而想笑，时而想哭，时而想喊。不管以怎样的姿态出现，都是人的本能。当然，生活，有顺境，有逆境，也有哭笑不得之时，但无论如何，总要在奋斗中求生。

一天与同学闲聊，讨论最有意义的人生之路，竟然是“大起大落大悲大喜，最后大彻大悟大智若愚”。除此之外的路呢？于是，又谈起“一分运气，二分灵气，三分锐气，四分志气，促成大器”的话题。

其实，人的道路各异，感悟不同。有些观点在此时此地很有道理，但在他时彼地又未必。许多现象讨论得多了，似乎莫名其妙，似乎永远无法解释。于是，我想用“穿越时空”概括自己的胡思乱想。

穿越时空，是不是太荒唐？我想既然有穿越困境的词语，为何不能引出穿越时空的概念？许多人用超越自我以自勉，本是一种轻装前进的处世之道，而穿越时空的思维不更显得宽容壮美吗？

曾经从一座建筑旁走过，同行者说，看见它就想起了自由女神的帽子。而我的感觉恰恰相反，这正是角度不同、看法各异的最真写照。即使在同一角度上，看法也往往不同，人应该包容别人的想法。

想到一切归如正常状态时，你就感到生活多姿，人应洒脱一些。何不宠辱皆忘，得失不惊？这也是穿越时空更宽容、更壮美的升华。

对生活领悟，有了思想上的升华，人将步入另外一种境界，何乐而不为呢？

首发于1992.3.2《陕西日报》

花半开

岁月的花瓣，一层层绽开。

有花半开，让人惊喜。走进时光的怀抱，总是感动着点点滴滴。又是一个新年的味道，带着浓浓的友情而来。

那个常常被花儿绊倒的温情女子，还在唐诗宋词里甜美着。她用丝绸一样的心，为自己、为朋友和亲人搭起幽静的小屋。带着晨露的晶莹，散发花儿的灵性，让诗文温暖寒冬。她是我不惑之年忽然间留恋的花香。和她一起，人就像一杯淡雅的茶水，静静地向着那古典走去。不需要诉说，不需要面具，不需要应酬，默默感受热闹过后的独处美。

夜深人静时，在咖啡中升起另一种感动。

诗人节那天，她放下繁忙的工作，将我从采访状态唤醒，点燃不惑的生日蜡烛。

多少年来，她用自己的坚持，激励着我不断进取，有时雪中送炭，有时直抒心怀。她让我明白除了沉默，还要做事有定力、处事有主见，自己的事自己做主。

我们只在文字里相见，从来不寒暄。

2013.5.8写于家中

女子的秘密

在五彩的世界里，女子时刻都在服饰上翻花样。

或红装素裹，或古典光鲜，一个接一个，像花儿一样绽放在大街小巷，撑起人来人往中的亮点。

不恋服饰的女人，也许更注重内涵。但是，不讲究服饰的女人，心情也是缺少色彩的模板。

衣有千千结，情有万万缕。

女人对服饰的爱，绝不亚于对孩子的爱。

她们在忙碌的工作家务之余，会默默地打理收拾衣柜，计划着家人的服饰，或淘汰或添置，都是井井有条。尤其有一类女人，会在自己的服饰中，打扮出一种无言的情绪。

冰雪聪明的女人，下得厨房入得厅堂。

厨房里，她们一袭绣花围裙，摇摆着妙曼细腻；宴会上，她们衣着讲究，不张不扬，每一个细节都恰到好处；工作时，她们一身制服，举止大方，庄重典雅。

服饰无疑是她们内心最好的独白，也是梦想的花衣。

性格独立的女子，最喜欢独自逛街购衣。

她们总怕打扰别人，也不想浪费他人的时间。

她们会在未购买服饰之前，躺在床上静静地想好几天，想自己想要的款式和颜色。购衣计划想好之后，就会动身开始，然后不知疲倦地寻觅梦中爱物。

只要瞥见让心头一亮的服饰，就会毫不犹豫地买回家。如果犹豫错过，回家后就会纠结，反复念叨。直到买回心中的宝贝，哪怕暂时放进衣柜，也会偷偷欢喜几天几夜。

恋衣的感觉，也绝对不亚于有了白马王子，连走路都有点飘飘欲仙，美滴滴地忘了年龄和一切不爽。否则，茶饭不思，难以夜寐，后悔当时没下手。

独自爱逛商场的女子，一般做事有序也很有主见。

她们不会在乎服饰的便宜贵贱，也不在乎服饰的款式是否流行。只要觉得适合自己就好。心中喜欢，就一定要穿出特质的范。她们将生活点缀得像花园，又是花园里的一枝独秀。

不信，你可以仔细瞧瞧：许多年龄偏大的女子，喜欢大红大紫，穿金戴银。一方面有了经济实力，显得荣华富贵，最重要的是她们内心充满对青春的回忆。她们追忆时光的流逝，很想扮成个美少女，好好倒着活一回。那些水貂皮衣，几乎都是给变了体形的人准备的。她们辛苦了一生，也该在后半生，就给自己暖暖的味道。

有些恋衣达女，各种颜色都敢搭配，各种款式都敢尝试。她们的衣着，或从容坦荡，或自然绚丽，将生活时时演绎得丰富多姿。亮化了眼球，也美丽了心情。

女人如花花恋衣，哪个女人不爱美？

你再看看，许多青春靓丽的女子，却喜欢纯净素雅的颜色，就像她们的花季一样清爽简单。

少女们没有上老下小的纠结，她们知道青春的服饰即就是灰色的，也绝不是灰姑娘。因为青春就是不争的花季美，所以年轻人大都不去花高价购置衣服。如果去专卖店，看的全是休闲清一色，灰、黑、白牛仔衣是她们的选择。她们最爱将心思裹得严严实实，好像时时刻刻怕被人看见秘密。

年轻人不太费尽心思去购衣。她们有点打破常规，冲击传统，也有一些任性自负，选择服饰、流行曲，常常只为愉悦自己，不太在乎别人满不满意。依然在万紫千红里，迈开别致的步履。

说来说去，女子穿什么颜色和款式的衣服都不重要，重要的是自己首先欢喜，让服饰表达、传递心中的梦想，有滋有味。

性格内向忧郁的女子，总是一袭素裹衣袂含情，让旁观者怜香惜玉；感情细腻的女子，最爱柔软的真丝为裙为衣，偶然低头锁眉，也是暗香浮动，令人神往不已；活泼开朗的女子，往往一身运动衣，在人山人海中阳光明媚。

女人对服饰的钟爱，注定她们常常爱逛大街。但逛大街未必都是为了要买服饰，更多的时候就是在游逛中梳理情绪。女人自有女人的休闲方式，她们不爱抽烟酗酒，更不爱摩拳擦掌麻将桌。她们就喜欢在商场东看看西瞧瞧，摸一摸根本不想要买的衣物，养养眼睛回家，也是一种精神的满足。

这个世界由男人支配的太多太多，有趣的女人就用服饰来支配自己，用心仪的服饰点缀外表、修饰灵魂并且化妆生命。

其实，真正的美是内外兼修，空有外壳的华美服饰就像那缺少水分营养的花瓶，永远缺少灵气。睿智的女人，明白自己永远无法与男人平分秋色，那就默默做花的静美，温茶养性。女为悦己者容，服饰也经常为爱搭配。正因为有人欣赏，女子的服饰才绚丽夺目。

谁愿红袖空对月，热爱服饰的女子，心中一定有太阳的滚烫，有月亮的温润。一个缺少情怀的女子，怎可能对服饰爱不释手。

我在采访中，见过一位八旬老太太。她身着蓝色绸缎服饰，披着一件精致的白色绣花披风，举手投足间让人彻底敬佩。她用服饰释放出晚霞里的内涵美。

她的子女告诉记者，母亲一生优雅讲究，多才多艺却甘愿相夫教子，让五个孩子德才兼备，个个卓尔不凡。如今，老太太生活有序，做事规律，干净整洁。这大概就是人群中永远生动的花，她的美丽陶冶着家人，也芬芳着周围。

这样的女人，才是真正开不败的花。

多么可爱美丽的她。

美的东西，似乎永远无人拒之门外。很难想象，一个不修边幅的女子，心里装有多少美的元素。生活中，不修服饰的女子，也不在少数。这类女人，一般也不打理家人的服饰。

爱美的女人，就像一个花园，滋润着自己也影响着别人。生活里可以看不见花，但不可以没有动人的服饰秀。一朵朵养眼又养心的时装秀，汇成花海的迎春花。

请借一双慧眼，细细品读服饰。女人的服饰，绝对藏着心情、性格和修养等有关学问和机密。

首发于2006.11.12《咸阳日报》

享受阳台

深居简出，我觉得阳台最亲切。

室外温度，不高不低，一切都被细雨浸润得格外舒服。久违的盆花，静谧地和我对视，似乎不需要太多关照，心却相依相印。一叶一花，都有各自的内心，默默中绽放生机，淡淡中散发相知，让我尽情地润养自己。

坐一把摇摇竹椅，静静地享受阳台，懒散地翻看报刊。一阵太阳雨过后，亲肤的空气照在身上，梳理思绪，晒着温馨的往事。这时候，不用担心新闻热线打进来，不再为明天的早餐在哪里而发愁。偶尔，有小鸟飞来，快乐地看看我。叽叽喳喳与花儿对话。抬头间，一堆一堆的云朵，正从头顶像羊群飘过。

此刻，坐看蓝天，静听花语。心灵的牧场，在小小的阳台上，也能长上翅膀飞翔。

人生百态，变幻莫测，多像浮云。这时候，又情不自禁地飞到了远去的故乡。村头，一群种柳的少年，如今都去了何方？他们的生活都好吗？

想想老家的麦子、泥土、蝉声，享受小家的空间、后海、青砖。人到中年，吸纳太多，不易消化。一切从简，知足勇退。青春老去，夕阳尚好。

想着想着，我就不知不觉爱上了村庄。

阳台外，爬壁虎拉起一道绿色门窗，紫藤串起的花铃小屋，有蜗牛慢慢地爬着，它淡定的模样，多像我喜欢的丁香或者紫藤。这些被春天收藏的植物，郁郁葱葱和心灵为邻，在阳台上，不时散发着清香。

是故乡的槐花，还是都市的海棠？遗憾，今生我见过许多漂亮的花儿，她们印满我的心田，我却叫不出她们的名字，就像她们也很爱我，却常常不知道我的名字。

这些花儿，更像开在我生命深处的女友，都不会应酬，也不爱热闹，遇见也不多言，甚至连电话都不打。但每时每刻，都在守护彼此的友情，就像花儿热恋泥土。如今，这些开在我心中的花儿，用一个默契就足够了。

花与人，开在阳台，开在窗外，开在心中。

城市的节奏，总是忙忙碌碌。这些年，很少在阳台上坐一坐。这是生活的充实又是心灵的遗憾。

人的一生，在某些时候需要清零，来一次吐故纳新。有时，是生一次病；有时，是认清一件事。一切归于简单，才能享受自己的阳台，感受生命的繁花，除了惊艳更需要开满兰花的姿态。留下健康的青山，方知来年的春天。

享受阳台，喝完咖啡，泡一杯清茶。

这时候，感觉真好。

2017.3.8写于家中

青春列车

——同学聚会发言

还记得求学时，我们在校园里，一起走过的那些日子吗？

集合的哨子，黑板的粉笔，操场的篮球，还有还有——

偷偷望着，那个苗条女生的长发?那个高个男生的背影？

一切就像发生在昨天，一切又是那么遥远。

岁月，带走了我们的青春。

时光，却让我们的友情更浓、更纯、更真。

人到中年，那些求学的故事和年轻的岁月，却像陈年的美酒，越品越香，久久难忘。

谁不想回到我们当年的时光？

谁不想让青春再来一次回望？

又一个春暖花开之际，燕语当头划过，我们带着久涌的冲动，带着青涩的记忆。

今天，我们放下手头繁忙的工作，带上心爱的家人，远离纷纷扰扰的闹市，远离困扰健康的雾霾，我们一起踏上了青春开心的列车，相约来到无尽的花海，寻找那些远去的生活碎片，一丝一点，一亮一闪。

那年那月，我们一起上课。考试中，你还偷偷帮过我。被老师罚站后，我们又悄悄私下行动，商量着下一场“预谋”。

今天，一起到来的，还有当年我们想私下聊一聊的那个最美对方。

爱捣蛋的男生，已扛起工作的大梁。

爱害羞的女生，长发还是那么漂亮。

今天，我们相逢在花海，有多少讲不完的笑话。甜蜜的记忆，奋斗的欢乐，就像一朵朵花儿，重新点燃心火希望，在原野上热情绽放。

为了生活，我们走过了多少艰难的时光。

享受今天，我们收获了多少生活的甘甜。

我们的友爱，就像春芽永远成长，在每一个人心中欢跳、不老。

尽管，我们的脸上有了皱纹。

尽管，我们的身材开始变形。

有爱，就阳光向上。

幸福是一场永远不会散的花宴。青春，也永远陪着我们一起欢畅无限。

亲爱的同学，今天的相约，是为了明天的重逢。

幸福的日子才开始，春光也会年年如此报到。

亲爱的同学和家人，愿我们的心，随花儿永远绽放。

青春不散，岁月美好，明天再邀。

让我们最后齐喊：你是我的宝贝，我是你的骄傲。

写在2016年暑假高中同学30年聚会上

第四章
微言小语

尴尬的采访

有人说，记者很受尊重，才有了专属节日。

走在新闻路上，亲历无数风光，也感受许多尴尬。

11年前，距离春节放假还有五天。我正值班，热线不断。上午9点多，一位家住北塬机场附近的村妇，在电话里求助：丈夫在砖瓦厂打工，突然联系不上人。孩子没有奶水，自己正坐月子，家里冰锅冷灶……这年，不知咋过呀？

接完电话，只想第一时间飞到现场。

和几位学生交流后，才想起这个时候，也是记者全部出动、目击春运最忙碌的节点。

想想无助的产妇，我就直接背起采访工具，迎着天寒地冻，独自出发了。

一路乘换，一路打听，曲曲折折。天生没有方向感的我，在两个多小时后，终于循着婴儿的哭声，找到了产妇。

屋里没有取暖设备，家什破破烂烂。一位双目失明的年迈老人，正蜷缩在黑暗的床上瑟瑟发抖，让人不禁心酸。我拿出个人一点微薄的急救金，劝产妇不要哭伤身体，一切都会有解决的办法。

告别她后，连夜写稿。第二天早上，《咸阳日报》醒目位置刊登出《谁来帮助这一家人》的呼吁。投石问路，忐忑不安，更担心人们都急着回家过年，消息发出后石沉大海。

整整一夜，我满脑子都是双目失明的老人，嗷嗷待哺的婴儿，不知下落的民工……谁知清晨，还未起床，第一时间产妇热线报喜：一位中年男子在火车站看到报纸后，开着小车，昨天下午给她送来了现金、衣物及奶粉等急需品，并且留下电话，表示愿意随时提供帮助；村上领导和邻居闻讯赶来了；丈夫看到消息后，深夜也赶回来了……她喜极而泣，不断致谢。

放下电话，我站在窗前，望着天空发呆。

这个年，终于能过踏实了。后来，我又听到无数她走出困境的好消息。

为了表达对爱心男的赞美，也让新闻报道有始有终，当天，我就向村妇要了电话，想采访那位中年男子的善行。

电话拨通，爱心男得知我的想法后，直截了当地说："我的行为发自内心，帮助弱者不需要跟踪报道……建议你们记者，将精力放在关注民生上，写出接地气、有良知、敢担当的好文章。"

我正想进一步交流时，他突然挂断电话。

再打过去，从占线到秘书台。我又发短信，表达职业初衷，谁知始终未回。

从事新闻工作，见证过多少悲欢离合。一起哭过，一起笑过，还有多少麻烦、纠结甚至误会，让我成长、内心强大。在时光中，我体验着艰辛与充实的快乐、正义与邪恶的较量、坚守与担当的责任。

退休渐近，尤其是每逢记者节时，听着各种赞美，收到各界祝福，我就自然想起这位爱心男挂断电话的瞬间。这是一次缺少后续报道的遗憾与尴尬。

他让我反思，接受无冕之王称号，什么才是群众需要的好记者。

他让我惊醒，向善的行动必须从心出发，永远在路上。在爱心男身上，我感悟到另一种处事智慧。

在无聊的事情里，他毫不浪费个人的时间和情绪。正像果断挂掉我的电话，不再唠叨半句。

这种人，温暖在身边，奉献在现场。我们都在不知不觉中，潜移默化，受益匪浅。

首发于2017.10.31《咸阳日报》

远方有亲人

2008年，汶川地震。

至今，留给我的印象不是恐惧和害怕。

当时，我在旬邑山区采访，刚从残疾夫妇连忠照家里走出来，站在县城空旷的绿地，放眼周边，天空如洗，远山如黛。

心旷神怡的初夏，美丽宁静的画面。

忽然，远处的山体自上而下，有点冒烟后的小小塌方。我心里暗暗在想，不知谁家正过喜事呢，烟花如此热闹渲染。

很想坐在绿地中央好好享受暖阳时，发现一群人从四周直涌而来，并且边跑边喊：地震了，地震了，快跑啊……这时，我才反应过来，刚刚看见的山体冒烟是地震现象。

站在空地，面对惊慌的人潮，我却不知道害怕。随行的《西安晚报》社记者周鹏也不慌不忙地感叹：唉，还有一位采访对象，咱们已经预约了，电话现在无法接通。

我们不得不终止计划，举起相机，抓拍现场。

直到下午7点多，才迎着一路滑坡滚石，在险象环生中朝咸阳赶回。此刻，想起孩子还在学校，但是家人的手机都打不通。

与外界失去联系，想到此刻的山外城市到底是什么样子，我才意识到问题的严重性。然而，工作还要继续，采访车成了临时办公室。

几位实习生听着我的口述，在行走的车上整理镜头和稿件。忽然，司机高声提醒：请大家注意险情不断……猛抬头，只见一块巨石正携带无数小乱石，向我们的采访车的车头飞来。

《华商报》的实习生小刘，情急之下大喊：完啦，完啦，我们今天都完啦。我的大脑顿时一片空白，眼前一阵乌黑过后，滚石挡住了去路，采访车竟然出奇地侧停在路边空地，一车人竟好端端地躲过了生死瞬间。魔幻般的神助保佑生命，这也是我1995年国庆期间，重庆出差红岩山路上，遇险情后又一幕安然无恙。

大家开始欢呼吁叹，幸有司机小宋，就像培训过的专业飞行员，沉着、机智地拉着一车工作组，死里逃生后依然坚定不移地返程。

我急切地想知道外面的世界，但是手机始终无法接通。

眼看天黑了，快晚上8点半时，我终于拨通办公室董主任的电话，他听到我的声音，第一句话就是：大家都安好，不要回单位，直接去市地震局和市政府应急办了解灾情信息。这时，随行的周鹏也接到上级任务，要到乾县去采访。

刚到市区体育场十字，我们就分头去各自采访了。

这时，爱人电话来了，说老人、儿子一切都好。

我刚松了一口气，父亲的电话也打进来了：叮咛晚上不要睡在家里，一定要带孩子搭帐篷住小区空地。相互问好，放下电话，我开始暗暗笑了：老父亲，您真老糊涂了，永远都不知道我还在路上，而且也没有那么害怕地震的到来。

晚上10点半开始，亲友陆续打进电话，匆匆问好后我就继续投入工作。直到深夜快12点时，我还在家里的电脑旁写新闻。儿子和爱人都等不住我，就呼呼大睡了。

我和同事在各自的电脑旁，一起守着黎明和余震的到来，准备随时向市民发布最准确的灾情新闻。

第二天中午吃饭时，九岁的儿子问我，为何不带他住楼下。我说，妈妈在哪里，哪里就是你最安全的地震棚。大震跑不掉，小震摇一摇。谁知天真的儿子也接了一句：妈妈，我觉得整天地震也挺好的，反正学校放假，我们都不用上学，可以美美玩了。

爱人听完，笑着告诉儿子：你去看看汶川地震中的孩子，现在最想干什么，能玩吗？接着，爱人讲述了自己接儿子时见到的一幕。

地震发生时，他刚出完差正在返回家中的路上。直奔到中华路小学接儿子时，校园的操场上，只剩下三个孩子和班主任王老师了。他正准备带儿子走时，小区一位孩子突然跑过来抱住他的腿，哭着要一起回家。这时，王老师过来拉住孩子不让走。

王老师说，今天不比往常，必须由孩子的家长亲自来接。这时，另一个孩子问道："老师，我爸妈今天都不在，怎么办呢？"

王老师看着学生，深情而坚定地说："不要怕，你爸妈不在，今晚就去我家。今天，我就是你妈……"说完，孩子笑了，她也笑了。

爱人说，他和儿子离开时，王老师依然陪着孩子等待家长。而她的孩子，也仅仅半岁，不知谁陪。

地震，似乎让人顾不上害怕。大家像往常一样上班，收看着汶川的新闻，个个默默不语。忽然，办公室一位同事提议："咱们去献血吧！那边缺血。"

"不用了，血库爆满，得预约，刚打过电话，已经排到下周了。"一位年轻的记者回应说。

回家的路上，我听见一对母子对话：

小女孩："妈妈，你有那么多钱捐献给汶川，给我买个冰激凌吃一下，就不行吗？"

母亲说："冰激淋吃多了对身体不好，快跟妈妈回家吧，看看汶川的小朋友还缺什么……”

地震后，多年未联系的同学和朋友，纷纷打来电话问候。

一位失联多年的重庆朋友说，他放下自己始终离不开的企业，带着员工到灾区当志愿者，同时建议我一定去汶川看看现场，那里有许多感人的镜头。他说，只有你亲历过现场，才知道我们的民族是多么坚强和可敬。

他的话，我早已从身边感受到。远方，也是最亲近的家园，这就是血浓于水的炎黄子孙。

地震之后

看着满大街的防震棚，我在辛忙的采访路上，真的不知道什么是害怕，甚至有些越来越适应天灾人祸了。

曾以为，生命可以由自己主宰，然而面对自然的翻脸，人又是多么渺小和无助。人定胜天，这话是有问题的。

顺其自然，听天由命。这些思想最近一直围绕着我。

熟人见面，几乎都是一句话：还住在房子里啊？你真胆大！我的答案已经很明确了，有道是福不是祸，是祸躲不过。

在这个世界上，有谁能主宰天意呢？我想，宁可在睡梦中甜甜地死去，也别在惊慌不安中，被地震谣言先吓死。

地震可以夺走生命，但夺不去飞扬的思想；灾难让人们失去家园，但带不走民族坚强的脊梁与灵魂。

向善向美顺自然，生命停止也坦然。

正当我在汶川地震阴霾中沉思时，忽闻舅父病逝的消息。怕母亲伤心，表哥让我先别告诉她，说舅父走得很安详，走时他一直守护在身边。表哥的淡定，让我想起舅父生前的音容笑貌，想起他被病魔折磨了十多年，终于去天国享福了，便暗暗祝福舅父。

当天，前来祭奠的人很多，我和表哥却没有流泪。

我想，舅父终于能去天堂会见舅母了。这些年，舅母的离世，让舅父无法接受一个人的孤单。这下好了，他俩都化成祥云，在天池有仙鹤为伴，可以互相关照、继续恩爱，让大家风范映照天堂。

明天早上，我要去火葬场参加舅父的葬礼。今夜，写下此文纪念他老人家。

谁知母亲知道后，反而也很平静地说，最近大家到处躲逃地震，你舅舅就安宁了，也不受病痛折磨了。我们都沉默了许久，她又说：哎！你舅终于享福了，我们都放心了。

写于2008.6.1

敬畏自然

提起“甲流”，似乎谈虎色变。但是，它的到来为人类敲醒了生物警钟。我们应该感谢，这一场没有硝烟的“好事”。

2009年10月30日，我带着学生直击市内医院甲流现场。据卫生部门最新统计，中国感染甲流人群4万有余；据世界卫生组织权威预测：全球将有80%的人感染甲流，如果不采取相关的防控措施，后果将不堪设想。

各地学校和公共场所，不断在加强监控预防，一旦有人发热咳嗽，统统被视为危险人群。加之季节性流感，更让人惶惶不安。

面对病毒，有些班级停课，有些学校放假，出现感冒症状的孩子，一律不准上学。我的孩子因为感冒咳嗽，也被隔离在家。

口罩畅销了，体温表供不应求，这是热爱生命的表现，值得肯定。聪明绝顶的现代人，有上天揽月的神通，也有下海淘金的本领。然而，面对突然到来的病毒，却显得有些束手无策。近年来，从非典开始，一会儿是口蹄疫，一会儿是禽流感，一会儿是猪流感……人类社会中出现了这么多的新病毒，我们将低级动物归结为罪魁祸首，它们在无辜中流泪无助。

试想想，所有的过错的造成，为何唯独没有高级动物的自身原因。那些不能用文字书写，更不能用言语高谈阔论的动物们，被人类掠杀着、美餐着又评判着，真是冤枉至极。同在蓝天下，同在地球上，同样是生命，就因为不会讲人话就受到如此的待遇和欺负。

请看看，我们周围的楼房越来越多，道路越来越宽，汽车尾气越来越浓。这大概不是动物造成的吧？我们出入有海陆空的便捷，吃有数不尽的山珍野味，玩有梦幻多变的网络，人类高度满足，然而林木被砍，河流污染，草地减少，可怜的草根动物，也在人类无休止的物质欲望中，找不到自己的家园。

没有回家的路，它们在惊慌中四处逃离，它们在伤害中无助地哀鸣。作为生命，它们也有妻子儿女，它们也有喜怒哀乐；它们的求生欲望和人类没有什么两样，它们自有自己的交流方式，只是忙碌的人，不愿聆听，或者根本就听不懂生命的语言而已。

悲哀，物欲膨胀的背后，是生态环境的破坏。经济繁荣的背后，都在制造空气污染，餐桌上和生活中假冒伪劣的食物和商品频见报端。我们吃的是农药残留和催熟反季的水果蔬菜，添白加香的米饭馒头，不知让多少生命受害。

人类违背了绿色纯真、忘却了本土常态，什么防腐剂、清香剂、生长素，诸多的创新成果，让猪壮如牛，加快出栏，供养嘴巴。现代人的衣食住行，无不沾满了高科技和商品欲带来的毒素。

当病毒一个个接踵而至时，当疫情折磨人群时，当五花八门的“现代病”正危害着身体健康时，我们不必责怪动物，而是要静下心来，好好反思自身了。

我们如果再不反思自己，只是一味地宣扬某某疫苗研制成功，某某高科技产品问世，某某导弹试验成功……那只能说是聪明反被聪明误。

试想想，可怕的光污染、电辐射和核武器等的背后，带给生命的危害将会是什么？随之而来的下一个病毒，又不知被命名为什么狗流感、马流感、猴流感。当病毒全球集中爆发时，聪明的现代人，还来得及研制疫苗吗？

当高科技以双刃剑的姿态和人类一起无休止地向自然索要时，威胁生命空间的本来就是自己。自己给自己锁门，何必责怪动物。我们应该对得起人言，不要再牺牲生态环境来换取自乐享受。也许，只有保护自然、敬畏生命规律，才是人类最明智的选择。

人定胜天，只能自食其果，也可能是违背天理的笑话。

心存遗憾

前些天，不经意间发现一件喜欢的风衣。由于种种理由，给自己暗示，等过了几天再去购买时，谁知，转身商场一圈，下楼梯时看见一位漂亮女孩，已经穿上自己犹豫后没有当场穿走的那件衣服，她正和售货员高兴地告别。

目送着心仪的风衣擦肩而过，心里有说不出的滋味。因为我知道，售货员当时说这件衣服绝对不撞衫，属于单色单号。时隔几天，带着最后的希望返回询问时，售货员调皮地说笑着："看来看去，还是第一眼看上的最好。遗憾，现在已经没有货，也无法调货了。"

听了这个结果，我只好继续无奈地寻觅。在找不到感觉的时候，便开始为自己的遗憾寻求解脱。也许那件衣服我穿上就没有人家漂亮，因为她比我年轻许多；还有那件衣服多少有点贵了，老公挣钱多么辛苦的；也许还有更适合自己的，而且物美价廉，只是现在还没发现。

在一次次解脱安慰中，想起几年前在西安逛商场时，看见一只令我心动的包。犹豫不决，等回头再去购买时，售货员告诉我，在我走后不到两分钟，包就被别人买走了。那时遗憾的感觉可不像现在，因为这一次我是眼睁睁地看着别人将自己喜欢的衣服穿走了。那种被夺的巧遇，更让我遗憾难忘。还有，非常喜欢的生日青花瓷水杯和一把小花伞，也不知去了何方，忽然为许多爱物悄悄溜走而伤感。

年过不惑，有多少遗憾存在心中。生活也爱跟人开玩笑，难忘的第一眼，总是消失在茫茫人海中。静静地想想，这是犹豫不决的性格造成的。

我很佩服那些敢作敢为的人，他们的性格注定他们任何时候都捷足先登，甚至将自己的需求建立在别人的痛苦上。而一个瞻前顾后的人，往往坐失良机，留下无数遗憾。

边走边悟，一叶知秋。就像我这个喜欢服饰的女人，在独自逛街时，经常错过心动的爱物，但绝不会凭一时的感觉，误买些不需要的物品，更不会夺人所爱、追赶热闹。

也许心存遗憾，才显得自然从容；也许心存遗憾，生命才显得安宁踏实。

2009.9.16写于咸阳

快乐的理由

又是记者节。

这些天，我的众多公事、私事纷纷飞来，有些剪不断、理还乱的感觉。但我清楚地知道，新闻职业是我从良知出发，看见和听见快乐的理由。恰恰是这些新闻，让自己时刻也感动在身边的人和事中。

记得从编辑到记者岗位时，几乎没有享受过一次自然醒。新闻每天发生，视角各有不同，总会有一些新鲜的事让我的情绪起伏不定。快乐着大家的快乐，牵挂着市民的心声，尤其是面对弱势群体，也常常和他们欢呼、激动和流泪。有些山穷水尽的绝路，经过新闻呼吁、多方携手努力后，重新看到一张张笑脸迎接生活时，我感到作为新闻人的神圣和责任。

采访中，一位生来腿脚残疾，后经历了无数次大手术，与病魔顽强抗争了40多年的女人，开心地告诉我：人的许多痛苦都是欲望造成的，快乐的心情就是换一种思维方式而已，找到快乐的支点和理由很多很多。她是一个牵手阳光的女人，从来都不去哭着解决问题。

这些年，她从来不愿接受社会任何的特殊关照，却在医学业务上精湛出色，在家相夫教子样样全能，现在成了亲友信赖和为之骄傲的优秀玫瑰、处理问题的高手。她除了始终自强不息，更重要的是善于调整心态，当自己痛苦时，会发现有些患者连脚都没有。这样一想，还有什么理由不快乐呢？她的哲理和睿智，让我由衷敬佩。后来，我们成了好朋友。

采访中，曾经遇到一位优秀的建筑设计师告诉我：有一次，某同事的一张设计图纸找不见了，同事不但怀疑是他拿走了图纸，还又当众臭骂一通。他耐着火气劝同事慢慢找，不要急躁。后来，那位同事将图纸找见了，很不好意思地给他赔礼道歉，他笑着说："没关系，以后不要再急躁了！"

久而久之，他和那位同事也成了朋友。当我问他修养为何这么好时，他苦笑着说，大千世界，人的个性修养各异。谁能没有喜怒哀乐？但我们遇到事情时一定要学会冷静，只有冷静下来才能制止事态向不好的方向发展，最后宽容对方。否则，两个大男人打架都会受伤害的。委屈的时候想一想，就算不幸碰上了素不相识的精神病患者莫名其妙打你，或者刚出门遇上了疯狗咬你，难道还要去互相伤害吗？凡是存在的都是合理的，一切都会因为不急躁而真相大白。况且，大家都是同事，误解也是暂时的。他的宽容大度，让我感动不已。

前不久，一位单身母亲告诉我：由于第三者插足，自己离婚已经三年了，但是她始终告诉五岁的孩子，父亲只是去了远方。每天，她都以最好的心态和最快乐的方式，面对生活中一切际遇，再苦再累也要为孩子撑起晴朗的伞。在外人看来，她是一位幸福的女人，她有优秀的丈夫，却无人知道她是个快乐的单身母亲。

提起离婚的原因，她淡淡地笑着告诉我：结婚的时候有一万个相爱的理由，离婚时也有一万个怨恨对方的理由。一切都过去了，自己已经成熟明白了好多，也不再委屈流泪。现在，她反而要感谢对方让她坚强、独立和勇敢，是对方丰富了她的人生阅历和情感世界，令她懂得了生活是一本永远读不完的教科书，懂得了如何保护自己。

这个女人，从容中透着自信，自信中透着优雅。她的言谈，让我至今难忘。

一次次采访，一个个人物。是新闻，给了我一份责任感；是大家，给了我快乐的理由。

想一想，在现实生活中，快乐的方式千姿百态，但理由就是：知足、宽容和感恩。

乱想幸福

昨夜一场雨，今天空气好清新。站在阳台，看着吊兰，我伸伸懒腰，庆幸迎来自然醒。

小区草坪上的鸟儿，正闹醒春天。从5.12地震至今，我一直在采访的路途上忙碌，好久没有感觉天籁之音了。今天一个人在家，想干什么就能干什么，爱想什么就能想什么。先播放轻音乐，让浪漫之曲弥漫屋子；然后打开洗衣机，开始梳理积攒的衣物。忽然接到爱人电话，说中午不回家。谢天谢地，我不用做饭了，可以独享难得的自由空间。

泡起闺密从海南带回的咖啡椰子粉，随着莫扎特的交响曲，我找到了快乐时光，一种幸福满足由心而生。这个季节，是我最爱回忆的季节。从故乡的小阁楼，到都市的音乐茶秀；从宁静内向的少女，到从容坦然的成人，我开始回忆青春。

回忆一点一滴的往事，回忆温暖过自己的人。我不会向人表白，但流淌着朴素的血脉；自然简单再简单些，是我对外处事不变的本色。

曾以为，住进豪宅开着宝马，享受美味佳肴叫幸福。当某某明星大腕，因郁闷轻生时，我开始反思幸福的定义。记得一位朋友告诉我：虽然自己拄着拐杖艰难步行，但是每每看到无脚还在爬行的人，他感觉自己已经很幸福了。所以他微笑着五次从手术台上挺过来，在自己工作岗位上与快乐为伴。当他看着身体健康却愁眉不展的人，也有点难以理解。

岁月的沉淀，世事的纷扰，让我明白幸福其实很简单。

物质的繁荣叫风光，心灵的富裕才是真幸福。幸福很简单，只是一种心境。生病了，健康就是一种幸福。地震了，幸存就是一种幸福。疲惫了，停下脚步喝一杯茶就感觉幸福。采访中，不畏强权为民呐喊成功就是一种幸福。横祸飞来，才知道平平安安就是一种幸福。

幸福就是珍惜现在、感恩生活。想一想，来到这个世界上，我们对自己的言行承担起了什么责任？我们对自己的父母、爱人和孩子，尽了什么亲情义务？我们对自己的朋友、同事和工作又尽了什么家国责任？多一些反思，少一些抱怨。幸福的感觉就很简单。

面对繁忙的工作，给亲人做一顿可口的饭菜，给孩子讲一道不解的难题，陪父母去医院看看病，给爱人洗一件衣服。幸福的感觉，滋润家人，也会甜美自己。

出门在外，幸福是别人呼救时一双援助的手；幸福的感觉，是朋友郁闷时一番温暖的对话。我们曾经迷茫，是因为我们需求太高、想法太多。我们不再苦恼，是因为我们理解了人生。活着，是一种责任、义务和付出。活着，更需要一份淡泊宁静，宠辱不惊。

幸福的感觉很简单。就是要学会减、简、俭。

守家的女人

主持《情感诉吧》时，我经常会遇到一些家庭主妇来电诉说，因为自己守家支持丈夫工作，慢慢被周围亲友，尤其是丈夫认定为无能之妻。

放下电话，我久久沉思。守家的女人，有何过错？

也许是这个世界思维变化得很快。昔日男主外女主内的传统，似乎已经被现实生活快餐取代。然而，我始终无法想象，一个没有女人打理的家，过的该是什么样子的日子。

经济快餐吃出了许多怪相，复制的东西往往比原版更受宠爱。当一个个女汉子出现时，不知是阳气不足，还是阴气太重，温婉古朴的女子正被看成一种无能。当时尚不断挑战传统，甚至轻视嘲笑古典时，当人造的比本色的更受欢迎时，真不知道这是社会的前卫进步，还是一个民族的倒退哀声。

走在大街小道，随时可以看见一些“超女”“猛女”和“雷女”，她们已经不知道矜持是什么。经常围住马路过客，尤其是将发财的目标转向老人，纷纷推销各种保健养生和美颜化妆等商品。人群里竞相喊着克隆的美女，美女风驰电掣之势也足足吓倒路人。在各种不择手段的推销术中，老人经常上当，当当不一样。而美女粉墨登场，成了在线风景。沉静的女人在减少，风风火火型工作狂让人迷失了家的方向。

家在虚设中哭泣。一些女人，守着荣华富贵不知夫君去何方，渐渐抑郁、多疑，早早进入了更年期，唠叨出不知所措的结局。一些女人，忘记性别差异，为了受人重视欲与男子争高低，结果受伤的永远是自己。

自古以来，窈窕淑女君子好逑，她们是养眼养心的，和大家闺秀一起更受社会欢迎。做不了窈窕淑女和大家闺秀，我们就应该静下心来，鼓励赞美一个平平淡淡的素女。如果男人大事做不来，小事又做不起甚至不能做、不愿做，还鼓动女人要疯疯癫癫去外面闯荡，搅浑生命的河水，那么这就是经济泡沫下，一些人价值观的悲哀了。

思想蒙尘了，就像蜷缩了一冬的家什，需要不断细扫清理。好女人永远懂得调整心态充实自我，走进屋子，整理杂物，让日子和自身变得不盲从、不追风。

守家的女人，是家庭保障的加油站；守家的女人，是家庭安宁的后花园。守家时，你可以听着音乐，跳着舞蹈，整理衣物，也可以读书、写字、画画，收看新闻，了解国家大事。当然，还可以热热闹闹去跳广场舞，还可以呼朋引伴去游山玩水，在大自然中陶冶情操，滋润自己的心灵。

守家的女人，不是迷失自我、 人云亦云的牺牲品。

守家的女人，应该不为食忧、不为衣虑、不为情困，就像午后的咖啡，细细品味的余香。一日三餐，相夫教子，静静守候出门在外的人，才更利于社会安定、家庭美满。这样的守家女人，是女汉子之外的另一种优雅女人，她们的精神富足和生活享受应该被大众认可，而不是否定遗弃。

家是生命的归宿。一个成功的男人后面，如果拥有一个知足而常乐的守家女人，这个男人一定是幸福的，这个家庭也一定是幸福的。

写于2006.8.9

走出影院

建国60大庆，到处载歌载舞。

作为一名新闻工作者，早在数月前我就与老前辈们面对面，聆听峥嵘岁月里的往事，和改革开放这些年的喜悦收获。一次次回眸，一段段历史，让人感慨万分。幸而，与朋友相约在豪华影视厅去看电影《建国大业》，又再次触动了我的爱国情怀。

影片中明星荟萃，一些场景细节，让我和许多观众热泪盈眶。为伤亡者流泪，为幸存者流泪，为胜利激动流泪，泪流得百感交集。现场的感人气氛，至今涌动全身。

在《建国大业》中，一代伟人不谋私利、共求幸福大局的气度胸怀，和牺牲自我的精神让人敬仰。作为国母的宋庆龄、身为夫人的邓颖超等，她们在民族危难之时，将女性的聪慧、睿智和善美表现得淋漓尽致、动人心弦。

历史是一面镜子，也是一面旗帜。历史就是历史，历史是无法更改的。只有牢记历史，才能开拓未来，民族才会永远繁荣富强。家和万事兴，国安民才泰。

影片让观众惊醒，我们要沿着伟人走过的足迹，一起谋经济发展、家园建设和人类和平，这是摆在中华民族眼前的复兴大业，也是华夏儿女义不容辞的肩头责任。

遗憾的是，我在影片演出现场，发现一些小青年观众，将视觉和兴趣点集中在明星身上，并对明星的服饰装扮指手画脚、评头论足，一幅副嘻嘻哈哈的浮躁样子，从根本上忽视了该影片传播的历史内涵和现实意义。

这是我走出影院后，为《建国大业》留下的难忘日记。

第五章

生活印象

大惊小怪

2008年9月19日，本周我值班，新闻热线几乎打爆了耳门。市民面对毒奶粉等事件，纷纷发表议论和看法。我也以职业的敏感和良知，在此发表浅见。

回望改革开放以来的丰硕成果，中国人民无不欢欣鼓舞。再想想近年来，饮食、药品等行业隐患重重，让人又痛心疾首。今天揪出头号人物“三鹿奶粉”，谁敢保证其他食品就绝对安全健康？五花八门的儿童食品，靠什么立足市场？是什么，让患者在使用假药后丧生？是什么，让婴幼儿在大量吸食有毒奶粉？新鲜的蔬菜，却要人为地用药水泡制；正常的肉食，却要注水催熟……

媒体时代信息畅通，我们经常能看见触目惊心的关于饮食方面不安全的事故，从苏丹红到地沟油，连小孩都知道食品里有增色素和致癌物。商家为何这样藐视生命？仔细想想，无非是钱在作怪。当人人都为钱绞尽脑汁时，生活就变得越来越丑恶。连生命都不珍爱了，我们还会爱上什么？

钱让我们幸福着，也让我们痛苦着。钱，这一把双刃剑，刺痛了多少民众的心。

其实，做富翁只需要一夜间爆发，做贵族却需要几代人的努力打拼，代代薪火相传。家风好了，国风就好。十年树木，百年树人。在经济发展中，我们更要加大力度重视国民道德素质教育，让炎黄子孙从骨子里高尚起来。

生命除了钱，还有更重要的东西：那就是心存善念与良知美好，互相关爱。生命只有一次，关爱他人，敬畏生命，我们的民族才有可持续发展的希望。不要穷得只剩下钱了，大家才大眼对小眼，互相推诿指责。

一位70多岁的老人，在热线里告诉我：新闻人应该高举旗帜，在相关部门的配合下，揪出并曝光一批害群之马，从源头上查处、杜绝食品药品领域存在的种种安全隐患。不要等出了人命，才大惊小怪。他说，既然是毒品，为什么能在市场上横行霸道？毒品为什么能转到奶农手中？民以食为天，拿着人命开玩笑的人，该如何惩处？留给患者孩子心中的创伤，何以清洗愈合？难道这一切都是奶农的错？

还有一名姓张的儿科大夫，他在热线里告诉我，他非常关注食品的安全和卫生。现在的食品里，几乎都有防腐剂，面粉里几乎都有增白剂；许多腌制食品、儿童食品和饮料里面，都有影响人们健康的添加剂。他说，现代人的现代病日益增多，儿童体质及免疫力低下，绝对与现在小食品隐患有关系。据了解，长期食用小食品的儿童的患病率，绝对高于正常饮食的孩子……他希望相关部门和企业，好好以三鹿奶粉为戒，加强市场整顿。

夜深了，失眠了。热线里“不要等出了人命，才大惊小怪”的警告总让我辗转反侧。是的，执政为民，民以食为天。希望我们的执政部门，不仅要查处整治奶制品市场，更要长期、持久、深入和全面地在食品、药品领域开展安全检查工作。防患于未然，从农村到城市，广泛宣传食品安全知识，让人人吃得放心和环保。

想着想着，我爬起来，连夜写下此文。

鹊桥载不动的爱

牛郎织女的传说，是我国凄美又感人的民间四大爱情故事之一。古人的爱感天动地，随着时代的变迁，现代人的爱情观也悄然发生了一些变化。七夕节，谨以此文浅谈爱情。

物质成了爱的绿卡

印象一：在市内某企业工作的王楠（化名），现年36岁，至今未婚。想起初恋的伤痛和每一次提亲的经历，他对朋友发誓说，近几年内绝对不结婚成家，原因是自己要好好奋斗积累一些资本，这样才能找到心仪的伴侣。

据了解，王楠品学兼优，上大学期间爱上了自己的同学，后因家境贫寒遭到女方家长反对，最终女方选择了一个门当户对的伴侣离他而去。初恋的创伤，让他在很长时间内难以自拔。随着年龄的增长，王楠成家的愿望越来越强烈，然而至今找不到合适伴侣。王楠觉得，爱情早已被物质淹没了，现在的女孩子越来越现实了。尽管双方感觉还不错，但是她们都会首先要求男方有房有车有钱，几乎碰不到愿意同甘共苦、一起奋斗的女子了。

比王楠还苦恼的是年过不惑的李敏（化名）女士，三年前她与丈夫离婚了，现在丈夫又提出复婚。为了孩子能有一个完整的家，她想原谅丈夫的过错，但是一想起被物质迷惑了方向的爱情经历，她也不明白一些人为什么越来越不注重两个人的内心感受，谈情说爱总是物质享受为先。

印象二：李敏和丈夫从小青梅竹马，结婚时贫穷得一无所有，就是爱情的力量让两人克服种种困难，最终过上了富裕的日子。随着经济的好转，谁知丈夫的爱情观也改变了，爱上了一个比他小15岁的漂亮女子，而且那个女子也看上了丈夫的优越条件，整天寻死觅活非他不嫁。有时竟将电话打到家里挑衅自己，经过痛苦的挣扎后，李敏理智地选择了离婚。谁知刚刚从伤痛中走出来，丈夫又回过头来提出复婚。因为那个漂亮女人婚后不久又爱上了一个比丈夫更有钱的男人。

这些年，我在主持《情感诉吧》中发现，像王楠和李敏一样的男女不在少数，他们的情感隐痛和对美好爱情的向往互相纠结，他们也正被多元化的物质与情感新理念吞噬着。

网络搭起虚拟的情

网恋已经不是一个新话题了。当网络出现以后，网恋也就随之产生了。网恋让多少人向往又让多少人揪心。

印象三：李某打热线称，自己的女儿被网友骗了。女儿初中毕业后在市内一家餐馆打工，慢慢迷上了网恋，甚至连班都不好好上了，整天沉浸在网络世界里谈情说爱。家人多次劝阻，她都听不进去，还经常跑到网吧里去网恋。近日，女儿才从网恋的美梦中清醒过来，原因是相恋相爱了近两年的男网友，花言巧语骗走她5000元后，突然隐身消失了。

据了解，网恋者大都是文化程度不高者，而且没有谈过恋爱。他们对爱情的渴望与迷茫，在现实生活中得不到满足时，就在虚拟的世界里体验爱情的甜美。于是，感情骗子就找到了空袭地，让美好的爱情，蒙上了物质阴影。

另外，网恋中的高中生及大学生也不在少数。也有一些平时精神比较空虚的家庭主妇及宅女宅男。这类人在现实生活里几乎没有什么朋友，通常性格比较内向，即使有另一半也因为种种原因不沟通，长期处于感情孤独期。于是，他们选择了虚拟的网络世界进行恋爱。

一些不法分子往往都是老网虫，经常流连在网络的世界里，而且掌握大多数上网者的心理，利用甜言蜜语和虚情假意来博得对方的信任。网恋中的受害者总体比较单纯，甚至可以说是愚昧，没有一点防备心理，从而让骗子在感情上得逞，最后追悔莫及甚至不能自拔。

由网络爱情走到现实婚姻，最后能像小说里那样幸福地结婚、生子和快乐地过日子的人似乎少见。这样恋爱成功的人，也就是和传说中的爱情神话一样奇缘巧合。如果真想恋爱，还是绕开网恋比较好。

现实：让真爱继续还是走远

昔日，古人追求的爱情是“在天愿作比翼鸟，在地愿为连理枝”。他们追求的婚姻是风雨同舟、忠贞不渝；他们追求的生活是举案齐眉、白头偕老。当爱情遇上现实时，一些人困惑，一些人迷茫，但是人们期盼幸福、浪漫和美好的爱情之心，从来都没改变过。家和万事兴，依然是大家永远的七夕话题。

面对物质化太浓的爱情婚姻观，还有闪婚、试婚和重婚等，以至于什么“小三”“二奶”、小蜜和情人等新兴情感名词，许多人表示困惑、担忧，甚至气愤不安。

也有观点认为：人与人之间的吸引，乃至激情澎湃的爱情，最多只能维系六个月，之后便是平淡厌倦。这种情况下，或分或和只是个人自由，不应上升到道德的高度。明知不合适还硬要维系“忠贞”，是违背人性的做法。古人爱情观中有一些明显是糟粕的东西，如贞节烈女、包办婚姻等，从根本上说是不合乎人性科学的，所以要坚决反对。

长期从事心理咨询和文化教育工作的高晓娟女士认为，虽然嫁鸡随鸡嫁狗随狗的日子一去不复返了，但面对物质化的爱情观，情侣之间又多了考验。尽管爱情是两个人的事，但无论双方做出怎样的自由选择，都不应该将自己的幸福建立在别人的痛苦之上。情侣间如果做出情感选择，彼此就应该多一份责任、多一份坚持、多一份付出，而不是随心所欲，再为我行我素找借口和理由。同时，纯洁美好的爱情，更不应该沾满金钱的味道。

年年迎七夕，人人盼幸福。无论时代怎样变迁，物质如何盛开繁花，如果我们能真正重温鹊桥相会的爱情内涵，不断提高精神文明和道德层次，大家时时为爱洗澡照镜，那么这样的中国式情人节才过得唯美浪漫，永远有意义。

结婚就像装房子

听说每年大学校园报到季，也是各地离婚潮来袭时。分手，能否解决现代人的婚姻尴尬？让我回放一些生活印象，分享给感兴趣的读者。

体面夫妻：围城里坚守僵局

有些久居围城的夫妇，为了子女委曲求全，互相迁就多年，甚至一方长期忍受对方的习惯，凑合着相安无事过日子。当养育责任开始做减法时，追求内心相悦的人，大多选择互不伤害，互送祝福，体面分手。

这是比较高层次的离婚方式。

为了这一刻，为了在城外轻轻松松做个深呼吸有氧运动，他们长期潜伏在没有硝烟的无奈里，也只有深陷围城的人，才知苦海的味道。

在人人平等自由的当今，男人休妻时代已不复返。

现代女性，更愿意大胆向不幸婚姻说拜拜，勇敢让自己从不舒服的状态下华丽转身，寻找自己想要的生活。大多数女人在持久的婚姻战中，实在忍受不了男人只想占位却不愿尽职的态度。幸福在男人眼里，时时处处是皇帝的新装，或者故意用麻木不仁来掩饰同床异梦。

有些男人，为了不离婚，也会给妻子一朵虚构的玫瑰。女人总是感性多一些，撑不过男人的理性时，几乎都是先主动提出离婚。男人，往往顾及面子，或者更现实地考虑经济等问题。有的，宁可抱住金钱，面对财产分割问题，只要物质不受损失，也要坚守感情僵局。

婚姻里的无奈，最不幸的就是名存实亡。然而，即使名存实亡，男女双方都懒得离婚者也不少。 这可能是婚外恋居高不下的原因之一。

谈情色变：结婚就像找房子

一位经历过三场婚变的女人说：结婚就像装修房子。

她自称是爱情里的叶公好龙，婚姻里谈情说爱，就如遇到猛虎心惊色变。因为连续受伤，至今对男人评价很低。

这个女人显然有些偏激，但是她说出了不少独身者的心声。仔细琢磨，结婚之前两情相悦者，早已被现代人分成了两个现实板块。

乐于享受的现代人，为爱情去结婚的越来越少。有了物质基础，就有鲜花和美酒，谁还愿意接受空气，去选择裸嫁或者婚姻，从辛苦的负数起步。实用而成熟的现代情侣，谈婚论嫁，东挑西拣，确确实实就像进入了选房阶段。

经过自己锁定，或媒妁之言，丈母娘欢喜，最终拥有了自己想要的房子。之后双方开始动工装修，从设计风格到选材选料，反复对比，夜以继日，追求完美。

好不容易装修完工，还未入住，有人就发现漏洞不少，千方百计进行返工补修；有人住了一段时间，甚至几年后，发现经过费心装修的房子，依然存在许多问题；有人感叹当初选错了房子；有人觉得自己瞎了眼，倒了霉。

结婚果真就像装修房子。一旦风格定型了，就很难拆除从头再来。现实派觉得麻烦，无非都是权衡利益，即使内心充满遗憾甚至悲痛，这辈子也要坚持下去。理想派要追求自我舒展，感到不合节拍，就试图改变遗憾，一旦改变不了，就干脆换掉。完美派还未入住，发现房子没有自己想要的感觉，就勇敢不要。

有的重新寻觅，有的静观人海。有人走出屋子，屋子里没人了。如果有人，也基本是貌合神离，强颜欢笑。

有许多夫妇，辛辛苦苦买来一套房子，却在装修时因喜好各异互不相让，导致各奔东西。两败俱伤，抱怨不断。

为了装修房子而去闹离婚的人，大多都是较真的人。他们容不得对方不同的意见，各持己见；他们只顾自己的情绪，忘记了对方的感受。

一生很短：长炮短枪为哪般

结婚，其实是找一种彼此的认同感。离婚，那就是另一番滋味上心头了。有些婚姻，常年鸡犬不宁、喋喋不休，却一直纠结在散伙问题中；有些夫妻天天互相指责，在各种场合总在给对方差评。

这种婚姻，将一生的精力耗在情绪里。让人听得也很费解。翻开锅底看看，尽是些鸡毛蒜皮之事，然而引发无数口水或长炮短枪之大战。

仔细想想，一生那么短，这样做夫妻累不累。

婚姻里，最有趣的例子就是，两个非常优秀的夫妻，走着走着就走散了。两个看似不般配的一对，却风风雨雨越走越近。这就是生活给两个聪明人的选题，关键是你选择以什么态度去看待婚姻里的鸡毛蒜皮。

其实，一个人不违法乱纪，不妨害他人利益，不影响社会公德，这就是大家眼中的良民。好人就应该接受好人。但是，婚姻里的两个好人，也未必接受对方的习惯。

你认为错的，可能在别人眼里又是对的。就看有没有人，愿意迁就你、包容你，围着你的情绪转圈，为你的喜怒哀乐来买单。和谐的婚姻，一定是三观和情趣相投的人走到一起创造的。

幸福夫妻，并不需要费力改变对方。各自独立，信任对方，一点就通，心心相印，默契关照。所以他们也永远无法理解，有一种婚姻是躺着麻木不仁、整天目中无人，在沉睡里让对方叫不醒、提不动、拉不起。

更头疼的是，有一种婚姻互不信任，疑神疑鬼，纠缠不清。同时，以爱的名义跟踪对方、绑架感情，失去了自我，千方百计控制对方，彼此伤害着对方的心灵。

有时候，我们总是错怪对方，看不清自己脸色肌肤，老盯着别人的缺点。

遇到矛盾，其实自己就是解铃人，自己不努力向好发展，不愿给对方想要的感觉，谁也没办法代替你的思维，你不反思，反而还责怪外因。最终取代你的，就是对方看清楚你后，感到你无药可救，便要忍痛分手。还有人不愿意主动离场，在协议书上好说好散，梦想继续得过且过，浑浑噩噩，不求和同。

看来，在婚姻里不想配合对方合情合理需求的人，也可能落得不换思维就换人的结局。

内在般配：才是最好的婚姻

离婚的伤痛，并不在于离婚本身。而是离婚了，还有多少人还不知道自己的错。

这才是人生最大的悲哀，也是一个人最大的不幸。补救起来，需要追根到胎教，不像装修房子那样简单，往往比上天还难。林林总总的房子和人一样，适合自己的才是最好的。

你太高档气派，工薪阶层并不买账。普通人家只需要实用的，所以高处往往不胜寒。你的思想挂得越高，只能接受有价无市，让人望而却步。经济适用房对老百姓来说，永远比豪宅走俏。选房装修，千万不要摆给别人看。入住后的舒适满意指数，只有住户最明白，外人永远无法体验。

太关注外表而不研读内容的合适配套与否的婚姻，可能让你这一生，都要为虚荣付出难言的代价。当然，只要你心甘情愿接受，一切都觉得值，也是好婚姻。最不幸的是，你总在别人的喝彩声中，内心哭泣。你的婚姻状态，久而久之是挂在你脸上的，一举一动，也有岁月在见证。

如果不断选房换人，入住后依然感到缺这少那、难合心意者也不在少数。婚姻中的理想派，有时是家庭教训的案例，也往往是人群中自己流泪、自己擦汗的战士。他们为了坚持内心，甘愿单枪匹马，也不愿委曲求全，永远保持独立独行。

结婚就像装修房子。其实，维持鸡肋感情，要比装修房子复杂很多，有时拖不起、惹不起，又躲不起。人毕竟是人，不是能随便去做“装修”的。

房子没有思维，可以任你装修，人却是变幻莫测的。每个人都是独立有特质的自我，你非要用极强的手段控制对方，将自我意识不断强加给别人，这是一种非常危险的婚姻思维。

在局外人看来，这种人患上了严重的控制欲，也就是婚姻强迫综合征。这种人从来都不懂得什么叫尊重别人，永远生活在个人意识里。

至今，能装修人的人还没出世。自古，就算是有些思想先行者，他们的经验智慧也未必人人接受。所以千万不能把人当成房子装修。更何况良药苦口，医无全能验方，包治情感百病。

有人谈起别人的感情，津津乐道，是解困高手。提起自己却是一塌糊涂。即就是人中能人，用不变的思维去对待变化的婚姻生活，久而久之，也还就如同居住于破旧的房屋，谁也不敢保证会不会遭遇拆迁，或者出现别的苦恼和意外。

有人总结说，这叫不换思维就换房，换了房子再找人。

也就是说，在婚姻里不居安思危，只想求得自我舒心，不想同步打拼经营生活的人，很可能随时都会在一快一慢、一高一低的思想行为落差中出现意外。

做好自己：人间有味是清欢

美满的婚姻，需要随时调整双方的姿势，拥有共同奋斗的目标。掌握平衡的角度，才可能保证不掉队，不遭遇被离婚状态。

聪明的夫妻，都懂得经营维修房子，尽量满足对方的感受和需要。他们知道房子一旦变成二手，就会面临掉价等尴尬。谁都不愿意让房子变成摆设品，就像苦守一个早已飞走的思想或身体。更没有一个正常的人，结婚是为了离婚。

智慧遇上智慧，日子实在熬不下去，他们会尊重对方，处理好子女问题，然后好说好散，各取所需。这需要思想水平和经济条件同步的人。

婚姻里，还有一种现状叫独自抱着豪华的房子徘徊。天长日久，内心迷茫。或许，选房装修时，就注定了这种式样。坚持物质第一的婚姻，这也是个人风格。说到底，还是要看清自己的好恶，你最清楚自己需要什么。婚姻的不幸和无助，往往都是自己的需求造成的，几乎与他人关系不大。

有人将婚姻的不幸，归结于父母等亲友或者红娘身上。这只能说明其本身是一个对自己不敢负责，又不能承担风险的人。凡事都错怪老人等，也是生活里最麻烦的人。

有智慧的人，一切都从自己入手解决问题，也会感恩所有经历给自己增长了知识。这类人，换房比较谨慎，一旦下定决心换，就再也不回头了。

换房，也有可能会面临新的问题。走一个不讲理的，来一个不知趣的。毕竟，家家锅底都不白，更何况是在不同背景下长大的两个人。天仙配基本发生在戏剧小说里，现实生活是实实在在的。这一点，门当户对的婚姻里，生活习惯和认同感可能更合节拍些。

离婚的话，其中最受伤的是孩子，也许还要影响周围亲友的情绪。结婚前睁大眼睛看缺点，结婚后睁大眼睛看优点，是很有道理的。

有人觉得自己在外能登天下海，在团队里能呼风唤雨当首领，但是回到家里，遇上了婚姻，最多也就是一盘小菜。因为家是讲爱与包容的港湾，不是讲权威的职场商海。如果用在外处理问题的思维来处理家里的事情，可能会遇上更糟糕的下一步。

一个人心大了，所有的事就小了。鸡毛蒜皮的小事飞了，夫妻间一碟小菜更温馨。

假如我们都用这样的心态面对婚姻和换房问题，试想想，谁还会为装修争得面红耳赤去离婚呢？谁还会为分手而不顾儿女情长，去步入离婚潮呢？

人间有味是清欢，天伦之乐终归宿。小家幸福了，大家才开心。在婚姻里，不要漠视对方的感受，自以为是；也别总是在幻想中，装修别人。

说到底，你要先做让别人满意的自己，这比要求别人满足自己要明智很多。相悦是双向互动的。你的主动权和幸福感，往往决定在自身教养和个人资本里。

首发于2008.9.18《华商报》

后被《今日女报》等转载

丁克家庭

不孝有三，无后为大。昔日多子多福的养育观，正演变为不要孩子的“丁克家庭”。丁克了，是喜是忧？是进是退？有关资料表明：我国已有60万个“丁克家庭”。而且越来越多的都市年轻夫妇认为：随着国家医疗、养老和保险等政策的健全完善，养儿防老将成为历史。

养育责任谁承担

每逢佳节，亲人团聚，王大妈心中总有一块解不开的疙瘩，原因是在沿海工作的儿子、儿媳结婚都五年了，就是不愿意要孩子。她急着想抱孙子，亲友见面也情不自禁地猜想乱问。儿子却坚定地说，这叫丁克家庭，夫妇不愿意生育孩子，尽情享受二人世界。

王大妈和老姐妹拉家常，现在生活条件越来越优越，一家人都围着独生子女转，过去家家户户最少都是三五个孩子，父母照样熬过来了。现在年轻人嫌麻烦，连一个孩子都不想生了，整天除了忙工作，就是只顾自己玩得高兴。这样下去，生儿育女的家庭责任和传宗接代的社会责任，谁来承担？

一对丁克夫妇告诉记者，以前总以为结婚生育是两个人的事，谁知丁克了这些年，先是双方父母急了，现在每逢节假日，亲友见面要孩子也成了大家的首要话题。明知错过了生育最佳年龄，亲友却极力劝说赶紧生个孩子，真是左右为难。

我的生活我做主

据了解，有一些曾经是丁克家庭，后因为各种压力，又生育了孩子。有一些年轻夫妇，很想成为丁克家庭，又担心人言可畏依然生育着子女。对他们而言，生一个孩子是太无奈的选择，其实不要孩子最好。

小严夫妇是酷爱旅游、运动的丁克家庭，他们说："每逢节假日，我们说走就走，经常双飞或开车去外地旅游观光。回家后，看看电视，和朋友视频聊天，还可以看看书、充充电再创工作业绩。业余蹦迪、攀岩，想干什么，就能干什么。要是有孩子了，一切麻烦都来了。"

中年夫妇侯某，也向往丁克家庭的生活方式，他们说："看看同龄人为了孩子付出那么多，有时搬起石头砸自己脚，还两败俱伤。有时夫妻为了孩子的教育问题又大伤感情。尤其面对一个不懂事的孩子，家长苦不堪言。想想不要孩子的家庭，真的很幸福，即使离婚也不会伤害孩子。"

正度蜜月的小巨夫妇，也准备选择丁克家庭，他们认为："社会竞争日益剧烈，升学、就业、住房和养老等压力太大。与其辛辛苦苦养育一个孩子，还不如将更多的心思和精力，投入到自己的事业之中。"

现代夫妇新话题

以咸阳为例，调查显示，30岁以下的夫妇，真正愿意做丁克家庭的不到12%。有些刚结婚时不要小孩，随着经济条件和环境等的变好，最后选择生育者很多。但文化程度和收入水平较高的年轻夫妇普遍认为：未来社会中，丁克家庭会不断增加。因为现代夫妇更注重自由的生活方式，而抚养子女的精神成本和经济成本都太高昂。

许多年长的夫妇认为：丁克夫妇的做法，过分追求自我感受，显得太自私了。生儿育女本是夫妻双方不可推卸的社会责任。养育生命、培养孩子虽然辛苦却很快乐。没有孩子的家庭，是一个缺少活力和希望的家庭，夫妻双方只有通过养育的艰辛过程，才能体会父母的生活，尤其是女人，做了母亲后，才真正走向成熟和完美。

采访发现，高收入、高学历、高意识和高节奏特点，是夫妻选择丁克的主要原因。这个现象的背后，是国家经济繁荣投映到社会情感的侧影。然而，当丁克家庭向人类繁衍的自然规律提出挑战时，下一个类型的家庭形态到底是什么呢？失去天伦之乐、晚年的空巢等社会问题，让人苦恼。

首发于2010.5.19《咸阳日报》

该拿什么送母亲

母亲节前夕，大街小巷的鲜花店都在最显眼的位置打上了广告语：“买束花献给最亲爱的妈妈吧！”再看看各大商场、药店，连一些房地产商，也在最醒目的位置，隆重推出与母亲节有关的促销广告。面对越来越浓的商业味节日，身为子女，你可知道母亲最想要什么吗？

学生族：个性手工送妈妈

正在陕科大上初中的吴越宁子，品学兼优。这几天，她别出心裁，用植物叶子给妈妈做了一对漂亮耳环。她说：“妈妈年轻漂亮，气质优雅，喜欢诗意的生活。可是，为了我的进步她经常放弃个人业余爱好，在家做饭陪我学习。看到妈妈工作很辛苦，我就努力学习回报妈妈。每年都会用自己的零花钱，给妈妈买小礼品，比如丝巾、头花和胸针等。”

她说：“今年，我突发奇想，送给妈妈的小礼物，她非常喜欢，感到我越来越懂事。”在校园里，和吴越宁子一样懂事的孩子，都喜欢自己动手给母亲送礼物：美丽的千纸鹤、浪漫的星星屋、神奇的魔幻杯……奇思妙想，创意无限。

这些孩子认为：自己动手给妈妈做礼物，不仅个性有趣，更重要的是，可以让妈妈感受他们的另一种传统美德，那就是勤劳、节俭和智慧，而且在选材上纯手工。有些可爱的男孩子用废弃的塑料、铜丝等做成花篮、盆景和芭比女郎送给妈妈，让妈妈感受浓浓的亲情。

上班族： 抽出时间陪母亲

这些天，许多人心里盘算着，我该拿什么礼物送母亲？大家认为，从孕育一个小生命，到将其抚养成人，这个过程只有母亲才能体会其中的滋味。母爱，是儿女们一辈子也无法偿还的恩情。

陈小席说：“我在很小的时候，父亲就去世了，为了不让我和哥哥在感情上受伤害，母亲36岁起就独自承受着一切艰难，没有再婚。如今，我们都成家立业，照顾母亲的时间越来越少了，而且总感觉母亲太孤单。十年前，我就和哥哥商量，将母亲从农村接到咸阳生活。她的前半生几乎是为儿女而活，希望她的后半生，可以为自己好好活一把。”

谈及母亲节，50岁的张建琳女士告诉记者，她已经邀请亲朋好友，准备当天给年过古稀的父母祝大寿。从策划到感恩词、答谢词，都是自己一手策划的，彩排现场许多人听得热泪盈眶……随后，她又和父亲合作出版家史《记忆》，将父母年轻时的照片汇成小册子，再收录进自己的感言文章，成了最珍贵的母爱日记。她说：“树欲静而风不止，子欲养而亲不待。孝敬老人，不要等待。在父母有生之年，我们要好好尽孝道，不要等失去时再后悔不安。”

许多优秀的子女认为：尽孝感恩不能攀比跟风，更不能跟着商家的叫卖声走。要因人而异，可以给母亲送她需要的衣物食品，也可以送她最想要的食物，可以是住房汽车，可以是陪妈妈逛逛街、照照相、聊聊天、做做饭，还可以给妈妈洗洗脚、梳梳头，和母亲一起享受陪伴的幸福时光。

采访中，发现今年的母亲节，因为世园会的开办，许多子女都计划带母亲去看看奇花异草，还有人选择一些短线游或夕阳团，让老人去外面看看。母亲节当天，想去给母亲配眼镜、帮母亲整理房间、陪母亲走亲戚的子女也不在少数。

母亲：只求儿女平安快乐

“五一”假期，家住中华苑的田阿姨，收到女儿从广州发来的短信：“妈妈，您的爱像块糖，包在唠叨里，藏在责骂里，让我东找西找，直到我懂事时才找到。祝亲爱的老妈节日快乐！”年近古稀的田阿姨念着念着，眼圈就湿润了。

田阿姨的女儿，已经有三年没回家了。为了能经常看到女儿和外孙，田阿姨学会了使用QQ和女儿视频，每天就像母女在一起一样。她说：“闺女在母亲节前夕，问我想要什么，我说啥都不缺，就是希望她平安幸福，这就是对我最大的孝敬了。”

和田阿姨一样，有许多老人，她们经历过“文革”之苦，遭遇过自然灾害，终于盼来了新生活。她们对子女的爱，更像温暖的棉花。她们认为：现代生活节奏快，子女工作压力也很大。所以只要自己身体健康，绝不给子女添麻烦倒苦水。只要儿女一个问候电话就很高兴。

杨业峰的母亲多年瘫痪在床，由于他的工作忙，照顾母亲的责任，几乎全落在父亲和妻子身上。受他和妻子言传身教的影响，两个儿子也非常懂事、体贴父母、孝敬老人。今年的母亲节，他准备请半天假，推着母亲到室外晒晒太阳，让父亲和妻子轻松一下。他说：“爱母亲，千万别是母亲节这一天，才想起来关爱母亲。现在大家的生活水平都提高了，很多人认为给父母买房子等就是孝敬。其实，除了物质上的孝敬，更应该在精神上关爱母亲。”

母亲节，让人掀起感恩的情结。在这温馨的时刻，别让一枝康乃馨、一顿团圆饭替代一颗真正体贴、关爱和了解老人的心。感恩母亲，不需要奢侈、跟风和作秀。简单到一杯热茶、一张优秀的成绩单、一次辛忙中的回家看看……

采访结束，华灯初上。街头传来毛阿敏的《烛光里的妈妈》，还有阎维文的“你入学的新书包，有人给你拿；你雨中的花折伞，有人给你打；你爱吃的那三鲜馅，有人给你包；你委屈的泪花，有人给你擦……”这个人就是娘，这个人就是妈。这个人，也是子女永远的牵挂。（文中均为化名）

首发于2011.5.8《咸阳日报》

女人何必为难女人

从古到今，家家有本婆媳经。

表面上看是两个女人的事，其实折射着家风、修养及男人处理问题的能力等。本期推出几位婆媳镜头，也许她们的故事，道出了你我的心语。

能干婆婆：出力反而不讨好

李珊珊是小学老师，性格文雅内向。1998年，经人介绍，认识了远在新疆当兵的男友，经过三年恋爱后结婚。

结婚后夫妻分居两地。平时，李珊珊和婆婆住在一起。

婆婆是个能干麻利的人，生有一儿一女。几年前，老伴去世后，就更加疼爱儿子。爱儿子也爱儿媳，所以几乎包揽了所有的家务事，支持孩子工作。

一家人过得非常和美。

2005年，小宝宝出生后，为家里增添了快乐，也给婆媳间带来了新课题。李珊珊要严格按照书本知识护养孩子，婆婆却要按自己的育儿经验喂养孙子。

时间长了，彼此不舒服。慢慢地，李珊珊再也不能忍受婆婆的大包大揽，开始启动自己的想法。这时，婆婆也很不愉快：我的孙子，我为何就不能做主。彼此心中，委屈忍让越积越多。终于，在孩子突发高烧住院时，婆媳间的导火线也点燃了。

争吵过后，婆婆开始向亲友哭诉：自己这些年，多么辛苦多么不容易，起早贪黑操心，连儿媳的化妆品、内衣等都为她买，甚至退休金也给补贴完了。李珊珊觉得更委屈，向丈夫诉苦：她已经不愿接受婆婆的习惯，希望拥有自己的独立空间。

这时，丈夫李杰更痛苦：一边疼母亲，一边爱妻子。如果分开居住，他担心亲友说闲话，也怕母亲接受不了。

感言：如果说距离产生美的话，建议老人可以放手关爱晚辈。更何况，奶奶也没有养育监护孙子的责任。老人要考虑的，就是规划好自己的养老。缺少老人的呵护，也许更利于年轻人成长自立。

文弱媳妇：婆婆是个官太太

齐女士和丈夫虽然磕磕碰碰，但两人的感情始终很好。近日，却因为婆媳关系恶化正闹离婚。

齐女士和婆婆一起住了八年，也默默哭了近八年。婆婆是个官太太，自从公公退休后脾气更强势。她喜欢讲述自己的辉煌“历史”，宣传个人对家庭的丰功伟绩，嘲笑乡下人又穷又酸。同时，她要求子女凡事言听计从，稍有疏忽，就会指桑骂槐，数落媳妇。

婆婆的其他子女都能忍受，毕竟与她不在一起住。只有齐女士每天要面对婆婆，得按照她的意愿去做。齐女士越想通过行动感化婆婆，婆婆越觉得儿媳软弱无能。她总认为这个家里的一切财富都是自己创造的，媳妇嫁进门坐享其成。

为了讨好婆婆，齐女士也经常会买一些礼物给她；自己做饭不老练，但也总是考虑到婆婆的口味。然而，几年相处的结果是，齐女士觉得自己就像个附属品，完全没有任何尊严，自身才情也被淹没在这个家庭中。

为了避免婆媳关系恶化，她曾试图说服丈夫搬出去住。谁知丈夫听了大怒，甩给她一句话：这个家可以不要媳妇，但不能没有母亲；母亲只有一个，妻子可以随便换。

面对丈夫的态度，想想多年来的委曲求全，齐女士痛苦之后，决定离婚。

感言：“尊老”与“爱幼”，是一对幸福的双胞胎。强势婆婆的自身性格也给子女造成阴影。表现在儿子遇到问题时，不仅没有化解反而激化矛盾，并毫无原则的愚孝。一个优秀丈夫，必定是化解母亲与妻子苦恼的高手。

懂事媳妇：来生还做婆婆的女

阿红始终不能理解，婆媳之间为何那么多是非。她说，如果有来生，希望和婆婆再次成为一家人。

她和婆婆已经住了近30年。

婆婆育有六儿三女，现年92岁。六年前，公公去世后，小姑等子女陆续接婆婆去住，但婆婆住几天就回来了。原因是，婆婆只习惯和阿红住，而且阿红也离不开婆婆。

阿红说，婆婆一生善良勤快，遇事哈哈一笑了之，从来不跟人争高论低；年轻时不但分担许多家务，还常常帮助左邻右舍缝衣做饭。婆婆的孙子孙女，几乎都穿过老人做的棉衣布鞋。逢年过节，家人都喜欢吃婆婆做的饭菜。

婆婆待阿红像亲生闺女一样。每当阿红下班回来得太晚时，她总是站在小区的丁字路口等候。如今，婆婆年事已高，手脚不再麻利，身体一天不如一天。每次回家，看不见婆婆阿红心里就着急。

阿红说，自己的父母都在外地，老公整天忙碌顾不上家。这些年，她对婆婆的爱，就像对亲生母亲，希望永远相伴。

感言：像这样的婆媳也不在少数。贤惠婆婆遇上了明智媳妇，千年修来的一家亲。婆婆仁慈，媳妇懂事。这对婆媳，值得学习点赞。

勤俭婆婆：遇上了享受儿媳

年过古稀的李大妈说：现在是独生子女的天下，人人追求享受个性，勤俭和孝道等意识被弱化。即使婆婆将心掏出来对待儿媳，不领情的人多的是。尤其面对年轻媳妇，当个好婆婆也够左右煎熬的。

李大妈说，她的邻居小清，就是典型的90后媳妇。因为怕吃苦不断辞职，去年搬回来住在婆婆家。婆婆习惯勤俭持家，小清不但好逸恶劳、酷爱化妆打扮，而且有个习惯，就是每天早上一定要丈夫抱她起床，甚至要抱到客厅里缠绵一番。衣来伸手、饭来张口，经常要丈夫将她当小孩照顾着哄着。

婆婆看得很不舒服，儿子也整天两头受委屈。据说，小清每天起床后，在梳妆台前，最少打扮两小时，几乎天天都要换新衣服。婆婆觉得儿子太宠爱媳妇，就试图以各种方式改变小清，小清也很不习惯听婆婆的唠叨。

有一天，因为小清洗完澡忘记关壁挂炉和水龙头，已经忍无可忍的婆婆，终于生气地摊牌：不要再啃老了。谁知，小清不但不认错，反而振振有词。一场婆媳大战，闹到谁也不让谁的地步。

早已看不惯小清的公公，出面让小清搬出去住。小清一气之下摔门而出，从此住在娘家不回来。娘家人反倒觉得女儿受委屈了，丈夫却不知如何是好，父母支持儿子离婚。

感言：这是不同时代下，两代人的爱情和物质观的代沟冲突。小清的习惯，也许自幼养成，不是婆婆忽然能改变的。作为新媳妇，一定要懂老家规，更不要天真地认为，你是父母和丈夫的掌上明珠，也是所有人的心肝宝贝。

婆媳经：男人当好糖葫芦

婆媳关系，从古到今，都很微妙。封建社会，婆婆虐待媳妇。媳妇熬成婆婆后，又拿媳妇出气。如今，这种循环关系从根本上发生了变化。

现代媳妇，大多数不愿与婆婆住在一起；许多婆婆也接受现实，主动提出分开居住，这也是房价居高不下的原因之一。保持距离，成了婆媳间的双向明智选择，回家团圆反而显得更亲热。

现代婆婆，今非昔比。

她们有追求有个性，自主独立，与时俱进。随着年龄增长，也向往回归自身兴趣爱好。其实，如果两个女人能换位思考，和睦相处也不困难。

女人作为母体，本来都很辛苦。

婆媳之间要互看优点。媳妇多向婆婆学习生活管家的经验，让老人受到尊重；婆婆要包容年轻人的新潮，养成民主气氛。属于彼此的“私密空间”，婆媳都应享有各自的“隐私权”。出现了分歧，要学会闭嘴冷静，切忌到处诉说加剧矛盾。

男人要当好“糖葫芦”。当着老婆的面，多说母亲的好处；当着母亲的面，多说老婆的长处。遇上矛盾，晚辈要学会给长辈道歉，长辈也要原谅晚辈。婆媳都别忘了，身兼儿子和丈夫角色的男人，是独立而有社会角色的个体，不要都错将他当成私有物，为占有亲情埋下苦果。

说一千道一万：今天当媳妇，未来做婆婆。女人，就不要相互为难女人了。（文中均为化名）

谁解黄昏情

岁岁重阳，今又重阳。敬老爱老，关注夕阳。据了解，我国实行计划生育以来，截至2014年年底，60岁以上的老人，占到总人口的15.5%，而且30%都是独生子女父母。老人正接受生理衰老，也面临一些情感困惑。

老人摆婚宴　儿子酿悲剧

印象一：王女士哭着讲述，三年前重阳节那天，亲友正为舅舅庆贺婚宴，表哥等一帮人冲进现场，闹翻酒席并扬言，谁支持续娶谁就倒霉。

她说，舅舅有三儿二女。早年生活艰辛，后做布匹生意，家底殷实。古稀之年，腰板笔直，身体硬朗，思维清晰。舅母去世后，他一直独居，也无子女照顾，多次向亲友诉说孤独，想找个老伴安度晚年。

舅舅的想法，儿子都不同意。原因是，续娶让家庭关系复杂，家产也要被分走……总之，他们以各种理由阻挠老人实现愿望。在其他亲友牵线下，舅舅和一位很投缘的妇女相识。考虑到子女反对，他就在市中心租了房生活。其间，表哥多次找上门向老人要钱，舅舅看不惯只认钱不认父的习气，所以每次要钱都被拒绝。

王女士说，准舅母贤淑善良，中年丧夫，为了孩子一直守寡。如今子女都成家了，也想找个伴安享晚年。

表哥认为，准舅母另有所谋。为此，准舅母多次提出与舅舅中断关系。但舅舅不愿意，决定自己拿主意结婚。

谁知，婚宴成悲剧。准舅妈吓得晕倒，舅舅气得当场心脏病突发，经抢救无效离世……王女士伤心地说，这样的子女，应该受到法律制裁。

关于老人再婚话题，还有一些难念的经。

千金当红娘　尽孝也出错

印象二：萍的母亲再婚时，儿女都很支持。

然而前不久，法院又判离婚了。这一波三折的黄昏恋结局，引来坊间议论。萍说，希望老人再婚时，一定慎重考虑，千万别自找麻烦。

萍的母亲早年是企业高级管理人员。退休不久，老伴因车祸突然离去。母亲性格独立，拒绝和儿女住在一起。随着年龄的增长，她想问题常常钻牛角尖，急躁得让萍不知所措。

一次，母亲看病时结识了同龄男王某。互有好感就留下了联系方式，并经常相约去锻炼，尤其母亲住院期间，王某更是体贴备至。

萍也渐渐发现，自从王某来到母亲身边，她的性格又随和了。在母亲的同意下，萍促成老人相依为伴。

婚后，王某和母亲关系非常好。

然而第三年，王某开始伸手要辛苦费，子女每月共1000元，再加上母亲的退休金，足够开支了。从第四年起，王某经常以远在东北的儿子生活艰难为由，不断向母亲要钱。

后王某又以儿子做生意赔了为由，向母亲索要5万元。因为母亲的积蓄有限，不得不劝他别管儿子了。王某很生气，母亲也不再容忍。感情破裂时，王某提出分一半家产才搬走，或者让母亲拿出20万元补偿费，否则就别想分手。

萍说："现在才想到，他和母亲交往，并要求领结婚证，是别有用心的。"

王某还带着儿子到家里一起闹事。萍不得不拿起法律武器保护母亲。费了好大神，王某终于走了，却留下很深的教训。

父亲娶继母　女儿上公堂

印象三：妮妮诉说，母亲入土不到半年，父亲竟要娶回比她小五岁的后娘。一气之下，她将父亲告上法庭。

妮妮三岁时，父母就离婚了。她一直和奶奶相依为命，养成了孤独、难以接近的性格。初中毕业后，她打工认识了男友。正当妮妮准备结婚时，父亲告诉她，自己也准备结婚，后娘比她小几岁。

妮妮听后，感到很突然。想想这个女人，一直掌管着父亲的门店，现在还要来做后娘侵占家产。再想想可怜的母亲，在委屈中离开了人世。妮妮心中的怒火，一涌而上。她和男友一起找父亲论理，并锁住门店不让营业。

妮妮的爸爸，突然变成夹心饼，未婚妻也开始找他的事。其娘家亲友也煽动闹情绪，放言若不公开迎娶闺女，就要100万元分手费。女儿搅浑水，他下决心要完成再婚计划。

父亲一直都想对女儿说，自己这些年不容易。有时候，抽烟酗酒，甚至和朋友打牌，以消磨无奈下的寂寞痛苦。又想想当初，与原配分开，也对不起女儿。一肚子苦水，不知向谁说。

妮妮觉得爸爸在瞎折腾，到时也可能人财两空。两人互不相让，爸爸被迫寻找律师，准备和女儿对簿公堂。

时代好公公 新题难子女

印象四：静的公公以前是领导，退休后心甘情愿地做起了家务，还烧得一手川味好菜。凡是到过静家里的人，都知她有一个新好公公。

新好公公经常翻阅烹饪书籍，琢磨营养搭配常识。生活规律，不沾烟酒。闲暇时，喜欢给晚辈讲故事，和亲友下棋谈新闻。左右邻舍都夸赞他，他乐呵呵地说：“过去不干家务，现在就要认真补习。”

2007年冬天，老伴去世，他很伤感。一段时间，就是翻相册忆往事，自言自语。家里只好雇保姆做家务。去年夏天，公公要跟着保姆到乡下住。儿女都不同意，最终还是顺从了老人。后来他在电话中高兴地说：“农村空气好，蔬菜无污染。”

因为保姆家里有事，不能再回城。公公就向儿女提出想跟保姆一直生活的意愿。大家劝老人不要感情用事，老人觉得儿女不孝顺。最终，子女让步。老人领取结婚证，还要将自己的房产证和工资卡等交给后妻。亲友给老人讲利害关系，大家越劝，老人越倔，甚至想和儿女脱离关系。

静说：“保姆人很精明，将来会发生什么意外，很难预料……”然而，老人的意愿，让子女左右为难，也很无语。

心中有圆月 夕阳盼晚晴

印象五：一弯中秋月，勾起多少人的情思。

前不久，79岁的李辉明老人，讲出珍藏心底的情感故事，更希望走散的女护士，能在有生之年与自己见个面。

李辉明老人祖籍山东，和妻子育有3儿1女。老伴已经去世多年，他一直独居，生活依然保持军人的习惯。

50多年前，老人所在的甘肃某部队卫生所里有位女护士，和他都很喜欢拉二胡。因为业余爱好交流多，双方在风言风语中，接受过批评教育。那时，李辉明在老家已有未婚娃娃亲。单身女护士因为调动，也回老家陕南了。

临走前，女护士告诉李辉明，以后就别再来往了。

那一夜，正是一轮圆月挂在天空，冷冷清清。

退休后，李辉明一直想探望她，也打听到女护士已经和当地一位教师结婚，并生有三个子女。

老人说，女护士除了文雅漂亮、内心世界细腻丰富，最吸引他的就是善良聪慧。随着岁月的渐去，他对她的思念却越来越深。

他说，不知女护士晚年生活都好吗？

现在，他越来越内疚。当初，他没有挺身而出保护她，让她受了很多委屈。如果有机会或者有来生，他一定勇敢站出来娶她为妻。希望女护士或相关亲友，能给他一个原谅、理解并见面叙旧的机会。

绕开老来难　共建爱晚亭

剪不断，理还乱。

都说老来难。难在，想坐在火炉旁打盹，却无力行动，渴望细心呵护；难在，独守空巢时，很想有个伴叙旧，却无人能懂。

人老了，生命回归。开始怀旧、健忘或者情绪化，都是衰老绕不开的“婴儿”生物钟，更需要“婴儿”式照顾。“养儿防老”的古语，让人在新时代也有新思考：

关爱老人，重在了解老人心灵深处的需求。子女不应物质至上，逆向来掠夺、强占并围攻老人自由的晚年生活。常回家看看，多陪陪老人，也许空巢老人的情绪化就会少些。

家和万事兴。老人和子女，最好提前商定养老计划。倡导老人在身心健康时，早早为无法行动立好遗嘱等，避免身前身后许多困扰纷争。未雨绸缪，让晚境更有尊严。

其次，社区志愿者以及爱心组织、养老院等社会团体，要加强开展一对一关爱陪护、情感咨询和维权服务。让老人走出生活困惑和心灵孤独，获得生活安全感，以及司法义务援助的绿色通道。

人非草木，孰能无情。我们弘扬传统美德，也要贴合实际，明辨是非，帮助老人实现美好的暮年愿望。让黄昏恋神秘而不羞涩，享受而不苦涩，理解而不添堵。这才是敬老的本真所在。

关注老龄化问题，发挥送终机构的重要性。掀起中华民族尊老爱老新风尚，谨防借敬老之名谋取私利。让伤害老人身心健康的行为，受到道德谴责和法律制裁。

老人的今天，就是大家的明天。共建爱晚亭，人人都有责。让我们一起关爱老人。（文中均为化名）

首发于2017.10.28《咸阳日报》

丢失的童真

童年晶莹，童言无忌。随着时代的发展和生活环境的变迁，孩子的世界也长满社会万象。沉重的功课，代替了玩耍空间；纯真的心灵，染上了金钱味道。作为道德领域素有净土之美的各地小学校园，已经让大人担心。是谁，带走了孩子的童真？

学前班：孩子买卖小宠物

今年春季，记者在市内一家幼儿园门口看见，一群5岁左右甚至更小的孩子，有的拿着小蚕，有的拿着蚕卵。他们将刚刚出生的蚕宝宝分成大、中、小号，卖价分别为2元、1元和0.5元；将布满蚕卵的纸片也分成大、中、小号，价格分别为3元、2元和1元。在不少家长的参与下，孩子间公开买卖蚕宝宝取乐。

正上小班的欢欢，刚刚坐在妈妈的电动车上，发现别的孩子手里提着小鸡，就闹着要买只带回家玩。

一位小男孩自豪地说："三年前，我和伙伴就用小兔子在校园赚零花钱了，反正奶奶在家闲着没事干，她养好，我就负责来卖给同学，家人还夸我从小就有经济头脑。"

几位正在参与买卖的家长认为：从小培养孩子的赚钱意识，在商品社会是十分必要的，大人应该支持。何况孩子们两相情愿，锻炼一下他们的交往能力、推销能力和理财能力，家长也乐意。

小学生：花钱雇伙伴干活

前不久，正上四年级的波波，因为替同学写作业挣零花钱，被父母和老师发现后狠狠批评了一顿。事后，他委屈地告诉妈妈，代同学写作业收费、花钱雇同学值日，还有一些高年级同学让低年级同学买东西，相互商定产生的“跑腿费”“帮忙费”等，在校园不足为奇。

据了解，帮同学写作业根据题量大小，他们之间的收费标准为每次1元、3元和5元不等；如果遇到帮忙写作文、画画等，收费在10元和50元之间不等；如果替同学值日、背书包、擦车子和扛东西等，收费在8元左右。这些收费，都是孩子间的交易，许多家长和老师并不知道。

刚上一年级的男孩红红，连续一周花钱雇同学值日。老师发现后，他说：“我们家的活儿，都是爸爸花钱雇人干的，妈妈从来都不做家务。爸爸说，只要学习好，将来能挣大钱就行了，所以我不会干家务，只能花钱雇同学扫地。”

一位正上六年级的男孩，时不时帮同学写作业收费，甚至给同学讲故事、帮忙买冰棍也收费。当母亲发现批评他时，他振振有词地反驳：“我是靠劳动挣钱的，现在那些课外辅导班、兴趣班，哪个班不收钱？而且都是我们老师办的班，你能去学校直接说老师的问题吗？”孩子的一连串反问，让母亲哭笑不得。和那些懒于劳动的孩子相比，男孩令他母亲感到一点欣慰，因为孩子懂得通过劳动挣钱。

据说，同班一个男孩，经常花5元钱让伙伴帮他从一楼扛自行车到五楼；雇同学写作业，还因长期欠费发生矛盾冲突。还有的孩子，将家里的书、碟片等拿到学校，私下进行租售买卖。除了这些现象，还有孩子为了逃避家长会和作业签字，竟花钱雇临时爸爸、妈妈去开家长会，或代父母签字。

有两个刚刚上初一的孩子，因为替写作业被老师发现后，一个被罚，一个没得到辛苦费。结果两位家长知道后，都不从自己孩子身上找原因，反而各自指责。

学大人：请客送礼显阔绰

端午节前夕，正上小学五年级的雯雯，突然要妈妈提前定做礼物蛋糕，准备请同学到家里聚会。她说：“我们的班长过生日，同学要一起去祝贺。要不，他会在平时给老师打小报告，我也想争取个生活委员或科代表工作。他在班中是老师选的大王，没人敢惹。据说，这个班长是他爸给老师送礼得到的。”

雯雯的话让妈妈大吃一惊，小小孩子怎么变得如此社会化？一位家长无意中透漏：“其实，自从孩子上幼儿园起，我就不定期感谢老师，买丝巾、织毛衣、送化妆品等礼物，总想和老师拉拉关系，让人家对咱娃好一点。如果有担任班干部的机会，尽量让孩子锻炼锻炼。”

和老师极力联络感情的家长，也有一肚子无奈苦水。他们认为：现在的风气就是这样，校园就是小社会，充满了交易。大家都是独生子，谁也不愿让孩子遭到冷遇。所以给老师送礼，家长有苦难言，也心甘情愿。

一些家长认为：社会越来越功利，绝不能让自己吃亏。现在的生活水平高，给孩子吃好、穿好很正常，否则孩子在集体中会被同伴讥笑。所以，许多家长宁可自己节衣缩食，也不让孩子在人面前显得寒酸。

嘉嘉从小学二年级起就厌学，到了六年级时开始撒谎、逃学，沉迷网吧甚至和同学去KTV。眼看要上初一了，他已经是一位富有社会经验的孩子，师生戏称这位学生是“八面玲珑的社交高手”。他留给大家的第一印象都是“礼貌聪明”，几乎人见人爱，可是前不久因为逃课去歌厅、打群架和早恋被学校劝退。

和记者聊天时，他依然一脸显摆地讲述着：

自己家里很有钱，从小拿的文具盒就比别的同学高档几倍，衣服鞋袜几乎都是名牌。谈起厌学，他说爸爸妈妈平时很忙，自己从小由爷爷奶奶带着，入学前也报了好多兴趣班，最后还请了“一对一家教老师”陪读，现在越来越觉得学习很枯燥，还不如早早去挣钱。

嘉嘉偶然也跟着爸爸妈妈去酒店、KTV和足疗等成人娱乐的场合休闲应酬，他还自豪地说：“以前，爸爸给我奖励的学习进步钱，我还经常用来请同学吃饭，如果爸爸将来取消奖金，我就在校门口开个麻辣烫，生意肯定火得很。”

万花筒：折射社会浮躁风

校园悄然出现的社会万象，已经引起各界人士和家长的担忧。

长期担任小学班主任的邹老师说：“类似嘉嘉的孩子，家庭背景都差不多。这类孩子的父母，在社会上大都是很有头面的，文化层次也不低。但是在教育孩子上，却显得很无能，甚至面对孩子的问题，自己首先是不知所措。”她说，孩子就是家庭的一个缩影，所有的问题折射着父母的问题：虚荣爱显摆的家长，培养的孩子就爱撒谎吹牛；朴实真诚的家长，培养的孩子，问题就少一些。所以孩子有问题，家长首先要反思自己的问题。

根据多年教学经验，已经退休的老校长赵老师感叹道：过去的孩子，之所以单纯，是因为环境很单纯。改革开放30年，孩子的心灵也被成人的物质追求污染着，各式“道德染色馒头”悄悄毒害着幼苗的健康成长。小商小贩、企业老板，哪个人现在不朝钱看？许多家长，拔苗助长，功利化思想太盛。其实，这是经济繁荣下精神文明的缺失，也是社会进步中的道德悲哀。呼吁大家，弘扬传统文化，清理孩子的学习生活环境，让他们在干净的校风里不受社会污染。

家长李先生说，望子成龙、望女成凤，家长的心情完全可以理解。但家长包括老师，忽视了孩子的品德培养，一味追求分数、追求排名，孩子的纯真让成人之手给抹杀了。希望那些忙于应酬的家长，多一些时间陪陪孩子。

和许多优秀家长一样，李先生认为：社会分工不同，孩子将来不管从事什么工作，只要自食其力就好。我们提倡劳动光荣，获取财富的观念没错，但是作为家长和老师，都应该以身作则，引导孩子在学习阶段安心学习，引导孩子如何感恩别人、如何关爱同学、如何互帮互助，而不应该让金钱物质左右了自己和孩子的头脑。希望家长不要攀比，老师也应该花心思营造孩子的良好的德育环境。

十年树木，百年树人。教育是一个漫长的希望工程。除了家长和老师，社会大环境应该肩负责任。

首先是家长，要有一颗平常心；其次是老师，要为人师表，倡导同学品德第一。同时，希望工商、公安、媒体和教育部门，联手净化校园环境，尤其是校园周边环境；成人要加强自身修养，用言行为孩子树立榜样。

这样，丢失的童真方有望找回来。（文中均为化名）

写于2008年六一儿童节

压岁钱的涨声

压岁钱起于汉代兴于唐朝，本是家中长辈给晚辈平安祈福的护身符。从彩绳红线穿铜钱到几块小小糖果，浓缩着迎新增岁时亲情间甜美的印记。如今，压岁钱一路翻新飙升，成了家长与孩子不好消化的年味。

担　忧

春节刚收假，王女士就向同事讲述自己的烦心事：她的孩子正上四年级，以前的压岁钱都是自觉交给父母保管，可是今年，孩子表现出强烈的支配欲，而且开始乱买玩具、大手大脚花钱，还振振有词地说，班上很多同学都是上万元的压岁钱，自己才是5000元。

王女士道出了许多家长的苦恼。如何面对突然降临给孩子的压岁钱，家长们也各有说辞。

一位李姓家长说，女儿正上高中，每年春节，她都给孩子奖励性的压岁钱上千元不等，钱的多少与孩子平时的表现及学习成绩挂钩。另一位鲁姓家长说，儿子正上初中，每年都会收到爷爷、奶奶和姑姑、姨妈等亲友每人最少五千元的压岁钱，6岁起就有小金库，基本是孩子自主掌握，无论他把钱花在什么地方，只要不违法乱纪、影响学习成绩就行，反正就一个孩子，也不能让娃在花钱上受委屈。

相比之下，刘先生却另有一番焦虑。他的孙子年龄太小，根本没有能力支配巨额压岁钱。他认为，现在的压岁钱已经变成人情债，早已丢掉了护身符的传统意义。尤其是收到别人的钱，大家必须想办法归还，来来去去掏的都是家长的腰包，反而助长了孩子不劳而获的习气，又让大人对应酬感到很疲惫。偶尔，也会因为压岁钱的循环互赠，或者多少不等，造成亲友之间的心理交换阴影。

攀　比

压岁钱的“平安”味越来越淡了。

已经退休的许大爷这样说：“我和老伴日子本来就过得非常拮据。每年为了给亲友发压岁钱，必须从半年前就节衣缩食积攒准备。春节过后，我直接就是欠债户，但孩子们总觉得跟别人比起来，压岁钱少得说不出口。”

正在从事教育工作的宋老师感叹：压岁钱跟风涨价，已经让工薪阶层甚至弱势群体内心难受。由于“压岁钱”来得太容易，一些孩子花起来也就无所顾忌。有些成人甚至利用小孩来获取“压岁钱”。有些孩子还用“压岁钱”大搞生日派对、逛歌舞厅，养成打游戏、泡网吧、喝酒、抽烟等不良习惯。

记者有幸调查了都市名校的10位小学生，得知他们今年收到的压岁钱，最少者是1800元，最多者是23200元。其中，6位对压岁钱的来历与寓意说不清；7位对压岁钱表现出不稀罕也不差钱的优越感；2位表示要将压岁钱交给父母保管；8位认为要和同学比比看谁最富有。

寄　语

压岁钱成了欢度春节时最幸福的纠结。

当土豪亲情拥堵而来，成人不断助推压岁钱涨价运动，又暗暗担心宠坏了身边的小富翁。

在物质极富面前，我们是继续攀比压岁钱，还是捂紧口袋回归本真？这是值得思考的教育问题。

个人愚见，流油的生活也要苦养孩子。学校与家长有责任共同监管、引导好孩子合理消费压岁钱并顺利完成学业，从小培养节约理财的好习惯。同时，家长可以鼓励孩子参加公益慈善活动，还要提醒孩子，不要随便接受外人的巨额压岁钱，更不能拿着父母的人情钱去攀比。

亲情何须金钱量？愿孩子收到的压岁钱，与身心康乐成长永远相伴。

有暑无假

暑假期间，记者在采访中获知：82%的小学生和93%的初中生，依然每天背着书包，参加各类学习辅导班，低龄孩子在家长天天陪送下，走出这个课堂，又去另一个课堂。孩子不仅没有享受放假的快乐，反而比平时更辛苦，上班的家长也很无奈。

孩子：天天盼放假

2008年7月16日上午，在新华大厦东边的草坪上，两个小女孩都背着画架在对话，个子高一点的说："要是不去上课，在一起玩多好啊。"另一个说："同学都喜欢地震了，只有地震来了，才放假不用上学。"

她们都是五年级学生，暑假期间，父母都给报了英语和数学补习班，刚刚上完课在这里溜达。与这两个小女孩相比，小虎就显得很成熟。他告诉记者，他今年上初二，父母平时上班都很忙。每年暑假，他几乎都是自己管自己，在家做作业、看电视、上上网，无聊时到书店里逛。与其他同学比起来，除了暑假作业外，他只报了跆拳道学习训练班。他说："像我这样自由支配时间的孩子很少，想找个伴儿玩几乎没有，大部分同学都在忙忙碌碌上课。"

由于父母上班，加之小升初和中考等，导致许多孩子继续生活在托管班、兴趣班，甚至在私人的地下室学习、活动、休息。这样的暑假生活，孩子和大人都不情愿。

家长：花钱买安心

赤日炎炎，记者随处都能看到或接送孩子，或站在培训机构外面等待孩子的家长，成人的表情都很无奈。

7月10日下午3：00，人民西路一家英语兴趣班外面，两个家长在议论：孩子自制力差，待在家里无人监管，整天看电视。为了学习看管双保险，就报了各种班。他们说，今天不努力明天就会被淘汰，老师也瞧不起成绩差的娃，谁愿意落后呀。尽管孩子不情愿补课，但是也知道，现在不好好学习，将来考不上重点大学，就业就非常难。看着孩子早出晚归上课，也是一种无奈的选择。

吕萍的女儿正上六年级，和同学参加夏令营刚刚回家。这几天在家练习毛笔字，过一段回老家去玩。吕萍认为，家长不应随波逐流，暑假就应该让孩子轻松些。像吕萍这样的家长很少碰见，大多数家长几乎都认为：暑假补习上课，家长安心，又能解决孩子无人照看的苦恼。

调查显示，80%的中学生和60%的小学生，仅暑假补课费就在1500到3000元不等。家长节衣缩食，花钱买来孩子一肚子苦水，彼此都觉得无助。

关注：大家想办法

这样的现状，咸阳的情况只是各地暑假情况的缩影。

升学的压力，导致许多老师和家长盲目攀比，过分看重和追求孩子的学习成绩。加之，整个社会及成人的功利化教育思想严重。这是导致有暑无假的根本原因。

咸阳中学的何慧珍老师说：如果非要选择培训学习的话，一定要选择孩子有兴趣、教学质量和环境好的辅导班，不要再给孩子太多的作业。有条件的家长，应多陪陪孩子参加社会实践活动。如模型制作、夏令营和志愿者服务，有利于拓展孩子的视野，培养孩子的责任担当意识。在暑假期间，家长应该注重孩子情操的培养和意志的锻炼。

咸阳师范学院的李峰教授说，孩子的心理和身体健康是首位的。家长千万不敢忽视孩子爱玩好动的小鸟特点。如果过分约束管理，或过分放任自由，对成长都是有害的。

他说，社会公共文体资源，如图书馆、博物馆和体育场，都应该在暑假向孩子免费开放。社区也可以组织公益活动，号召孩子参加体验，免得家长上班后担忧孩子安全。同时，他建议孩子放假后，单位也给家长自由时间，让大家有更多的时间，陪护孩子健康成长。（文中均为化名）

家有考生

高考，转眼又来。高考，不仅是一场知识能力的比赛，更是一场心理素质的大考。十年苦读，考生希望榜上有名，父母盼望陪读结束。距离高考还有不到十天的时间，但愿考生和家长，调整好心态，为考卷加分，走赢高考。

镜头一：考生紧张也轻松

民院附中的赵某，学习成绩一直名列前茅。老师说，她的成绩考个重点大学没问题，父母也期待佳音。但这些天，赵某反而变得不安起来，距离高考越近，她越是吃不下饭，睡眠也不好。模考成绩也在连续下滑，父母和老师的期望也有点动摇了。

赵某说："我真的害怕自己考不上，对不起父母。尤其是妈妈，为了陪我高考，今年连班都不上了，整天在家精心调理食谱，唯恐我营养赶不上，输在考场上。老师和周围的亲友，对我的期望好高。这几天，总是想着要是考不上怎么办，害怕发挥失误，真是烦死了。"

类似赵某同学这样情绪焦虑的考生还有很多。有的正在调整心态，准备迎考；有的因此错过去年金榜题名，成为复读生。

王某说："按我之前的成绩，去年考名牌大学是没问题的。可是临考前发烧感冒，当天又拉肚子，撑着考完后，结果录入二本，我心里很郁闷，今年是重新上阵，但愿自己的成绩不再败在心理紧张上。"

在彩虹中学操场里，一群高三学生正在打篮球。小李告诉记者：“我早都准备好了，重视而不紧张。这几天，老师主要就是引导我们减压，消除紧张情绪，跑步锻炼打球……轻松面对高考。”

镜头二：孩子闹情绪家长急

沈家小区的程女士，为了儿子高考，可谓操碎了心。一日三餐，几乎没有重样的，天天变着花样做食谱，也在附近书店买了许多资料给儿子。谁知这几天，儿子越来越急躁，遇一点小事就发火，甚至向妈妈发出弃考信号。

看着儿子学习很辛苦，程女士心疼又委屈。她说：“我跟上儿子熬夜陪读，连他的书本都看熟了，买回资料是为了给他充电，他反而不领情，还大发脾气。我也知道孩子压力大，脾气不好可以理解，但也不知道该怎么让他放松心态，反正这两天，我就少说话尽量不惹他。”

一位来自陕北陪读的母亲告诉记者：“儿子上高一时，我就给单位请长假，将他带到咸阳来读书。这几年，几乎都是围着儿子转。尤其是上了高三，我每天陪孩子早起晚睡，唯恐学业被落下了。可是这儿子几天，儿子不让我围着他。”面对孩子的情绪，这位母亲说：“现在孩子很难带，轻不得重不得，动不动就厌学。眼看就要高考了，他不在状态，真急人，又不敢太直说。”

一对李姓夫妇，为了给女儿创造学习环境，从外县多次转学，花了好多积蓄，租房买房，现在回到原籍迎考，孩子还抱怨大人自讨苦吃。目前，她闹着不想参加高考，要去学习婚纱摄影，李先生为此很苦恼。陪读换来孩子的反感，在家中闹冲突，有的甚至离家出走发生悲剧，这让家长满腹苦水肚里流。

镜头三：好心态才能加分

咸阳市中心医院的王瑞告诉记者，每年临近高考前，考生和家长产生焦虑情绪的现象不在少数。尤其是临近考试，有的考生失眠焦虑，有的考生胃肠不适，还有许多家长也产生了情绪障碍，和孩子一起高烧生病，这些现象都是心理紧张和压力太大引起的。

她认为，这一切都是家长对孩子期望值太高，而孩子心理脆弱引起的高考综合征。所以，必须调整心态。

她说，平时学习成绩一般，甚至不被家长和老师看中的“普通生”，在高考中往往超常发挥，这是因为心理素质好。拥有健康的心态，就注定给自己的考试加分。

家长要首先带头调整自己的心态，不要给孩子火上加油，制造紧张空气，总害怕孩子失败。成功的路不止一条，还有好多适合自己孩子发展的路径，高考并不是孩子唯一的选择。切忌大包大揽，代替孩子设计未来，将个人愿望强加于孩子。这些不利因素，只能加剧矛盾，导致冲突不断。

一颗红心，两种准备。考前心态的调整，重点在于树立面对挫折的勇气。要相信自己，多给自己积极的暗示。

考试前，饮食应该清淡。备好清凉油、雨伞等用品。 听听音乐，看看娱乐节目和新闻，利于身心愉悦；适当跑步，利于情绪饱满。出现紧张情绪时，采取深呼吸的方法，慢慢呼气、吸气，同时放松全身肌肉，这样持续做3～5分钟，会收到很好的效果。高考必胜。良好的心态，是顺利到达彼岸的关键。

首发于2011.5.24《咸阳日报》

私房钱的公开秘密

“私房钱”原来是受气的小媳妇，靠省吃俭用来接济娘家或者为自己急用的压箱钱。如今，男人们也加入女人的专利区。私房钱，带给男女的安全感，正被大多数现代夫妻公开认可，似乎不再属于夫妻秘密。

事实面前　感情破灭

这几天，朱女士的心情堵极了。她有些想不通，自己和丈夫一起经营的家，说散就散了。据了解，导致两人感情破碎的直接原因，就是私房钱。

朱女士和丈夫原是高中同学，两人结婚后从陕北老家来到咸阳跟人学习服装裁剪。现在夫妻俩已做服装加工生意近20年了，现有一儿一女，聪明好学。这些年，夫妻俩勤劳持家，日子过得很和美。为了打理朋友关系和娘家事务，朱女士早在几年前就瞒着丈夫攒起了私房钱。

起初，只是积攒生意上的小零钱，渐渐地私房钱像雪球似的越滚越多，不知不觉中，朱女士已积攒了近10万元。

正当朱女士享受着私房钱为自己的生意等带来的方便时，丈夫却越来越不舒服了。心中郁闷的他，喝完酒后追问朱女士，甚至怀疑妻子对自己不忠。尽管朱女士极力解说自己的初衷，但丈夫始终不能原谅理解。渐渐地，私房钱让夫妻关系蒙上了一道说不清的阴影。丈夫开始醉酒，另寻新欢解心愁。朱女士想挽留丈夫，最终还是离婚了。丈夫走了，她充满了悔恨和自责。

面对朱女士的处境，市民王先生说：现代家庭里，私房钱已成为不争的事实，朱女士的丈夫因此而嫌弃妻子未免太小气了。况且，私房钱在现实生活中给大家带来的方便很多，应该是夫妻俩心知肚明的秘密，不必为此走上离婚之路。

与王先生观点完全不同的市民李大妈认为：夫妻俩辛辛苦苦在一起过日子，应该真诚相待，不必隐藏私房钱。而且朱女士的私房钱，数量不是一个小数字，她在存私房钱时，已经忘了丈夫内心的感受，所以导致离婚完全可以理解。

相互尊重　锦上添花

长期在卫生系统工作的任先生坦言：自己和妻子都没有存私房钱。家里的钱都由妻子管，他几乎从不过问；妻子也给了他充分的花钱自由，需要时就随时给，从不干预。而且家里很多方面的花销，不用自己操心，妻子已经打理好了。结婚以来，他们从未在花钱上发生过矛盾。

他说，私房钱表面上看是个经济问题，其实是夫妻之间信任的危机问题。当夫妻相互间不理解、不尊重、不信任时，才可能出现私房钱。钱，是为人服务的。 私房钱越多，说明婚姻越缺乏安全感，也日益吞食着夫妻间信任的感情。

关于私房钱，市民李先生却有自己的体会和看法。他说：每个家庭有每个家庭的具体情况，存私房钱的原因也是多种多样的，不能简单到对与错，是与非。

李先生说自己的姨妈为了供儿子读大学，累出了一身病，亲戚们也曾给表弟凑学费。但表弟工作结婚后，每次给家里寄钱，老婆就非常生气。后来，表弟干脆攒起了私房钱， 老人急用和家里盖房，表弟就偷偷给钱。这样，既能给父母尽尽孝心，减轻负担，又不会和老婆吵架，何乐而不为。他也坦言自己和妻子都有私房钱。因为妻子经常花钱大手大脚，他不得不留足私房钱以备家中急用；同时，他也鼓励妻子积攒些私房钱，以备急用和平时乱花钱。

李先生认为，私房钱可以用来妥善处理亲朋关系，既是“亲情维护金”又是“交际活动金”。丈夫可以用私房钱买礼物送给妻子，说是婆婆给买的，更能使家庭关系轻松和谐，而且润滑夫妻关系，丈夫从中受益匪浅。

刚刚结婚的小严，也开始藏起了私房钱，因为周围的亲朋好友都不约而同拥有私房钱。

她说，自己的父母以前总爱吵架。后来，父亲带着家里所有的积蓄远走高飞了。婚姻有时是个不可靠的关系。防人之心不可无，除了自己，谁还会对你百分之百负责呢？所以，一定要存私房钱。私房钱，从某种意义上讲，是一个人获得独立和安全感的前提。

长期在银行系统工作、现已退休的宋女士说： 如果夫妻双方家庭背景悬殊，一方家庭经济情况明显落后于另一方时，两个人在一起，生活、消费习惯就很难雷同。如果一方崇尚名牌，另一方勤俭朴素，难免会有分歧。如果彼此都有工资，就用私房钱来弥补空白和遗憾，也是可以理解的夫妻相处之道。但双方在经济上，必须坚持“平等、互信、自由”的原则，民主理财。 “自由”体现着尊重，体现着理解，体现着信任，体现着包容和爱。

私字当头　理好钱财

尽管私房钱以私字当头，但许多网民都认为，现代夫妻更应该胸怀坦荡地面对私房钱。因为私房钱如果运用得当，不但能为夫妻关系锦上添花，还能雪中送炭；如果“私”字当头，幸福也会可遇而不可求。然而，对于如何用好各自的私房钱，理财高手吴丽女士这样说：私房钱应把握数额适度的原则。过去人们攒私房钱，是从工资里悄悄留下几十块钱，来应付买烟、在外应酬等开支。现在大家的收入不断增加，除了工资以外，还有股票、基金、绩效奖励、提成、补贴等不固定的收入，许多人还有兼职等更隐蔽的收入，所以，积攒私房钱越来越方便，私房钱的数额也越来越大。但是作为一个家庭来说，夫妻双方都有维护家庭利益、提高生活质量的义务。如果私房钱留得太多，恐怕会有“谋反”之类的嫌疑。因此，积攒私房钱应根据个人的情况控制数额，不宜太大。

私房钱应坚持对家有益的原则。私房钱虽然是隐蔽的，但不能将私房钱用于赌博等非法消费和开支，应取之于家、用之于家。比如，可以为爱人或孩子购买礼物，让家人感到惊喜，促进家庭和睦。如果家庭成员因看病等原因急需用钱，这时主动拿出私房钱会有“雪中送炭”的感觉；孩子考上大学，可以用私房钱交学费。这样，私房钱实际上就是家庭“备用金库”。

私房钱要坚持因人而异的原则。在积攒私房钱上，不同的家庭应当有不同的策略。如果一方不良嗜好较多，或者对家庭不忠诚，另一方则更有必要攒私房钱。这样，一旦因对方无度消费而使家庭财务捉襟见肘时，私房钱可以派上用场；如果因对方有外遇等，导致家庭破裂时，私房钱又可以帮助自己走出困境。

另外，如果夫妻一方对攒私房钱非常反感，则最好将各种收入透明化，或者实行AA制最好。在某种意义上说，两人AA制，实际上攒的都是私房钱，相对比较公平合理，也就不会因一方擅自攒私房钱而引发家庭矛盾。

同时，私房钱要坚持投资增值的原则。相对家庭总积蓄来说，私房钱的数额可能较小，于是许多人便随意存在银行甚至将现金东掖西藏，忽视了这些钱的打理。其实，无论钱多钱少，都需要理财生财。所以，私房钱可以选择基金、股票、收藏等收益高的投资渠道，即使出现风险，对家庭也不会带来太大影响，但投资收益高了，却会为家庭锦上添花。

首发于2009.9.10《咸阳日报》

土豪妈妈的思维

坐在我对面喝茶的文雅，纤弱、婉约的样子好像江南小美女。茶香，人静，听着她的困惑，心里隐约疼惜。

文雅是一位地地道道关中农村长大的女子，自幼善良懂事，写得一手好文章，有美文曾经选入教材。因为有一篇文章被别人抄袭后，在法律维权中她受到人身攻击威胁，再加上单位等的各种压力，为了亲人的安全和生计，她不得不含泪离开了小村庄上的原单位，开始了漂泊不定的自我谋职生涯。

她在教育系统为人师表，善待孩子，是大家公认的教学能手，也是许多家长和孩子喜欢的老师，模范先进教师有口皆碑。但是，身处贵族学校，每天面对的基本是土豪家长和任性顽皮的小孩子，各种烦心事让她觉得很苦恼想辞职。

说起辞职这个话题，她想到自己办过作文辅导班。曾经被假记者和一些不良习气围困，逼迫关门。文雅也觉得自己更适合教书育人、传道解惑，对复杂的世俗敬而远之最好。因为面对一些邪风歪气，经常有理也说不清。

比如，自己想让孩子上学期间不拿手机、衣着朴素，但是一些家长不愿意，觉得那会让孩子看起来打扮落伍；自己想让孩子团结友爱，从小自立互助，可是家长总怕孩子吃亏受累；自己想让孩子遵守纪律，按时上课，但是有些家长自己有一套休假和纪律制度……秀才遇上兵，她开始怀疑自己的适应能力。

目前她最困惑的是，一位小孩子课间玩耍时摔倒了，腿上的皮肤擦了点儿外伤。她陪孩子在校医那里及时消毒处理完后，孩子一切都已回归正常状态。可是孩子放学回到家，土豪妈妈追来了，指责她当时没有陪护孩子回家，孩子擦伤又没有通知家长一起到大医院全面检查看看。

无奈之下，文雅和土豪妈妈一起陪孩子去大医院检查，在没有任何病症的情况下，土豪妈妈要求孩子回家，休息一周后再观察观察。

文雅答应了。谁知这期间，这个土豪妈妈又跑到校长那里告状，说文雅对孩子关心不够，不带礼品上门看望孩子，又不给家长和孩子认错道歉。要求校方停发工资或者开除文雅。

文雅说，这些年，遇到过一些不顺心，但从来没有遇到过这么奇葩的家长。她说，面对越来越多的小千金和小皇帝，觉得都失去了职业尊严。

20多年一直从事教师工作，但是，她现在真有点世界那么大的感慨，不想再从事这个职业了。

感言：这个妈妈好“奇葩”，导致娃娃真金贵。文雅的苦恼绝不是唯一个例。当校园里的不良风气让敬业的职工开始想退出时，难道只是土豪妈妈的问题？文雅碰上的各种不幸，无疑是一个综合又复杂的社会问题。自古尊师之道，神圣不可侵犯。十年树木，百年树人。不仅仅是教育界需要称职的教师，各行各业都离不开敬业的人。当有良知的教师或者员工在单位不断减少时，教育强国、文化复兴，也许就是一个口号、一个美梦罢了。悲在需要冷静反思的，不仅仅是土豪妈妈和文雅老师。还有，我们究竟该如何真正引导和爱护孩子？想起这个话题，在浮躁的社会风气下突然感到好沉重。

首发于2017.8.22《咸阳日报》

碰上职场“怪兽”

苦恼：一封诽谤信

2017年5月9日下午，一个热线约起，对方男中音。告诉我他想找个地方喝茶聊聊，谈一谈最近工作上的苦恼。

在茶秀见到王雄（化名）时，见他朝气蓬勃，但有些酒后小醉，一副不吐不快的样子。

一年前，王雄大学毕业进入市内一家医疗企业做营销策划。帅气潇洒、果敢智慧、工作热情有点子的他，很快赢得了大家的认可，总经理也很欣赏、信任他，就在企业即将重用他时，一封匿名信传给了总经理。

信里面涉及王雄工作上的种种不足，以及个人生活问题，几乎是从头到尾充满攻击和诽谤。总经理看完信，在吃惊中前思后想后，还是把王雄叫到当面善意提醒，王雄听后完全郁闷了，像现场被人一棍子把头打晕了。

一个大男人，即使再委屈，也是英雄有泪不能轻弹的。他立即要求查出真相，寄匿名信的人到底想干啥？可是领导说，有则改之无则加勉即可，大家在一起还是尽量维护团结。

情绪激动的王雄，真想找个地缝钻进去或者打个110报警，他感到一生最耻辱的莫过是被人诬告，站着中枪。此刻，他满肚子的委屈不知向谁才能说清，领导却让他冷静冷静，不要为此伤了同志感情。

真相：好兄干的事

奇怪的是，就在王雄最郁闷之时，部门的小李哭着辞职了。原因是另外一个部门主管总是找她的碴。除了挑拨她和一个女同事的关系外，还整天在副总跟前打小报告，从上班迟到，到小姑娘八小时外找朋友、穿衣打扮等，他都要关注、评论，甚至造谣生事。

一段时间，公司里人人自危，不敢随便说话。整天埋头苦干工作的人，也经常被牵连进是非之中。

王雄知道小李的遭遇后，忽然大脑中出现一个人，这个人是在公司拥有点儿老资本的部门主管。前一段因为经济问题，被外面一家单位揭发，他还以兄弟仗义之名找人熄火，和解矛盾，当面退赔。此人在单位是人人皆知的挑刺大王，聪明程度无人相比。他见了任何人都很热情，嘴甜得像吃了蜜，尤其是见了年长的女同志都叫姐姐，有时甚至为了达到目的叫阿姨。这个人和王雄也很亲切，称他为老弟，自从他到公司后，一直被称兄道弟照顾着，八小时外还约王雄喝酒打牌。

这个人满嘴谎言，几乎是八面玲珑的人精怪兽，经常用嘴巴哄着人义务帮他忙。尤其是不会写文章、做策划，王雄就经常被他哄着加班，义务改稿帮忙，甚至到他家里去做义工。他视王雄如亲兄弟，对王雄感激不尽。这个人也经常跑到领导那里，以打小报告为工作乐趣，以看别人缺点为敬业责任，以和领导套近乎示好为荣，给许多员工穿小鞋，玩花招。

但是这个人，背过领导，又到处散布领导的谣言坏话，公司的人基本都知道，只有领导蒙在鼓里，始终认不清真假是非。

小李辞职了，但是她将原委告诉了王雄。终于真相大白，告他的人就是这个老兄。之前此人想鼓动小李等一起告王雄，主要是嫉妒王雄业绩突出，工作能力太强，担心王雄提升太快。小李不和他一道走邪门，那个老兄就直接翻脸找碴了，并且想尽办法给王雄找问题，写了匿名信。

纠结：想狠揍他一顿

年轻气盛的王雄，似乎咽不下这口气。他一会儿告诉记者，想找人狠狠地揍这个怪兽，让他不要再危害公司正常生产经营活动了；一会儿又说，想抓起这个怪兽的衣领，到领导那里去评理，让其不要再危害同事了。

据说，单位好多员工都知道这个怪兽主管。说着说着，王雄又想辞职不干了。他说，一个单位能容忍这么个怪兽部门主管，可见单位的问题也不少。自己还很年轻，真的不想在这里待下去了。

王雄说着，忽然抽起烟来，他已经无语了。

感言：树大招风，风摧秀木。这是现实，也是初入职场的人各种不适应下的一个共同话题。换了单位，也许会遇到另外的苦恼；打伤了人，也许有理变成了无理。自认为聪明绝顶的人，迟早会玩翻船的。见人说人话，见鬼说鬼话，见了人鬼说神话。正常人是做不到的，除非演员遇上了怪兽。

笨一点地做人处事，心里会更踏实些。不是说王强无语了，让人听得都无语了。一个思想心理不健康的人，竟然能当上部门主管，可见一个单位的正气必须满满的，邪气才没有市场兴风作浪。

建议王雄，挺一挺，在没有完全肯定那个匿名信答案的时候，沉默是最好的武器。

请别再叫我宝贝

缘起：同学聚会

告别春困，这些日，娟子又被一场突如其来的爱困惑着。思前想后，向东不对，向西不对，进退两难，无法入眠。

璞园的环境，素雅而温馨。午后的阳光透进窗台，让人心存美好。然而，坐在我对面的娟子，似乎无法安静下来。此刻，她无法好好享受与茶相约的幽静感觉。

她的手机短信，几乎不停打断现场的讲述。那是年前一场同学聚会，20多年未见的高中老同学，重逢胜欢，举杯痛饮，回首青葱岁月，无不翩翩起舞。聚会时，当年爱慕她的那个男同学始终坐在她的身旁，大家频频举杯，叙旧忆今，谈笑风生。

聚会散场时，男同学主动要求送她回家。不知是酒兴还是真情，当年那个非常稳重的男同学，突然在车上向她表达爱意。藏在心中彼此多年的美好印象，让娟子一下不知所措。

当晚，娟子也有些动情，坐在男同学身边默默不语。默默不语，在初恋的男友心中，也许就是默认。但是，理智告诉娟子，自己有家有孩子，也有疼爱自己的婆家人。

纠结：爱的攻势

那一夜，娟子在非常矛盾中，还是选择离开了初恋男友。她觉得自己没有理由背叛家庭、背叛老公、背叛爱她的亲人。下车前，她告诉男同学，咱们还是把一切美好记忆留在心中吧。他望着她，也沉默了。她离开时，看似平静，但是内心复杂交织，就像深夜都市的万家灯火。

彼此沉默三个月后，初恋男同学又发起爱的攻势，用各种方式想靠近她。她偶然也会聊上几句话。从亲爱的到宝贝，从平静到迷恋。她开始心跳加速，进一步出错，退一步留恋，到如今痛苦挣扎。

娟子说，男同学的妻子也很贤淑优秀，听说通情达理，长得也漂亮……这些天，她忽然不明白爱情的滋味，也想不通是不是男同学现在钱多了，开始花天酒地。

感言：爱情很美好，往往有些缥缈。婚后的柴米，也许更显实在。风雨来了，你才会知道谁最实在，谁最可靠重要。当爱情和婚姻两者不能完美兼顾时，还是各自相安为好。如果以爱的名义，伤害了家庭双方、伤害了亲情感受，有时后院还会起大火。烧伤了彼此，怎么可能是一个“宝贝”了结？

首发于2017.5.16《咸阳日报》

房价的冷遇

在各地房价一片“涨声”中，国家连续出台了一系列关于房产调控的政策。各地楼市终于低下了高昂的头，降价声、维权声、破产声等新闻不断。国庆期间，咸阳楼盘给力促销，市民还是捂紧钱包观望，房价的冷遇已经波及身边。

商家：放下身价正促销

2011年春节在即，记者走访房地产市场发现，消费者和相关人士普遍认为，房产调控就是要让老百姓买得起房子，随着国家保障性住房力度加大，涨声有望回归。

这几天，王女士和她的朋友不断接到市内有“楼盘之王”之称的楼盘的销售人员的促销电话，告诉她们最具魅力人气的珍藏版房子最近回报顾客，数量有限，希望抓紧去看。同时，王女士的老公和亲朋好友，也接到许多类似的促销电话、短信和宣传单。

王女士说，去年国庆期间，她带母亲在那里看过房子，考虑到该楼盘地理位置不错，尽管价格高得有点离谱，但是看着一路上涨的房价，就想赶紧预订。谁知售楼小姐告诉她，珍藏版住宅需要等时间摇号购买。同时，给她推荐了另一款房子。

看着售楼小姐不愁卖的表情，王女士掂量了一下钱包后留下联系方式走了。谁知现在，她等到的消息竟是这款珍藏版房子，已经比去年每平方米价格降了近1000元，王女士表示还要等等看。

与王女士不同的是，前不久，从贵州来咸阳办理业务的周先生，在经过人民西路时，被售楼人员不约而同地围住推荐房子，并邀请他到现场去了解相关打折政策。周先生过后觉得，咸阳的房子也和自己那边一样卖不动。

不少市民发现，近期手机集中收到楼盘促销活动短信。有些楼盘大打亲情牌、感恩牌，甚至以内部认购方式变相降价，还有商家打着“买房子送轿车、送地下室”等优惠口号，可是售楼部的顾客寥寥无几，偶然有几个了解行情者，仍主要是打探价格。

市场：遇上寒流有理性

从事了近六年楼盘销售的邹小姐说：“我的销售业绩一直非常好。自从国家房地产政策调控后，今年业绩下滑，连续三个月零销售。许多同行都悄悄转行了，我也不得不离开这个行业。”

她透露，世纪大道、咸阳湖周边和市区在售的楼盘，从上半年起几乎都是有价无市。有些称为“星级”的楼盘，价格看似“坚不可摧”，但消费者最终拿到的远远低于公开价。如果一次性付款，还有更多优惠。现在一些商家早已将开盘预期价悄悄降了，但购房者还是不动心。

记者在几家售楼部发现，自下半年来，从登记本上可明显看出每天咨询的人数在减少，促销员依然以交通便利等为优势进行促销。但是，提到成交量和入住率等敏感话题，他们总是遮遮掩掩不愿回答顾客。

从事房屋中介的马先生说，现在卖房的比买房的多。一些持房投资者，由于交易税等调控政策，也出现了担忧心理。每天登记想出售房的人比去年多了一半。新开发的楼盘，尤其是远离市中心的小区，晚上黑灯瞎火，入住率不足15%。看似人气很旺的楼盘，入住率也超不过40%，而且一些人都给孙子甚至重孙抢占了房子。

目前刚性需求者和改善需求者，都非常关注楼盘的质量、入住率和物业管理、上学就医等配套条件，还有许多准购房者，担心房子降价后质量不能保证，所以东挑西拣不再盲目从众。也有市民认为，尽管老百姓对高房价声讨不断，但从长远来看，经济不断发展，房价肯定也要上涨的。

顾客：爱不起又放不下

楼市遭遇“寒冬”，也冲击着一些准业主的心理底线。年关时节，在商家一波接一波的促销轰炸下，准业主们无法平静了。昔日，业主催着开发商要拿钥匙，现在是商家催着业主来办手续。

去年5月，市民刘先生选购了一套房子，首付三成交了17万元，每月偿还1577元的房贷，合同约定今年10月15日交房，可是至今还没住进去。刘先生说：“不是我不愿意收房，而是这房与合同规定相差太远。按照合同，建筑面积除去公摊，实用面积应该有75.1平方米，可是现在只有60平方米。”

刘先生认为，合同约定交房时，开发商应该提供《住房质量保证书》《住房使用说明书》《商品房面积实测技术报告书》，并出具商品房的面积实测数据。可是现在去询问，工作人员却要求先把天然气安装费、有线电视初装费以及维修基金等，共计1万5千元交了之后才给两书一表。没想到自己钱交了，至今还没有拿到两书一表。

今年9月，王先生在市内看中一套房子，当场交纳了7万元定金。由于没有交够首付的30%，所以开发商没有跟他签购房合同。此后一直没有凑够钱，半个月后他到售楼部想退定金时，得到的答复却是："不可能。"

该售楼部负责人说："根据当时的协议，如果延迟交纳剩余的房款，就必须交纳20%的违约金。假如你当时不交定金，我们可能早都把房子卖了，现在这损失谁来补偿？"

王先生愣了，难道这钱就打水漂了？ 类似这样的购房者，在进退两难中心好烦。有的是交房后迟迟拿不到文书，有的是房屋质量存在严重问题，有的是物业管理配套不到位。加之楼市收紧，购房者对前期高位购买内心很不平衡。

律师： 睁大眼睛看合同

律师袁放先生提醒大家：买卖双方都要遵守诚信原则，坦然面对市场跌涨。购房者在合同签订前，一定要睁大眼睛看细则。首先要看清这个楼盘是不是五证齐全的房子，把价格、质量等全面考察好再入手。

他认为，从政策层面来看，供需双方对房地产市场的预期正回归理性。无论是开发商，还是购房者，只有认清形势，才能避免各自的风险。商品交易跌跌涨涨也符合市场规律。股票跌了，车价掉了，大家都在接受，为何不能坦然接受房价的跌涨？只要双方签订的合同有效，都应该遵守合同约定，承受房价跌涨的现实。如果因为房价跌涨而维权，业主难获法律支持。他建议，在房价不稳定期间，买现房相对安心。

从事房地产开发的潘行总经理告诉记者，不仅咸阳，全国的入住纠纷也不少。开发商早都意识到压力，开始规范买卖房屋的各种条款，在售后服务方面还在不断完善。现在面临楼市低迷，我们更要在诚信二字上做文章，在楼盘质量上做精品工程。顾客也要认清形势，该出手时就出手，不要错过促销降价的好机会。

首发于2011.12.5《咸阳日报》

着装在变

树叶遮羞，棉花御寒。云想衣裳花想容，女子最爱花花衣。爱美的女性，犹如流动的风景，演绎着时代的色彩和潮流。她们的服饰，不仅仅代表自我，更是生活变迁的最好见证和表白，印满了历史特色与足迹。

70年代：凭票购买“的确良”

改革之初，物资贫乏，购买东西需要用票证才行。纺织品也基本上是定量供应，不到年节，一般人是极少添置新衣服的。“的确良”是20世纪70年代末最流行的服饰。的确良本身是一种化纤织物，通常用来做短袖衬衫。

那时，孩子穿的衣服几乎都是由父母缝制的。买一块布料，必须凭布票到商店去购买，服装只有绿、蓝、黑三种颜色，女孩子几乎没有花衣服。买一块的确良布，需要5至6元钱，这钱相当于半个月的伙食费，其珍贵程度，不亚于现在的羊绒大衣。

穿上“的确良”，就代表身份高贵。其实“的确良”在夏天并不凉爽，只是挺直、不皱、不缩水、干得快、不怕虫，不用烫。“的确良” 以白色和蓝色的单色居多，最初由女性用来制作衬衣。后来各种花色布料不断面市，许多人省吃俭用置办“的确良”。男人也穿起雪白的“的确良”衬衣，把下摆扎进裤腰里，显示精干与挺拔。

80年代：橄榄绿中的红裙子

随着不断对外开放，“的确良”逐渐退出公众的视线。大约1978年后，西装和港台时装迅速进入人们的生活。各个镇区、街道，突然冒出了小商小贩，物美价廉的布料上市了，而且不用凭票购买。从此，穿着有了更多选择，一些年轻人穿起了大喇叭裤和高跟鞋。

20世纪80年代初，流行起了“红裙子”。爱美的女性从电影中看到军人穿着军装英俊潇洒，于是橄榄绿就成为她们心中最喜爱的颜色。李梅的姨妈，给她送来“的确良”花衬衣和红裙子，她穿上后一进校门就被同学们团团围住，影响了安静，上课时就被班主任狠狠批评了。并说她小小年纪，不艰苦朴素，有些小资产阶级思想倾向，吓得她再也不敢穿花花衣和红裙子到学校了。

当时国棉八厂许多工人下班后就喜欢和同龄人穿上喇叭裤展示自我，开始时有许多人尤其是长辈坚决予以抵制，这些工人几乎成了大家眼中的不良群体。但是，喇叭裤和红裙子的流行，打破了传统、单调、呆板的“统一制”服装模式，让天性自由奔放的人，大酷了一把。

90年代：秀出自我不撞衫

进入20世纪90年代后至今，人们的生活水平不断提高，服饰变化也非常活跃。大家纷纷追求喜欢的款式，并向奢侈、豪华、名牌等高品位享受冲刺，着装发生了天翻地覆的革命。

之前，人们在乎外人的评头论足，现在服装大胆设计挑战传统模式。内衣外穿、露脐装、哈韩服、森女系和自来旧等站到了流行前沿。爱美不仅仅属于女性，男人也不拘一格穿起有色、有花、有格的现代服饰。

很多女性不愿意“撞衫”，非要穿出独一无二的自己不可。一种服饰的潮流还没有形成，就面临着被另一种新潮流代替的尴尬。就连校园师生也开始追求时尚服饰。以人为本，想怎样穿就能怎样穿。露脐装、吊带装已经见多不怪，即使是寒冬腊月，穿着单薄、暴露的美女依然走俏街头，秀出万种风情。

时代在变，观念在变。

服饰这一标记社会文明进步的产物，正承载着人们深层次的审美、精神与理想需求，也让我们感受时尚开放、活力四射和幸福美丽的新生活。

第六章

梦里故乡

皓月下的故乡

走过多少路，我已经忘了。

数起成长的故事，我是在月光里长大的女子。故乡那一轮清亮而幽静的皓月，永远温馨、甜美又亲密地挂在心上。

享受夏夜

陕西长武，我的老家。

古老的鹑觚鸟，如画的浅水塬。

这里，蓝天白云，沟壑纵横，三面环水，林木茂盛，山路弯弯，豳风吹拂，诗经悠长，与甘肃平凉为邻，被丝绸之路的天然屏障分为南北二塬。

北塬是县政府所在地，也是我儿时心中高大的“国务院”。相对南塬，北塬商业繁荣，医疗、购物和交通等条件都便利些。南塬地势高坦，辽阔如大草原。神秘的潭水，潺潺的小河，照映着土窑洞，冬暖夏凉，一年四季，天然空调。

这就是我的出生地——美丽南塬。

每到夏天，清凉的井水，爽甜的西瓜，到处是顺手可掬的降暑福利品。人们忙完打麦场里的活儿，夜幕就拉开了。

女人们从家里端出新麦做的凉皮、饸饹和荞麦做的凉粉，礼让长辈，品尝厨艺，分享忙碌完的舒心。

有人坐在古柳下唱戏，有人守着涝池聊天，萤火、蛐蛐和蛙声时时相伴。也有村妇洗衣的棒槌声，忽轻忽重，嬉笑逐水，凉风泥香。

大人们谈论庄稼，总结来年如何大丰收，交公粮怎么卖个好价钱。小孩子玩丢沙包、跳方块、斗地主、老鹰抓小鸡……在土里玩饱了，就围着老人听故事，谈将来。

小弟弟都爱大吹，有的将来要当警察，有的就会故意说要当小偷专门捣乱。类似想当坏人的牛话吹出，一旦被哥哥和姐姐们听见了，就会遭到拧耳朵提醒，玩也不能乱吹牛。

这下，小不点开始争当好人。有人要买一架飞机，等地震来了就拉上亲人逃离；有人将来要做大富翁，给老家买些拖拉机和农用工具，代替人力劳动耕作；有人要当一名医生，救死扶伤，给穷人治病不要钱。

我最想做的就是，把上小学爬的土墩墩课桌换掉，买些学习用品支教，还想走进军营当个女兵。几个堂哥想将来保护好村庄大柳树，修通自来水和泥泞的土路，让大家生活出行方便些，还要办动物园，养些珍禽异兽观赏。

幕天席地，自由飞翔。

有时伯父讲三纲五常，来一段家规脱口秀；有时叔父挑起皮影戏，人群就以他为中央。有时，村庄来一场电影，老人和孩子就早早带着凳子，自觉排坐，热情鼓掌，下雨也要等完下半场，有时热闹到鸡叫天亮。

融进月光，享受天籁的宁静与繁星的奇妙。心灵牧场，在世外桃源尽情奔放。

北塬求学

南塬上的娃，上高中都要去北塬的长武中学。

我每次被爸爸抱着举起来，塞进乡镇唯一拥挤的大敞篷车上，偶然与牲口同车，心跳紧张，一路臭气袭人、黄土滚卷、走走停停，不到40公里的路程，摇摇晃晃要开车近2个小时才到校。有时，也会遇上拖拉机，刺耳蹦跳的发动机能震出心脏。

这样的代步工具，相当于现在高富帅玩的跑车。南塬的同学，几乎都背着吃不饱肚子的黑冷馍，沿着另一条蛇状弯曲、险象连环的山路，结伴涉水四个多小时，步行到县城读书。

能上初中的女孩子，已经寥寥无几。大多数小学毕业就辍学了。南塬上的娃，都有贫穷落后的标签。高中三年，我以稀为贵，很快融入北塬。每次路过县政府，就和同学加快步伐走远，总觉得世界上最大的官都住在这里。这三年，听着爸爸的教导，带着妈妈的期盼，硬着头皮计算数理化，几乎是三点一线式的苦学生活。

遇到周末或者紧张的备考，我唯一的休闲方式，就是晚自习偷偷写诗、画画、听歌曲。数理化课间，还悄悄看童话和小说。偶然被老师发现，他们就认真地提醒我，一定要学好数理化，这样走遍天下都不怕。

也许是在教工食堂吃饭的缘故，也许是语文老师都偏爱我的缘故。遇到义务植树，班主任鱼振邦老师就会从自己家里扛来工具，送我去现场劳动。只要遇上他监考，发现我被数字挡住发呆，他就急得用手背指头在桌子上击来击去，恨不得敲掉我这个笨脑袋。

他越急，我越钝。为了锻炼我，鱼老师还指定我当宣传委员和学生干部。他的腿脚天生颠簸，走路姿势急切摇摆，起伏动荡步伐很大，无论早操还是上课，永远都是一团火燃烧在班级最前面。他浑身正气，让人敬畏的不倒翁形象，至今感召着学生向上。

还有才高八斗的全国名教尚可老师，他没有给我带过课，却在各种场合夸我是一朵小荷花。据说，那是因为我上小学时，跟着爸爸在县政府开会，竟然当面对县长的发言稿直言建议。这件事流传至今，想起来这才叫初生牛犊不怕虎啊。

无数红烛，给人自信。惭愧的是我总偏离高考指挥棒，只能和几位同学私下筹划落榜后的去向。到了冬天，县城的同学会带我到她家里吃住。临近高考，夜以继日。我和同桌解慧英却点灯夜聊，该睡就睡，一日三餐拿上粮票课外挨个去大街找吃的。美味的锅盔、鸡肉、水豆腐和肉臊子夹馍基本吃遍。为了吃羊肉泡，还差点误过高考。

高考前，同学还相约去学校附近的北水沟玩。鸟鸣山涧，青翠满目，让我发现僵硬的学习外，还有这么美的花园。

在北塬，数不清的关爱给了我刻骨铭心的三年印记。尤其是冬季晚自习后，鱼老师和谢老师等，经常会拿着手电筒护送学生回家，加上几个男同学跟着，夜来的寒风也是温暖的。这样的夜晚，手电就是月光。

书香满地。如优美的小夜曲，又是青春圆舞曲，挥洒在奋斗的年华里。

村庄小路

每年春天，槐花像风铃挂满山沟、屋后。

蜂蝶起舞，野菜像星星落满田头、树林。

妈妈们忙完地里的农活，抽空采摘些野味做美食。一锅锅出笼的洋槐花麦饭，一碗碗香辣的苜蓿菜疙瘩，尤其是大妈做的豌豆面糊、豆角青菜和柿子拌炒面，清纯、爽美的味道，让人胃口大开。刚出锅的油酥饼，才烙好的椒叶饼，焦脆散发的麦香，让人唇齿难忘。有时是自制的腌菜、蒜苗，有时是架上才摘下的青椒、茄子和西红柿。放学回家，我会背上这些好吃的返校。

上初中，学校离家大约是4公里土路。

每逢下雨，一路坑坑洼洼，走小溪过池塘，泥泞不堪。遇到大暴雨，偶尔在路旁的茅草房躲躲雷电，经常像水兵在江河里冲锋前行。

我是跟着爸爸读完小学的。他在哪里教书，我就是他自行车上的流动小红帽。村庄的路面像搓板，颠簸得人腿痛脚麻。每天坐着自行车像只受惊的兔子，有几次差点摔下，小伙伴们却竟然羡慕得要体验体验。

临上初一，爸爸买了一辆凤凰牌自行车。外婆生怕我驾驭不了，爸爸却在半月内教会了我。那一年，堂哥刚从师范学校毕业，正好分在我要去的巨家中学教书。他是我们家族荣耀的才子，文笔超群，英俊赛电视上的帅哥，大家都爱叫他杨志荣或者朱军。叫着叫着，谁知堂哥果真就将自己的名字改成了赵志荣。

还没离开爸爸，堂哥就接过爸爸的任务，开始护送我上学。每次，伯母和妈妈站在小路口，总是千叮咛万嘱咐要他照顾好我。我就成了堂哥的小粉丝，他一人背两份行李和馍馍，遇到下雨，一手管我，一手管自行车。曾经雷雨袭来，兄妹瞬间浇成了水泥人。雨过了，堂哥扛起自行车，拉着我走走停停，缓行到学校，又给我热馍、生煤床。周末回家，我给伯母讲起危险情景，她笑得一双大圆眼睛眯成了缝，连声说：“只要我娃都安全就好。”

我们是大户家族，几位伯母和小娘们总是情同手足。遇上家长里短、鸡毛蒜皮之事，尤其是几位伯父和叔父有分歧时，各位妈妈就会联手反对大丈夫。这些妈妈，除了持家有方，在生产队的义务劳动中，也是冲在前面，不怕吃苦，有口皆碑。

小时候，几乎没有零食和副食，能吃饱穿暖就是神仙日子。奇怪的是，几位妈妈都有私藏美食，留着照顾饭量最小的孩子。大枣、核桃和杏子等，让我在那个重男轻女的环境里，享受到小公主般的特殊待遇。

她们对我的偏爱，让姐妹百感交集，至今相逢欢聚，其乐无边，还有些醋意。走在开心的亲情路上，1989年8月30日清晨，一场细雨却淋湿了我的美滋滋，酸楚的味道留在心里散不去。

父亲送我到西安求学。闻讯赶到小路口的乡亲，有常年生病足不出户的，还有家族最年长的哥哥，他们十元、二十元不等，将自己这辈子省吃俭用、舍不得花的辛苦钱，一张张塞进我手里，塞到我手里的还有一双双漂亮的绣花鞋垫……

站在熟悉的小路上，我的脚步忽然套上了石磨铁链，泪水顿时涌了出来，好久好久，心痛得无法移步。

我真不知道说什么才好，只好默默收下厚重的牵挂与祝福，背在沉甸甸的包里，头也不敢回望地离开了家乡。

故乡小路，从此融进我的血液。这些亲人，就是我心上永远绽放在月下的高粱花和荞麦花。

赶集聚会

辣椒红红串起来，硕果累累挂起来。

春耕前的二月二，金秋后的十月一。这些季节，也是故乡最具文化娱乐性和农事交易的集中展示的阶段。

在龙抬头和送寒衣时，禾苗待种，庄稼已收，农家人就约上外地剧团秦腔、杂技社火，演员云集，锣鼓喧天，敬天拜祖，百花齐放，各有情调。

集会一般在北塬，或者邻地甘肃灵台县的邵寨镇，时常也在我们南塬巨家乡集中进行。其间，骡马成群，车水马龙，牛羊交易，五谷杂粮，各类小吃，应有尽有。

媒婆赶趁集会，兴高采烈，到处游说，跑了东家跑西家，积极牵线，把情窦初开的男女拉在一起，亲友躲在暗中察言观色。互相心仪的人在集会互换手巾，慢慢进入订婚、嫁娶的习俗流程。偶然有女子出嫁时，哭声赛过唢呐，或留恋娘家，或不想出嫁。但只要嫁出去，几乎都是天仙配。

小姑三岁丧母，自幼是妈妈将她带大，她在自己婚事上很有主见，却没走出媒妁之言。她是我心中大姐大式的姑姑，乖巧勤快，忙完农活就帮妈妈洗衣做饭，给我和妹妹梳妆打扮时，我们必须无条件服从于她。

有一年金秋，她买回蝴蝶结和红头绳，将我和妹妹打扮起来，再用自行车偷偷带上，到近30里外的甘肃去赶集会。路上遇见牲口，情急之下自行车倒地。小妹胳膊摔伤，我的脚被车轮夹伤，都疼得哇哇大哭。小姑拉起我们，摸着头说，不许再哭，谁哭到了集会就不给买糖和鸡肉吃。

我发现姑姑满头大汗，衬衣被汗水浸透了，胳膊也擦伤了一大片，就忍住眼泪和妹妹约定，不再哭闹，又三人拉钩约定，任何人都不许告诉爷爷和爸爸这次的行动。说起来奇巧，在集市正吃鸡爪时，碰上了初中语文老师刘国栋，我看他根本没注意，就和妹妹还有另一个同学潘新爱，抓紧爬进横躺的电缆杆洞藏起来。为了躲开刘国栋老师，我们等到月亮出来了才悄悄赶路回家。事后，刘老师还在班上将这件事当笑话讲，我羞得想钻进桌底。后来，妹妹说漏了嘴，爸爸和妈妈才明白过来，他们原以为自行车在家放着，是被大风吹倒才变形的。

原来“家贼”难防呀，“贼”也不打自招，我赢得了最守秘密的光荣称号，逗得全家人哈哈大笑。

喝起自家酿制的黄酒，我经常怀念初中时的老师，更为刘老师点赞，他竟然没在爸爸跟前提起赶集时，老鼠见了猫的这一幕。还有潘新爱同桌等，总爱拿上怪题歪理测试张永长和刘老师等，恩师不出三步揭示答案，百科全书一样直击学生的雕虫小技。

他们传道解惑，眼观六路，润物无声，让逆反期的学生暗自敬佩，悄悄学乖。

夜半鸡叫

每年冬天，北风呼啸。

家家户户闭门堵窗，也挡不住寒气来袭，同学的耳朵和手脚甚至脸蛋时时冻伤。于是我就提前带上家离学校较远的同学，回家里过冬。每天往返近两个小时，大家一路说说笑笑，踩着月光，不知不觉，春暖花开。

故乡的夜，静得能听见飘雪和风儿的沙沙声。

没有闹钟，大家都以鸡叫声作为起息时间。村庄的亲人每天都是迎着鸡叫，黎明未到就起床下地干农活。年迈的外婆就是我们上学起床、定时摇醒的半夜鸡叫。

她说，鸡叫三遍，婆娘擀面。外婆经常守着我们的梦乡穿针引线，给同学缝制棉手套、纳鞋底。现在才知道，鸡叫第一声，大约是凌晨一点半左右；鸡叫二三遍，依次大约间隔一小时左右。也就是说，故乡在凌晨三四点钟的样子，就陆续苏醒了。长年累月，亲人都有干不完的农活。

外婆想让孩子多睡一会儿，她就是尽职的守夜人。每天听着第一声鸡叫，她就摸黑轻轻给我生小手炉了。听到第三声鸡叫时，她才会把我们一个挨着一个摇醒来。遇上下大雪，外婆会在第一声鸡叫时，催大家起床上学。

我提起小手炉，拿上手电筒，戴起暖手套和风雪帽，等待村庄另一头的男生赶过来，结伴走进咯吱咯吱的风雪中。有一次，在半路，发小发现自己将外婆三寸金莲上的长裹巾，错当围巾裹在了脖子上。顿时，大家笑得前俯后仰，个个手舞足蹈，有人一下子栽进了雪堆中。我也乐翻了，等同学们拉起栽进雪堆里的人，抬头间，猛发现：

雪停了，天边正挂着一轮圆月。

这轮月亮，皎洁地裹着村庄和原野。金黄金黄，清亮清亮，洒向黎明前的夜色里，镶嵌在遥远的浩空中，守望着人间的天使。她像刚刚洗过的莲座，又像不染尘埃的少女，正高高擎起深闺中，羞涩晶莹的玉盘飞镜。

这是我今生见过的最美的月亮。

这一刻，我好想将月亮摘下来，抱着她不让走。

这一刻，静静的村庄，被大大小小的鸡鸣狗吠叫醒了。

这一刻，月亮还在天上。

不知哪个同学尖叫大喊，要赶紧跑，说上学迟到了。

我们开始在漫过膝盖的大雪里跌跌撞撞，一路边跑边笑。还有同学喊着“狼来了”。我和发小手拉手，不停摔倒，尽管跑得肚子难受，也奋起直追，不敢掉队。

刚刚跑到学校门口，上早操集合的哨子便吹响了。

班主任王俊周老师笑眯眯地跑过来，表扬我们是迎着大雪也不迟到的红色娘子军。

表扬的哨音，就是战鼓号角。大家开始自觉地清扫操场和校园小路，人人全身热气云绕，个个脸红得像小太阳。欢歌笑语中劳动、打雪仗、堆雪人。

白杨树下，我们盼望春天早来。等待燕子，听着布谷，在各种庄稼开花的声音里，读书跑步。

时光匆匆，青春走远。这些年，亲人小聚，同学忆旧，都感叹那个物质贫穷的年代，大家为何那么乐观友善，更没有假冒伪劣和生态污染等纠结。这也是让人更加向往那个散发麦香和有着沾满露水的蔬菜瓜果的时代的原因吧。

久居闹市，越来越想念故乡的塬、故乡的夏，还有那些被鸡鸣叫醒的亲人。望着朦胧在雾霾里的城市月光，我常常问自己：能静听雪花和风儿沙沙的小村庄，还能回到游子身边吗？

首发于2017.6《秦都》

呼　郎

40多年前，有一个在乡村移动的“百货店”，不定期为无数妇幼送来生活必需品。在陕西长武一带，大家都把这个送货的人叫呼郎。

呼郎手拿一把轻巧的铜锣，铜锣形如拨浪鼓，摇晃时可发出清脆而深远的“铛啷啷”音。他的肩上，总有一副沉重的担子：一边是五花八门的小杂货，一边是五颜六色的小糖丸和破衣物。走起路来，货物将扁担压得吱吱直响。呼郎、担子和铜锣三者缺一不可，情同手足，构建起贫困年代人人期盼的小幸福店。

我遇见的呼郎大约四十出头，又矮又圆又黑，像个煤气球，总是挑着担子到村庄里来。

每每有“铛啷啷”的声音传来，小媳妇就不约而同地跑出家门留住呼郎，然后用旧铜烂铁或头发、猪毛等换取自家需要的小货物。老太太最爱换取的是纽扣、针线、染料，年轻人看准的是木梳、手绢、镜子，而小孩则盯着那小糖丸直流口水……在现场，如果遇上有谁讨价还价，呼郎就乐呵呵地将本来用一把猪毛才能换取的一包染布颜料，再加送一包，然后咧嘴一笑，打着手势说：“这下满意了吧，我还得留点饭钱呢。”

当时，一分钱可以买到两个糖丸，但一分钱也难倒英雄汉，大人是不会轻易给孩子钱的。小伙伴就未雨绸缪，早早捡拾些羊毛，等待换些糖丸美美享受。呼郎高兴时，经常给围观的孩子送糖丸吃。因而，只要听到那“铛啷啷”声，孩子们就开始手舞足蹈，欢蹦乱跳。

为了满足小伙伴更大的欲望，我曾将父亲请匠人精制的崭新羊毛毡，和邻居妹妹用剪刀偷偷剪掉一大块，等那“铛啷啷”传来，就和其他小伙伴成群结队跑去换糖吃。奇怪的是，呼郎接过羊毛毡片，反复细看后肯定地问：“你是不是把家里的毛毡剪坏了？”我和堂妹不说话，等他抓了一大把糖丸后，就跑远了。

谁知刚回家，只见母亲手里拿着我们留给呼郎的那块羊毛毡片。还没等我反应过来，就被她抓住，先是拧耳朵，后是打屁股。邻居大妈闻讯也跑来一起教训堂妹，我们故作坚强不哭。

没有呼郎告密，哪有皮肉之苦。以后，每当听到那“铛啷啷”之声，我和一帮小伙伴就与他盘旋跟斗，不知是谁编的顺口溜：“呼郎呼郎挑担担，挑的全是臭蛋蛋。”

听到这些，他总是嘿嘿一笑，擦一擦汗，然后毫不介意地一边继续行走，一边摇着铜锣。

不久，我目睹了别人打呼郎的情景。

那是西村头一户姓李的人家，兄弟三人先齐拥上去将呼郎压倒在地，瞬间货担翻落，货物满地乱滚。只见老大抓起呼郎的扁担，抽他的腰；老二拿着呼郎的铜锣，砸他的头；老三用脚踩呼郎的腿……可怜的呼郎抵不住三人暴力，刚开始他还抗争还击，最后他护了头顾不了腰，顾了腰护不了腿，渐渐不再挣扎了。

呼郎的头部流血时，看热闹的人有一些开始制止，有一些开始喊叫救命，小孩子都吓哭了。我也跟上哭喊：救命啦，救命啦！

这时，村里的老支书赶来了。

他厉声喝住李家三兄弟，而呼郎已经快没呼吸的感觉。支书发动几个村民，将他抬到遗弃的窑洞土炕上养伤。大约十天后，呼郎在许多好心人的帮救下缓过神了，身体也能慢慢移动了。他的脸更黑更瘦了，眼睛也深陷下去了，面部青一块紫一块，头上还包着一块带血的白布。

再过了一周后，他挑起支离破碎的小杂货，拿着被李家兄弟摔得变形的铜锣，一瘸一拐又移动在村庄了。

小伙伴又跟在后面，学着他走路的姿势，不知是谁又编了顺口溜："呼郎呼郎想媳妇，想来想去揍屁股。"他似乎没有听见这一切，头也不回地只顾朝前走去。眼睛里好像再没有任何人了，只顾朝前慢慢走去。

如今，故乡开始对我回放电影。许多人事已经遥远甚至模糊起来，唯有呼郎、堂妹、我与羊毛毡的故事，时常在眼前出现。

在城市化进程中，每每看到乡村繁华的灯火与丰富的超市，尤其回到老家，我的心里总有说不出的滋味，耳边依然会响起那"铛啷啷"声。呼郎是我印象里，中国最乡村生活里，第一时间上门服务送幸福的人。

关于遇见与消失，我也探听到他挨打的原因。

呼郎是个孤儿，一直没有成家，从河南逃荒灾到陕西后，就长年挑起货担谋生。走村串邻时，经常在李家附近一个遗弃的窑洞里歇息。李姓家族正好有个年轻寡妇，久而久之，二人互生爱意。李家兄弟得知后，觉得呼郎和寡妇通婚有辱门风，更重要的是嫌他拿不出彩礼，所以为这也打过寡妇，并明确规定，不许二人再有任何来往。

呼郎与寡妇难舍难分，便商定一走了之。谁知二人私奔未成，又遭毒打。最终，孤立无助的呼郎独自离开了村庄。

听说，呼郎走后的当天晚上，寡妇就在遗弃的窑洞里上吊了。如果呼郎现在健在的话，应该年过八旬了。

呼郎离开村庄的那天，一群小伙伴，包括我在内，还不知不觉跟在他后面开心嬉笑。他始终默默无语，因为心里一直在流血。而我，只看到他离开前的表情和伤口。这些年，不知呼郎安家落户了吗？

想着想着，我的心里开始下雪了。

首发于2017.6《秦都》

神奇的大柳树

岁月流逝，朝代更替。柳树情爱，日增月浓。西王村的大柳树，是丝绸之路南塬上的地标树，也是众多古树之王。神话传奇，纷纭乱耳，无从考证，民间最盛行的说法是：

南北朝时，长武县北水沟畔有个姑娘叫阿姑，自幼被哥嫂锁在屋内，每天纺线织布，供应民众穿戴。聪慧阿姑远近闻名，无数妇女想学其艺，但被其哥嫂拒绝。18岁那年，七月七日傍晚，她正伤心无助时，高窗飞进一只小鸟，小鸟落在织布的机头上说："别急别急，传艺自由。打开窗口，高飞远走。"

阿姑恍然大悟。于是她手抱纺线，背起织具，持一根取暖的柳木棍从窗户逃了出来。飘然逃离中线头挂在了窗棂上，乡亲顺着线痕找到她时，她已被神仙搭救点化，坐化在麟游县的鞍子坪，受封尊神为"阿姑圣母"。

阿姑坐化前，正好经过西王村的小水池。她在此梳妆休整，思爹想娘；七天七夜，就地传艺。这里乡风纯厚，村民友爱。她对此依恋不舍，又怕哥嫂追来将她抓回，就将柳木棍顺手插在小水池旁，标记感念，与村民含泪告别。小鸟伴行，腾空而去。瞬间，小水池变成大涝池，碧波荡漾；柳木棍长成大柳树，婀娜多姿。

铺天辉日，绿映千里。灵芝鲜果，百鸟翔集。孔雀起舞，羊狗乐翻。牛肥马壮，珍兽散步。村妇浣衣，儿童嬉戏。耕者纳凉，吟者放歌。山清水秀，天蓝云绕。老幼妇孺，视若仙境。世代香火，敬拜阿姑。柳树佑村，降福赐寿。书声琅琅，龙凤辈出。年年七夕，民众聚来；求子求学，祈求康乐。更多女子，前来祷告；洗手灌慧，巧夺天工。回乡游子，望柳慰根。方圆信徒，虔诚绵延。沧海桑田，风雨无情。枯枝新韵，妙趣横生。春夏飞雪，天蓬自成。星河灿烂，金地仓满。

据说，当年带阿姑出逃的那只小鸟，时时晚归晨去，与众鸟相约为古柳驱虫、梳妆护理。新出的柔嫩翠枝，也是阿姑当年洗漱时留落此地的秀发。迎风显灵，年复一年。郁郁葱葱，衣袂飘飘。德润乡邻，善泽后生。

至今，长武县城东街村民，每年七夕前，都要抬着供品，跋山涉水，远道而来，结伴祭拜。提起西王村，坊间流行“三句大”：一棵大柳树，年龄说不清；一个大涝池，滋养十里村；一位大支书，见过毛泽东。关于神柳，另传其根底藏有碑文。众心敬畏，守护神土，不敢揭秘。

相关资料

饱受旱灾，各方关爱。大柳树树梢距地面近20米，树冠覆盖地面近300平方米，树身粗六围，直径约六米。相传明万历六年（1578），由赵姓人家抢护过一次。美丽柳园，佳话不断。2016年，古柳获“咸阳市树王”之称，被列为一级保护。

浅水塬探古

从咸阳出发，沿着312国道西行，刚入长武境内，眼前便一下子豁亮了。

蒙蒙细雨，滋润着路旁的杨柳。遍野花儿，传递着泥土的清香。初夏的故乡，又一次刷新我的记忆，让它生动起来。

长武素有“秦陇门户”“三秦屏障”“丝路码头”之誉。现有古迹240余处，其中国家、省级重点文物保护古迹8处，境内文物品位之高、数量之多、种类之全，位居全市前列。

昭仁寺：大唐独树罕见笔

细雨如酥，青绿映红。

在长武县文体旅游局解仁强局长带领下，记者来到了位于县城东街的昭仁寺。昭仁寺前身为“慈福寺”，唐武德年间，在“慈福寺”基础上，建成“大唐昭仁寺”。昭仁寺宁静庄重，让人回到从前的历史故事。

公元618年，李渊在长安建立唐王朝。当时，豪强争霸，危机四伏。其中以薛举为首的集团称雄西北，兵强马壮，是唐王朝的强劲对手。当年初夏，薛举率兵在今甘肃泾川一带进犯。李渊令儿子李世民出都拒敌，但李世民率兵至豳岐一带（今彬县附近），因病返回长安。他令长史刘文静、司马殷开山代理军务，由于操之过急，设防不严，初战失利。

李世民只好返回浅水塬，双方对峙60余日后，他推测薛军已经疲惫不堪，便令大将军庞王在浅水塬南面列阵，自己亲率主力从北面直捣后方。薛军果然大败，李世民亲率2000余骑兵，坚持一鼓作气，夜追百余里，直逼薛军老营，与赶来的援军，截断敌军粮道和退路。

次日拂晓，唐军猛攻城池，薛军投降。两天时间，李世民率军杀敌万余人，俘获敌兵万余人，平定了薛氏侵乱，从此西北局势平稳，为统一全国奠定了基础。

时过境迁，回首往事。李世民对该战役中伤亡的将领士兵思念不已，尤其是自己的亲人，也因这场战争家破人亡。残酷的战争，亲情的波澜，让帝王心绪不宁。公元629年，他下诏修建这座佛家寺院昭仁寺，以祭奠阵亡将士供后人拜谒。修建从选材设计到工匠技艺，都是从全国各地经过层层把关、精心选拔出来的。昭仁寺历经风雨，至今保存完好。醒目的“昭仁”二字，召唤后人心存仁爱，捍卫和平家园。

昭仁寺内大雄宝殿系纯木结构，跨度巨大，飞檐折叠，方正宽敞，尤其是大殿无柱无梁、采用八卦悬顶式设计，由四周的九梁十八担架叠拱而起，在建筑史上堪称一绝，实为罕见先河，被民间称为“一担挑八角”，吸引国内外无数专家学者前来研究学习。

殿前“豳州昭仁寺碑”系后来修建昭仁寺时所立，被国务院命名为“全国书法艺术名碑”，属“陕西省重点文物保护单位”。碑上刻有3155字，由唐代朱子奢撰文，唐初四大书法家虞世南书，记载了浅水塬大战的英勇事迹。该碑青石雕刻，螭首龟座，雄姿挺拔，碑石通高4.56米，为研究隋唐史和佛教史，保存了珍贵的历史资料。

公刘祠：仙鹤夫妇藏龙地

这是一处神奇的沟壑山水。

碧波荡漾，一座酷似龙头的山，正静静卧在湖边，身旁还有九条小龙饮水陪伴。深谷岸曲，水草相映，幽静深邃，人间仙境，跃然眼前。

每年夏天，一对仙鹤如期而至，双双栖息于湖山绿丛中，过完大约三个月的蜜期后，又结伴而去。为这里的风景，增添了更加神秘的色彩。当地村民为祈求风调雨顺，给这里的山起名卧龙山，水起名为公刘湖。

相传，岐伯周先祖公刘英俊威武，教民稼穑，听说南豳（今马坊附近）有一张姓人家，其女巧莲种桑养蚕，织布捻线，就从北豳远道登门求艺。巧莲天生满头秃痂（今天的一种皮肤病），但聪敏贤惠，深得公刘喜爱。二人在学习技艺中互相爱慕，王子爱上了灰姑娘，巧莲的父母怕他以后嫌弃女儿，公刘却非巧莲不娶。后二人结为夫妻，一起在南豳生活。

某次，巧莲在采桑途中又累又渴，发现深沟悬崖下有一道清泉，便和同行姐妹下山润喉洗浴。谁知姑娘们从水中出来后，个个宛如玉莲，妩媚动人。

最奇怪的是，巧莲头上的秃痂一去不返，秀发如云。泉水香甜，桑树遍地，从此公刘和巧莲相依相伴，在这里教农稼穑，养蚕织布。人们称他们为“农神”和“蚕神”，并修建公刘祠表达感念之情。相传公刘祠为唐初建成，各朝代均进行过修葺重建。公刘祠依山傍水，祠内苍松翠柏，寝宫、献殿、乐楼、僧房、山门及一些附属建筑，格调古朴，香客不绝。现有三间仿古式大殿，雕梁画栋，装修典雅，彩绘有公刘事迹。

碧水芳草，蝴蝶翩翩。抬头仰望公刘祠，俯首远望公刘湖和卧龙山。忽然，眼前掠过几只野鸭，伴随着呼朋引伴的鸟鸣，一幅“关关雎鸠，在河之洲；窈窕淑女，君子好逑”美景就在眼前。

柳毅庙：江南才子爱黄土

遥望泾河，曲折的盘山公路上，鸟语花香。身旁嗷嗷的羊叫声，似乎讲述着书生和牧羊女的故事。这就是位于县城东北柳泉村东坡半山腰的柳毅庙。

唐朝仪凤年间，有个名叫柳毅的江南书生，穿过八百里洞庭湖，来到唐都长安应考。同前科一样，他又落了第，徘徊在荒野，遥望泾河，心情郁闷。这时，走来一位白发老人，鹤发童颜，步履如飞。柳毅向其请教，发现老人通古晓今，无所不知。他立刻将老人拜为师父，学报国为民的真本事。老人叫雷祖，住在泾水北岸的七星殿。柳毅每天早起晚睡，到师父那里听道学法。

一日，柳毅在去七星殿的路上，遇到了一位流泪的姑娘，她手执长鞭，衣衫褴褛，独自在空旷的山沟放羊。

他顿生爱怜，探问究竟。 原来，她叫龙女，是洞庭湖龙君的女儿。从小嫁给了泾河老龙的儿子，老龙的儿子自幼娇生惯养，性情粗暴，对龙女百般虐待。还常常叫水兵水卒漫淹庄稼，冲毁农田。村里的人不给他烧香叩头，他就卡断水源大旱暴晒。眼看河水枯竭，牛羊渴叫，庄稼枯萎，白龙马也渴得七窍生烟，小龙女急得直流眼泪。

柳毅听后浑身冒汗，他跨上白龙马，一挽马缰长啸空中，马儿前蹄着地时，火星四溅，哗地一股清泉水从马蹄窝流了出来。小龙女喜笑颜开，人们称水泉为马跑泉。老龙的儿子知道后，将龙女打得遍体鳞伤，罚她终年放牧不许回家。龙女让柳毅代写一封信，捎给远在洞庭的父亲，诉说自己的不幸。

柳毅取出笔墨纸砚，附近找不到磨墨的水，距马跑泉又很遥远。情急之下，他提笔用力在地一墩，石头上冒出了一眼水井。人们叫这眼井为笔墩井，小龙女放羊的地方为牧羊山。柳毅替龙女写好信，亲自带到洞庭湖。后返回勇斩老龙儿子，救出龙女。洞庭龙君见柳毅才干过人，就让他和小龙女结为夫妻。

柳毅办了许多好事，老百姓就给他修庙宇，挂上了“龙泉保障”“滋润宇宙”的锦幛。庙内雕梁画栋，内供奉柳毅像。庙门上方卧碑“龙泉寺”。清进士陈五典为龙泉寺庙门撰写了“气象玄妙龙泉寺，神人共话柳毅泉”的对联。光绪元年（1875），修建起柳泉古戏台。戏楼两边砖雕形象逼真，墙壁两侧有民国时期李耀南先生的亲笔题联，左联为“酒引黄花诗吟白雪，堂接绿野地接青云”；右联为“山色水色无非雅景，柳暗花明又是一村”字迹清晰，潇洒飘逸。

每年农历六月十六日，当地会举办古文化艺术节。国泰民安，是老百姓的期盼。也许柳毅在天有灵，也在护佑着这片土地。

白衣寺：古老祖籍沐佛光

鸡犬相闻，南石间村。佛光掩映，位于县城西南1公里处，文明碎片，到处可拾。昔日山峦耸立，谷幽水潺。从新石器时代开始，先民在此刀耕火种，渔猎制陶，一直到夏商周秦，至今生活都在继续。

古城堡、烽火台、陶片、瓦砾，见证着文明的祖籍。

南涧，为历代交流的古道驿站，无数文人墨客留足游览。

公元814年，唐代大文学家、思想家柳宗元留下了《南涧中题》：

“秋气集南涧，独游亭午时。回风一萧瑟，林影久参差。始至若有得，稍深遂忘疲。羁禽响幽谷，寒藻舞沦漪。去国魂已游，怀人泪空垂。孤生易为感，失路少所宜。索寞竟何事？徘徊只自知。谁为后来者，当与此心期！”

明朝至今，南涧人秉承先辈遗风，堂前屋后，处处花草绕径，独享自然。如今，竹影摇曳，松柏参天，处处洋溢着农家人的幸福。隐蔽在树木中的白衣寺，默默承载着村民向善求美的愿望，让村庄佛光普照。

白衣寺佛殿名曰“圆通殿”。结构紧凑，古朴典雅，装饰华丽。殿内佛龛塑观音，两壁绘有壁画，东为“东坡玩砚”，西为“渊明爱菊”。白衣寺建在池塘南边，村民又称“观音倒坐南海岸”。每年农历六月十九日，人们朝拜先民，祈求平安康乐。

牛弘墓：人杰地灵书卷香

小雨淅沥，我们一行感受书香卷气。

隋朝宰相牛弘生前酷爱读书，一生创作了大量的著作和文章，有《牛弘集》十三卷。魏征评价他，有淡雅之风，怀旷远之度，采百王之损益，成一代之典章，汉之叔孙，不能尚也。牛弘去世后，隋炀帝赐赠厚礼，下诏将其尸体运回故里安葬。其墓现为陕西省重点文物保护单位，位于相公镇相公村一洼地内。墓冢封土为圆锥形，高4.5米，底周长65米。

牛弘，字里仁，安定鹑觚人，生于西魏大统十年（544），隋大臣，官至上大将军、右光禄大夫、封奇章郡公。隋大业六年（610），牛弘伴随隋炀帝巡访江都，途中身亡，时年66岁。其人幼时好学，于北周出仕做官。隋朝建立后，文帝对他十分信任，牛弘曾献上有名的《请开献书之路表》，总结周秦以来图书失散的经验教训，介绍隋朝现实情况，建议颁发诏令，求购天下图书。

隋文帝接受了他的建议，颁发诏书，规定凡献书一卷，赏赐缣帛一匹。此举为朝廷征集了大量图书资料，对隋朝的制度建设起过重要作用。朝臣百官对他的才学十分佩服。

明城墙：古韵新姿又一春

雨过天晴，碧空如洗。

我们来到长武境内仅存的明城墙遗址，古墙长约200米、高8米，周围绿树成荫，山谷不时传来泉水和布谷的催耕声。

一位刚刚舞完剑的八旬老人告诉记者，长武在秦始皇时使用的县名叫“鹑觚县”。据说，当时太子扶苏和将军蒙恬领兵北上，走到这个地方安营扎寨，慰劳将士，祭祀列祖。这时，恰好有一只鹑鸟飞来，落在盛酒的器具，也就是觚上。秦始皇知道后，认为这是吉祥灵异，于是就给此地取名“鹑觚”。秦至今，长武发生过大小战争3000多次。正是因为这样，从鹑觚到浅水塬，才取名为长武。浅水塬位于县城以北2公里处，地掌乡浅水村，原大地平，有沟有水，自古为兵家必争之地，故长武也。

驱车缓行，雨后原野。微风中的路边柳枝，多像少女的秀发轻盈浪漫，为长武增添了古韵新姿。历史的印记，多像车轮不停滚动在身边景色里。

100多年前，晚清名将左宗棠率兵西进伊犁平叛，途经长武，深感气候干燥，遂令战士一路行军，一路栽种杨柳树。柳树不但遮凉挡雨，而且巩固路基，防风润物固沙，于是从长武境内一直延伸到甘肃会宁，形成了“连绵千里，绿如翠屏”的塞外奇观。后来，人们称柳树为“左公柳”。为了恢复这一生态奇观，1995年，长武人们沿312国道，在左公柳生长的老地方再植柳树上万棵，今朝杨柳又一春。

蓦然回首，长武这块古老文明的土地上，有许多文化遗产如大家闺秀藏身山水间。跟随着改革开放、城乡绿化建设的步伐，她们正徐徐揭开神秘面纱，迎接远方的客人。

发表于 2008.6.2《咸阳日报》

第七章

采访手记

太阳点燃的红烛

——记第六届全国道德模范呼秀珍老师

花样年华，她连续九次申请入党。经过23年砥砺，41岁修成正果，73岁还是爱戴红领巾。

退休季节，她放弃高薪诱惑，情系母校，每天不到6点起床，晚上11点上床，中午很少休息，按时签到上下班，转眼就是15载。

家长和学生涌来请教，她从没借此办班收费，反而用微薄的工资，坚持回报社会，并反复强调教育是奉献，不是索取；教育是公益，不是功利。

52年来，呼秀珍老师就像一支红烛，永远在燃烧。

爱校园：春风化雨润桃李

一支蜡烛，传递无数温暖。一群人，共同描绘山水。

2017年11月17日，500多万咸阳市民，洒出12年汗水，终于捧回“全国文明城市”称号。

这一天，呼秀珍老师也从北京抱回“第六届全国诚实守信类道德模范”称号，为自己的家园再添光彩。

全城欢声笑语，渭城区道北中学却井然有序。呼老师领奖归来，依然早起晚归，守护在孩子身边。

1999年，本该退休的呼老师，被上级决定留下来。她58岁才办退休手续，时任陕北永坪高级中学的校长，多次开车来咸阳，想接她回故乡挂虚职、拿高薪，均被她婉言谢绝。这是继东莞年薪12万，和深圳年薪15万后，呼老师第三次拒绝外面的高薪。

道北中学，血浓于水。40年的情与爱，深深植入校园。这里，是滋养她的春泥，也是充实她的苗圃。呼老师更愿意留在母校用落红感恩，引来青春的火焰，放飞祖国的希望。

现年41岁的学生李鹏，又将儿子送到呼老师身边学习。说起这对父子，其实就是三代师生情缘。

1990年开学季，先天视力有问题的李鹏，是许多学校和老师的头疼事，无奈之下，他的妈妈找到呼老师，她毫不犹豫收下孩子上初中。三年里，呼老师为他安排了雷打不动的最好专位。她又选出12名优秀科代表学生，成立雷锋小组专门帮扶李鹏，引导孩子在互爱中成长。李鹏的作业经常会出现不少错别字，呼老师就手帮手做细活。比如，写出醒目的“玩具”两个字，让李鹏先感受笔画，再慢慢照样画葫芦。同时呼老师还给他讲自强励志的故事，并帮他的家人寻找相关医疗救治信息。

呼老师想办法引导李鹏融入集体，让他承担班级关灯等后勤任务。她先后陪他登上翠华山、参观八路军办事处和游览西安植物园。毕业后，李鹏在宝鸡某自强按摩学校进修五年，以品学兼优正式就业于渭城区新兴路社区医院，成为远近闻名的按摩师，并拥有了幸福的家庭。李鹏的母亲逢人就讲：“我家简直烧了高香，遇上好老师呼秀珍。”

对于类似的各种感言，呼老师笑着回应，这是班主任的本职工作，家长不必感天动地。她时刻提醒自己：有理想信念，有道德情操，有扎实知识，有仁爱之心。只有这样，才对得起教师是“人类灵魂的工程师”的神圣称号。

守师德：甘做红烛照苗圃

呼老师的办公桌上，有五本心理咨询记录本。询问与解惑，传道与授业，字里行间饱含智慧慈爱……笔迹工整规范，散发着书香味儿。

口口相传，足下成蹊。这些来自四面八方的家长和学生，甚至素不相识，却在呼老师的笔尖下遇见，浓缩着11年来一颗颗无助的求知心，记录着呼老师帮他们走出困局的喜悦，也见证着呼老师课堂外的又一爱心港。

一位从事保险工作的母亲，面对儿子小龙（化名）逃学等的苦恼，带着最后的希望，于2016年9月10日上午拨通呼老师的电话，哭诉自己痛不欲生的心情。呼老师耐心劝慰，叮咛她带孩子来办公室交流。经过多次谈心磨合，昔日的调皮大王小龙，从五年级起浪子回头。他的父亲喜出望外，特意从沣河钓来三条野生鱼送来致谢，被呼老师拒之门外。最终，她和小龙爸爸约定，等孩子学业有成，一起在家吃小火锅。

如此的期盼，就像闪闪烛光数不清楚。

呼老师说，吃人嘴软，拿人手短。返聘前，她坚持自费订阅《教师报》和《语文教学研究》。在不同场合，她听过家长的抱怨，因为孩子调皮、厌学被停课、歧视和补课，甚至调整一个座位，都要卷进“吃喝卡拿要”的歪风邪气，这种情况在全国各地不在少数。有些家长盲目攀比，互相触犯道德准则。引以为戒，她经常告诉身边的老师要洁身自爱。

呼老师认为，在应试教育面前，老师苦教，孩子苦学，改变现状，任重道远。大家都应划清荣辱界限，让英雄人物和道德模范成为偶像，涌现于镜头。尤其是教师，必须守师道，首先要自重，自身干净才能赢得别人尊重。

谈信念：扎根教育痴爱党

陕北是革命圣地，红色火焰代代传。

1944年,呼秀珍老师生于陕北延川。由于家庭的变故，她中学时期在新疆读书。在父亲的影响下，上高二时她就向党组织交出了第一份入党申请书。不到18岁的她，从青春燃烧的岁月开始，写就刻骨铭心的九次入党申请书。

呼老师的父亲55岁时，在“文革”中遇害沙漠孤烟。其间，她坚信革命的真理，三次递交入党申请书。1965年高考前，呼老师因为身体不佳，与大学擦肩而过，却迎来另一机遇。

这一年，她被招入陕西宝鸡陇县铁路小学任教。凭借勤奋友善的素养，她很快从教学中脱颖而出，第二年调入宝鸡铁中任教。每月32元工资她只留12元，其余全部用来周济身边无助的老人和困难学生。1978年4月1日，她调入咸阳道北中学至今。十一届三中全会后，父亲的英魂回到了西安革命陵园。

改革开放，喜报交织。1983年和1984年，呼老师再次递交第八次、第九次入党申请书，1985年7月4日，历经23年的入党心愿，终于画上了句号。

这一年，呼老师41岁。粉笔染发，三尺讲台留下她今生对党无怨无悔、毫不动摇的坚定信念。忠诚与包容的人生境界，催艳了她教书育人的又一春。

她一路洒下阳光、感恩与热情，喜看汗水浇灌的鲜花与栋梁。呼老师先后荣获全国教育系统劳动模范、全国中小学德育工作标兵、全国先进女职工、全国关心下一代工作先进个人和陕西省劳动模范等50多次表彰奖励，受到党和国家各界人士的高度评价。

52年，不让一个孩子在自己面前掉队。

52年，她高举红烛呼吁在公益大道上。近三年，在黄土地里，她资助两个特殊家庭的孩子邹某和赵某，让多少农家人念念不忘。她做过师德教育报告500多场，红烛精神不但影响着教风，更感染着身边亲友。

施恩不图回报，受恩必须记住。

与其担心黑暗，不如举起蜡烛。良好的家风，才是社会道德的基石。这就是呼老师的口头禅。

以呼老师为代表的雷锋式家庭，她的女儿郭巧等亲友，正在各自工作中传递着爱的红烛。12岁的外孙女，从今年开始，也加入公益捐助活动，用实际行动向外婆学习。

党是太阳，她就是一缕阳光。愿做送人快乐的小草，回报大地的春晖，永远迎接朝阳与花朵。

这就是退而不休的呼秀珍老师。

美丽家园，德善咸阳。百年大计，教育为本。

生活在天华物润的土地上，呼老师就是被太阳点燃的红烛，在她身后，还有一支又一支的红烛正在点亮。

注：本次出行采访时，实习生为儿子陈兆波，感谢他导航、摄影、校对文稿等的大力协助，让稿件很快与读者见面。特此，附儿子与呼老师合影为念。

火炬门前过

如果用紧张、激动、自豪这些词形容我最近的工作，那么，作为一名新闻人，2008年7月3日，我有幸见证了咸阳市民的爱国情绪。

早上8点多，大街小巷已经站满了等待迎接奥运圣火的人们。由于车子无法到达采访现场，我和学生张蓉一路步行40多分钟，来到了位于体育场十字的2号采访区。

此时此刻，现场观众焕然一新，他们头戴“中国加油”的红丝带，脸上贴着一颗红心向北京的图案，手里拿着五星小国旗。最醒目的是，许多家长抱着婴幼儿，给孩子身上也挂满了爱国标记，小孩子在大人怀中，俨然一位东道主的形象。我和采访团队跑前跑后，穿梭在热闹的人群中，用镜头和笔留住现场。

11点左右，两位年迈的老人在拥挤的人群中，不停用相机拍照，高兴得嘴一直合不拢。采访中，得知这两位老人都是年过八旬的老兵。

现年82岁的朱俊杰老人告诉记者：一大早自己就和84岁的老战友相约一起来到现场，不但要看火炬传递，更重要的心愿就是要用镜头留住今天。老人从军63年，退役后依然喜欢摄影、关注新闻，已在各类媒体发表近600张照片，我崇敬地将老人的身份讲述给执勤民警，让他们能以最尊长的身份，加入采访的摄影队伍中。

站在我们的队伍中，老人更加精神抖擞，不时地和记者交流想法，高兴地举起大拇指夸我们。老人连续义务帮助记者摄影，直到下午3点多，才空着肚子离开。

中午12点，我的嗓子直冒火，一直含着润喉片。忽然，市区三名年轻的牙科大夫，要我给执勤民警说情，他们想当奥运火炬传递临时志愿者。22岁的范新红，不知从哪里搬来矿泉水，一边递给我，一边对我说：“因为火炬在家门口传递，所以诊所全天放假，我和两位同事一大早就来到这里，准备着为火炬手呐喊助威。看到你们工作人员很辛苦，我们也想出把力，当个临时志愿者。”

他们“桃园三结义”，一会儿搀扶老人，一会儿为外宾引路，一会儿又主动维持秩序。忙前跑后，不亦乐乎。汗珠和笑容挂在脸上，让大家感受到咸阳年轻人的满满爱国情。

我的采访笔不小心掉到地上时，有一双纤细的手很快帮着捡了起来。她叫郭玲，现年20岁，是来自陕西服装艺术学院的志愿者。当天专门承担采访2区的翻译任务。她说：“作为志愿者，能目睹火炬传递，能为来自各地的记者当向导，我感觉自己太幸运了。在众多报名参加的志愿者里，学校只选出了两名英语特长生，我就是其中一个。作为东道主，我要以实际行动为中国加油！”

有个文静的女孩，一直围在我身边。她叫蒋楠，是西安交通大学的大学生。蒋楠因为家在咸阳，所以昨晚专程赶回来，准备目睹火炬传递的现场气氛。早上6点多钟，她就与同学相约来到现场。她说：“看到这么多市民热情如火，我的心情就更加激动，感觉咱咸阳人真的好热情、很好客。我和同学早就约定好借此机会，义务向来宾介绍咸阳的风土人情、旅游景点和名胜古迹，让大家都爱上我们这个魅力城市。”

下午1点半，距离圣火传递的时间越来越近。

体育场十字人山人海，彩旗伴随着阵阵加油声，鲜花映衬着张张笑脸。天公作美，祥云飘飘。此刻，微风为古城送来轻柔的细雨，滋润着特别时段里特别的你我。

大约五六分钟后，太阳雨走了，碧空如洗。国贸大酒店门前身穿奥运标志衣服的一家人，吸引了我的目光。这一家七口“全副武装”，他们头戴“加油中国”字样的红丝带，挥舞着手中的旗帜，不断激情地大喊：“中国加油、咸阳最棒！”这一家人中，年龄最小的只有两岁半，他在爸爸、妈妈、奶奶、阿姨和两个叔叔的带领下，一起来看“祥云”，激动得手舞足蹈。他的爸爸说：“祥云的到来，一定能为我们的生活带来更加美好的明天。作为咸阳人，平生第一次见到火炬门前过，我由衷地骄傲和自豪。”

5岁的小佳佳，在一旁挥舞着双臂，对自己的奶奶说：“我也要照相。”小佳佳的奶奶告诉记者，自己今年60多岁，家住203研究所，一大早就带着娃来看火炬传递，想让娃感受现场的气氛和热情，从小培养爱国的情怀。

下午2点15分，浩浩荡荡的祥云花车和迎宾队伍经过咸阳市中心时，欢呼声、呐喊声、歌舞声汇成一片海洋。咸阳人，正迎接四面八方的来宾。所有的目光，都凝聚在这里。喜悦、滚烫的心声，浓缩成最真挚的语言：为北京喝彩，为奥运加油，为祖国祈福!

郑思伟女士激动地说：“ 这一千载难逢的日子，将成为咸阳人民永远的记忆。这是全球心与心的互动，这是世界热爱和平的最好时刻。”

退休老教师李喜海说：“这几天，我们全家激动得彻夜难眠，尤其是10岁的孙子，早早和我们约好要到现场来。奥运会是传承人类文明的盛会，发扬奥运精神，把和谐友爱、健康进取的咸阳精神，也传递给全世界人民。”

在银行系统工作的王福全先生说：“活了40多岁，我的心情从来没像今天这样激动过。希望火炬手不负众望，跑好每一步，为国争光，也为咸阳人民争光。希望奥运之火，能带着咸阳市民的祝福，传递到世界每一个角落。”

和我一起忙碌在现场的天津电视台记者许鹏，也按捺不住激动：“真没想到，你们咸阳人这么热情、这么文明、这么有序！”外地记者的美言，让作为一名东道主的我忽然乐成了一朵花。

下午5点多，我带着我们的采访团队又步行回到单位。

晚上8点钟截稿，大家顾不上休息敲写稿件。一口气写了11篇小新闻花絮稿，选交了19张照片之后，完成任务的轻松感猛然涌上我的心头。

交完稿件了，我才意识到自己正在发高烧。

晚上8点半，我被学生护送进医院打吊瓶。迷迷糊糊醒来时，已是4日早上8点！怕我的伙伴和网友们牵挂，我就以日记的形式，匆匆公示告诉大家:我很好，别牵挂。

这一天，我见证了市民的爱国情结，市民也见证了新闻人永远在路上的身影。

相关链接

2008年6月24日上午，市委让我为火炬手代写发言稿，全文收录如下。

亲爱的朋友：

今天，我们翘首期待的奥运圣火，终于来到了身边。作为一名火炬手，此刻，我的心情正像火炬一样激情燃烧。

点燃激情，传递友爱。这是热爱和平的人的共同之梦，也是咸阳人永远的骄傲。我举起象征光明正义、团结友爱、和平进步的神圣火炬，向世界宣告：从奥林匹克遗址点燃的圣火，漂洋过海穿越中国，已经来到美丽咸阳，与朵朵祥云映照在丝绸之路上。

这是古城的微笑，这是中国的力量。“藏独”阻挡不了团结的脚步，地震压不弯民族的脊梁。

昔日，秦皇汉武威震四方；今朝，魅力咸阳再展雄风。咸阳是中国的，中国是世界的。爱没有国界，心属于世界。

这一刻，镜头聚焦咸阳；这一刻，世界关注咸阳。

和谐奥运，美丽北京。让我手中的圣火，再一次传递咸阳市民的激情：为北京喝彩！为奥运加油！为祖国祈福！

谢谢大家！

走近王蒙

这几天，心情就像咸阳湖里的涟漪。有幸见到了文坛泰斗、文化部原部长王蒙老师，又重新阅读“王蒙这部浓缩的当代文学史”。

接受任务

2011年10月17日下午，接到领导安排：明天去采访王蒙。主要内容为围绕刚刚开完的十七届六中全会上“文化强国”的精神，针对咸阳“文化强市”、提升软实力等问题做专访报道。我知道，王蒙是中国作协名誉主席，是文学界的旗帜人物。习惯深居简出的我，带着压力，接受了任务。

作为文学爱好者，我在中学时就读过他的代表作《青春万岁》《组织部来了个年轻人》等。工作后，几乎放弃了文学爱好，尤其和新闻走近时，对文学就日益疏远。

王蒙刚刚过完77岁生日，已创作完成《庄子的享受》《庄子的快活》《庄子的奔腾》和《一辈子的活法》等新作，他从19岁创作长篇小说《青春万岁》开始走红全国，在近60年的文学生涯中，出版了上百部文学作品和学术著作，其中很多作品被译成20多种文字在各国出版，多次荣获国家级文学大奖和国际性文学大奖。在创作旺盛期，他受命为国家文化部部长，因为没有时间写作而坚决请辞。他懂许多语言，尤其擅长新疆维吾尔语；他以学者教授身份享誉欧美等地各大高校。

相约垂钓

10月18日中午12点多，我和学生小郑赶到机场时，作家杨焕亭老师和王海夫妇等人，早已在贵宾厅出口等候王蒙夫妇。井然有序的环境，加上等待的心情，让人不由自主严肃起来。

下午1点左右，一对体态年轻、精神矍铄、慈祥和蔼的老人出现在大家眼前，谁也不敢相信，这就是年近八旬的王蒙夫妇。鲜花簇拥，笑意融融。当王蒙老师得知一位接待人员姓雷时，就笑问咸阳人是不是都姓雷？并幽默地说，他以为咸阳人都是活雷锋，所以都姓雷。

顿时一片笑声，现场气氛轻松。

就餐、休息，下午4点多我和小郑跟随王蒙老师到博物馆、钟楼和统一广场附近参观，他说秦始皇的像好气派，钟楼只有北京、南京和西安古城有，这是帝王将相给你们的专利和荣耀。看着咸阳湖，他激动地说："住在这里，咸阳人活得有现实、有历史，多幸福呀！"

他笑称，这是姜太公钓鱼的地方，"直钓去饵五十年，八十垂钓渭水边"，等自己八十岁了，也来这里钓鱼。

我就笑着回应："太好啦！三年后在这里祝大寿，那时大家就陪您一起钓鱼。"

相约垂钓，此刻的咸阳湖更美了。

采访受阻

10月20日，是王蒙老师在咸阳的第三天。

这几天，无论是听他开研讨会、做文学话题演讲，还是看他在饭桌、车上、宾馆活动，只要有他在的地方，随时都能传来掌声和笑声。

明天他就要离开咸阳，而我的采访任务还未完成。刚刚走近老人，就被秘书制止或被别人打断；好不容易接触正题时，老人就会幽默地笑着说：“欢迎采访，无话可说；欢迎采访，无话可说！”而秘书总以老人身体不适为由，拒绝任何媒体和粉丝接近。

他在陕西作家中，对王海老师特别偏爱，此行也是因为《城市门》而来。并给王海建议：要坚持学习，要坚持以咸阳的历史文化为题材，写出咸阳的名气。

他说，美国作家福克纳绝大多数短篇故事，都发生在约克纳帕塔法县，作品脉络也基本围绕这个县杰弗逊镇及其郊区的素材而展开。因为“对当代美国小说做出了强有力的艺术贡献”，福克纳获得了诺贝尔文学奖。

下午3点多，王蒙老师欣然同意接受独家采访。谁知，我和小郑赶到现场后，他又被世园会邀请走了。直到晚上8点多，我们的专访刚开始，又被不速之客和一些粉丝搅散了。

心情开始沉重。听王海夫人说王蒙老师的秘书也很喜欢文学，我就开始和他聊唐诗宋词、秦风汉韵。后在秘书的安排下，我获得和王蒙老师明天共进早餐及送行的机会。

幽默睿智

深夜，无眠。我开始整理这几天他的话语。

我想，如果明天还完成不了工作的话，就以此交差表达自己对报社重托的愧疚。或许，这些睿智、严谨而幽默的花絮，会让读者受益无穷，那么将是最大的安慰。

饭桌上，他说咸阳人都很帅，因为市长千军昌很帅。大家说，这里的水土养人，美女俊男有很多。他说：“那就叫本地人都很帅，外地人一来也就帅呆了！”

又是一阵笑声。听说1983年，他和朋友在某地就餐时，吃出一只蛐蛐来。当时服务员很紧张，王蒙老师就笑着说：“天冷了，蛐蛐也要过冬，跑到屋梁上取暖，谁知厨房冒起的热气，将它无情地卷入锅中，所以大家就不要怪厨师吧！”

谈笑风生，忆苦思甜。他声情并茂学说老舍当年的话：“有牙时，没有花生豆；没牙时，有了花生豆……”俏皮的声音、幽默的神情，让人大笑不已。

在《城市门》研讨会上，别人洋洋洒洒评论。他却说：“现在听力下降了80多分贝，视力也不好啦！别人说这是长寿的象征，我认为这是上帝在提醒我，什么都别听，什么都别说啦。”他谈了不到6分钟，笑声却有一长串。

谈文学，他说中国是世界上无与伦比的古国。毛泽东在《论十大关系》中说：“过去……工农业不发达，科学技术水平低，除了地大物博，人口众多，历史悠久，以及在文学上有部《红楼梦》等以外，很多地方不如人家，骄傲不起来。”

中华文化五千年，《红楼梦》是我国对世界文化的一大贡献。随后，他叮咛我写稿一定要查实出处，千万不要因口误、笔误再误导读者。

独家专访

10月21日一大早，我就和小郑赶到国贸大厦。

周密的计划，最怕被打断。

幸运的是，吃早餐时，我坐在了王蒙老师夫妇身边。尽管早早就模拟了采访腹稿，还是被他一个个婉言回绝。我不断转移话题，终于得到了自己想要的答案。

通往机场的路上，陪同人员似乎都很理解我。大家配合默契，将严肃的采访话题，变成了轻松快乐的聊天漫谈。

你一句我一句，让王蒙老师夫妇直夸咸阳人。

不愿接受采访时，他就笑着说：“即使你是个赵首席，我也不听记者忽悠呢！” 一句句幽默的话语，一段段睿智的议论，让人难忘。

上飞机前，王蒙老师夫妇不断叮咛司机和陪同人员赶紧回去休息，说这几天大家太辛苦了。

他留给我许多话题，需要反思回味，翻阅历史资料。

独家报道

文学永驻　青春万岁

——国家文化部原部长王蒙来咸阳

10月21日，是王蒙先生过完77岁生日的第六天。也是这位文学泰斗，自18日到咸阳来的第四天。一路匆匆，见缝插针，接受采访。

谈咸阳：这是一片文学热土，应加强对外宣传，依托西安发展旅游，如秦始皇像可以起名“祖龙柱（碑、台或别的等）”，更显魅力吸引游者。

当记者提及刚刚结束的十七届六中全会关于“文化强国”的精神，作为文化部前任部长，请他结合咸阳市“文化强市”谈谈如何加强提升文化定位和软实力时，王蒙谦虚地笑着说，此次咸阳之行，是因为王海的小说《城市门》研讨会，他也是第一次来到这里。这几天除了讲座、接待文学爱好者，就是匆匆地看了几个市内标志性建筑，所以怎么能随便谈“文化强市”这么大的题材呢？记者只好转移话题，让他谈谈对咸阳的第一印象。

他说，咸阳的文学气氛很浓，喜欢写作的中青年作家不少。这几天，有许多作家和文学爱好者，通过各种方式送书签名等。当他获知这里有上百名作家和无数文学爱好者时，高兴地说：“这标志着一个城市的精神面貌，也体现了当地很重视营造文化氛围。”

他建议，旅游部门一定要依托西安大环境，加强对外宣传力度，让更多的人，了解咸阳历史文化。他说，自己感觉到达机场后，愿意在咸阳逗留的人很少。

他赞美统一广场秦始皇塑像造型很雄伟，可惜雕塑的名字有待于再斟酌。当记者问起他的建议时，王蒙说："我想的不一定很合适，但我认为那个属于城市标志性的雕塑起名为'祖龙柱（碑、台或别的等）'，更传奇、更雅致、更神秘，更耐人寻味，让前来参观者不再感到那么直观了当。"

接着，他解释道中国古代帝王被神化为真龙天子，秦始皇是第一个皇帝，被认为是真龙天子的始，祖龙也是他在民间的小名。《史记·秦始皇本纪》云："三十六年……秋，使者从关东夜过华阴平舒道，有人持璧遮使者曰：'为吾遗滈池君。'因言曰:'今年祖龙死。'"裴骃集解引苏林曰:"祖，始也；龙，人君像；谓始皇也。"

谈文学：小美人鱼的童话，至今感动着无数读者，丹麦因为安徒生享誉世界。英国也有句名言："宁可失去英伦三岛，也不能失去莎士比亚。"

当记者问他是否能对本土中青年作家说点什么时，他幽默地说，更喜欢聊天漫谈，而不喜欢接受采访。这时，记者就和他闲聊。

在王蒙看来，文学的世界里总是争议不断，就像《瞎子摸象》的寓言，"摸到腿的说是柱子，摸到耳朵的说是扇子，对待同一事物，每个人的看法都会有所不同。"他说《瞎子摸象》可以成为世界上最好的寓言之一，并以此展开话题，说《红楼梦》是我国的骄傲，也是作者对世界的一大贡献。

他认为，文学是个艰苦的劳动。如果拒绝艰苦，等着天上掉杰作，那比天上掉馅饼还难；文学是个让人殚精竭虑、"语不惊人死不休，吟成一句两鬓白"的苦力活。

当然，人们也常说"文章本天成，妙手偶得之"，会认为绝妙的作品是“天助其手”。确实，作家在创作中，灵感都是建立在勤奋写作的基础上的。

谈起纯粹文学和杂糅文学、功利文学和非功利文学、大众文学和精英文学等类别，他说，这些看起来似乎是相互矛盾的个体，其实是统一在并行不悖的整体下的。比如今年的诺贝尔文学奖，引起了人们对纯粹文学的关注，都认为文学在回归纯粹。

究竟什么是纯粹的文学呢？他认为，纯粹的文学就是“纯情的文学”，带着一种感情，它是无法解释的、没有头绪的、不知道为什么就产生的感情。

接着他话锋一转，说小美人鱼为了心爱的王子牺牲一切的爱情故事至今都感动着他。痴情、善良、美丽、可爱的美人鱼铜像，已经是丹麦首都哥本哈根的标志。从1913年落成至今，吸引了无数游客，流传着“不看美人鱼，不算到过哥本哈根”的说法。

丹麦有世界“童话之城”的美誉，那么小的国家却因为安徒生的童话名扬天下。英国也有句名言：“宁可失去英伦三岛，也不能失去莎士比亚。”可见，精神文化积淀对于构建民族人文精神多么重要。

谈学习：重视学习、善于学习的人，不仅要善于读书，更要善于在生活实践中汲取领悟；既学到书本知识，又学到另类知识；既学到身内之学，又学到身外之学。

77岁高龄的王蒙完成了《庄子的享受》《庄子的快活》《庄子的奔腾》和《一辈子的活法》等新作，连续三年通过三本书分别对《庄子》内篇、外篇、杂篇进行了转述、解释与发挥，实在令人敬佩。

王蒙说，好的作品并不受年龄的限制，也不受地域的限制。如肖洛霍夫开始写《静静的顿河》时才16岁，而托尔斯泰、萧伯纳的有些作品是七八十岁以后写的。

对于自己如何保持源源不断的创作活力，他说，自己的兴趣比较广泛，不是只盯着一样东西。“城市、农村我有兴趣，少数民族、国外我也有兴趣。时间和空间不断扩大，才有创作的活力。”

“谈庄享受，舞庄快活，思庄奔腾”，庄子、 老子、《红楼梦》、李商隐，都是近年来王蒙谈论最多的话题，尤其以庄子着墨最多。

王蒙说，重视学习、善于学习的人，不仅要善于读书，更要善于在生活实践中汲取领悟；既学到书本知识，又学到另类知识；既学到身内之学，又学到身外之学。他笑称，庄子有两句话，说房屋太小了，婆婆和儿媳妇就更容易吵架。这个绝了，庄子已经考虑到现在的“蜗居”问题了。

他认为，学习就是要善于把人生诸多问题复杂化、文化化、高深化，这是一种积淀；世上还有另一种学问、积淀与享受，那就是把人生诸多问题简单化、初级化、通俗化。

“无为”是道家哲学，尽管我们要“学学老子”，但也要构筑起属于自己的“无为观”。无为不是不做事，而是要理智地把握好“不做什么”，是一种效率原则、养生原则、成事原则、快乐原则。

人生一世，总要有个追求，有个让自己珍视、让自己护卫、愿意为之献身的东西。

谈生活：笑口常开……越来越爱看电视剧，常常是朋友的天气顾问，爱磨豆浆等，不拒绝各种琐事，让自己活得很快乐。

王蒙在新作《一辈子的活法》中，提及生活，说自己的快乐是“不拒绝各种琐事”。多年前，他在国外开会时，别人说电视剧是“白痴写白痴看，最后都看成白痴了”。如今，他才理解了这个话，几乎每天都要关注天气预报，晚上爱看看电视剧，自己也越来越向白痴化迈进。

他这样自嘲，引得记者刚笑完，忽然听见王蒙夫人问王蒙：“呀！手机呢？”他回应：“呀（牙），在嘴里；手机，在口袋里。”

现场笑声阵阵。这时夫妇在生活中的一举一动，无不流露着他们的恩爱、互敬和默契。

王蒙说：“我最喜爱做的事情之一，就是磨豆浆，现在有了豆浆机，就非常省事了。过去都是我自己磨。我用‘箩’（音）来磨豆浆，那个‘箩’上写着‘挤压成正果，漏网是精华’。这样的琐事，就让我觉得很快乐。”他说，现在自己上网主要做两件事，一是收邮件，一是查看各地天气预报。不知道为什么，就是非常爱看天气预报。比如说，这次从长沙到咸阳，一个月之内，即使回到北京，也肯定还会经常看咸阳的天气预报。

喜欢天气预报的事，被朋友都知道后，他们都将王蒙当成12121气象台咨询热线，直接打电话问王蒙明天天气怎么样。有时，王蒙就问朋友，为什么不打给气象台咨询天气。对方就直接说：“哎呀，你讲得比气象台还清楚啊！”

在笑声中，记者目睹王蒙风采。

这一切，都得益于“所有的跌宕悲喜，都是人生的历练，都凝聚成人生的智慧：沉浸、阔大和喜悦”。这是王蒙新作《一辈子的活法》的封面语，也是他对自己人生活法的高度概括。

采访花絮

读书明理　乐在校园

咸阳文艺大讲堂第三期开坛，由王蒙带来的一道文学盛宴，让现场听众回味无穷。领导干部、文艺工作者、咸阳师范学院师生和文学爱好者等600多人，一起感受了这位文学泰斗的博学。

当天上午，咸阳师范学院“文艺大讲堂”座无虚席，两侧、后台甚至走廊也站满了文学爱好者。咸阳师范学院对王蒙先生来校讲学表示热烈欢迎，校方在欢迎词中说：“王蒙先生代表着中国当代文学核心价值指向和一流作家的主体风貌，成为中国人记忆深处的文化巨匠和精神高标。同时，作为著名学者、文化战线领导者，王蒙先生为国家的文化交流和文艺界的自身建设等做出了卓越贡献。”

演讲中，王蒙先生以“文学的悖论”为题，融汇中外、贴近现实、妙语连串，以广阔的视野和体验，生动鲜活、形象深刻地阐释了关于文学的“纯粹与杂糅”“真实与虚构”“民主性与独断性”“严肃性与游戏性”以及“创作过程的自然天成与呕心沥血”等问题。引导启迪大家思考、探讨文学活动的本质、个性、内在规律及辩证关系，表述了自己对文学艺术自身特点和社会功能的独特思考。

他的妙语连珠，令场内不时响起掌声和笑声。

在不知不觉中，近两个小时的演讲结束。随后，王蒙听取了学院近年来的发展情况，在和文学爱好者交流时，欣然题写了“读书明理，乐在校园”和“厚德博学”两幅书法作品。

热情粉丝　跟踪签名

连日来，王蒙先生的咸阳之行，可谓忙乎不已。

除了参观文物、应邀讲学和忙里偷闲看世园，最难为情的就是要面对粉丝围堵。无论如何，这位年近八旬的文学大家，处处表现得乐在其中。

10月20日上午，记者在咸阳师范学院“大讲堂”外看见一群粉丝，他们早早堵在门口，就想让偶像签个名。出于安全的考虑，粉丝被相关工作人员劝离。

走廊里，忽然冒出一位戴眼镜貌似女老师的粉丝，双手抱着《青春万岁》《老子的帮助》和《狂欢的季节》等10多本王蒙的原著，笑着向正羡慕她的粉丝说：“这都是我平时在书店买的，今天刚好碰上了，就将部分作品抱过来想让王蒙老师签个名！”

记者看到，许多“机智粉丝”，躲开工作人员对王蒙的安全保护，竟在厕所出口“堵住偶像”。正当王蒙老师乐呵呵地签字时，又被工作人员“无情地保护走”。不一会儿，那个抱着原著的女粉丝，一脸自豪又出现在粉丝堆中，因为她如愿获取了签名，她的秘密成功让所有粉丝大跌眼镜。

咸阳师范学院文学社的小成说：“读中学的时候，就看了《青春万岁》，对里面那首诗歌印象深刻。后来也陆陆续续看了他的一些小说，没想到今天有机会见到了本人。这次来听讲座收获很大，笔记就做了好几页，以后还是要多多看他的书，王老师的知识面太广了。”

10月22日上午，一位粉丝专程从陕西师范大学跑到咸阳，为了取得签名，和陕西科技大学两位粉丝跑遍市内各大书店，寻找王蒙的新作。等找回书来签名时，才知王蒙已经离开咸阳前往青岛了。

张艺谋在咸阳

张艺谋今年63了。

从1983年开始拍摄他从影的第一部电影《一个和八个》起，到现在已过了整整30年。

六十三岁的老谋子，30年间，他纵横捭阖于国内外影坛，先后担任了《红高粱》《老井》《秋菊打官司》《我的父亲母亲》等30多部电影的导演、主演、摄像等，荣获了近百项国内外电影大奖，继而执导了世界著名歌剧《图兰朵》、大型旅游综艺节目《印象刘三姐》，并成功执导震惊全球的第29届奥运会开幕式表演。

他集导演、摄像、表演演员等于一身，带领他的团队以新锐的审美理念、独特的视觉形象、最民族化的表现形式，反映人类共同的精神追求、生存状态、理想信念等问题，把中国电影推向了世界，将其带向了一个又一个高峰。

他既是千里马，又是伯乐。从巩俐、章子怡等一个个国际影星的闪亮登场，到董洁、周冬雨、倪妮甚至小小林妙可的一夜成名，一个又一个美丽的人生在他的打磨下更加熠熠生辉。

他和他的同伴成就了中国电影的辉煌。

他是走向国际影坛的艺术大师。

插队三年：接通了他与土地的血脉

在张艺谋的所有影片中，农村题材接近一半，他的获奖力作几乎全是农村题材。他对农村的熟悉、对农民的理解、对山水土地的痴爱，比在农村出生长大的人都深刻和强烈。回看他的人生经历，他祖籍陕西临潼，生长于西安，真正与农村的接触、融入就是在咸阳市乾县大杨乡（原杨汉乡）北倪村的三年插队生活。

1968年12月26日，毛主席65岁诞辰那天，18岁的张艺谋（那时他还叫张诒谋）和他的三名西安市三十中初中毕业同学（一男两女）响应毛主席号召，来到北倪村插队落户，接受贫下中农再教育。

北倪村地处渭北旱腰带地区，当时缺水没电，贫困荒凉，缺少劳力。这天，北风呼啸，冰天雪地。热情、淳朴的村里人将他们安排在二队队长家里暂住，一个多月后，将他们安置在村外东北角的一个饲养室大院的两孔窑洞里，旁边就是牲口饲养棚。在这里，他们和村民一起下地劳作，他们自己生火做饭，开始了地地道道的农村生活。

住进村里后，知青们最初的新奇、热情很快被繁重的体力劳动，单调枯燥、贫穷饥饿的生活所替代。而对张艺谋来说，到了农村，仿佛得到某种解脱（他属于“黑五类”子弟，目睹过家中被“造反派”多次打砸抢烧，遭遇了自然灾害饥荒年，长期忍受着因出身问题而遭遇的种种鄙视）。

缺水问题一直困扰着渭北旱腰带地区人们的生产生活，政府决定在距他们村20多里处修建库容过亿的大北沟水库，张艺谋积极参加。

那是一个初春的早晨，天刚蒙蒙亮，张艺谋和数十名村民一起背着行李，拉着架子车，步行赶到水库工地，投入到繁忙紧张的修建中。工地上没有工棚，他们就拿着锄头、铁锨，贴着崖壁将崖面削平，然后打出一个类似猫耳洞的住处，将麦草铺在潮湿的洞里当被褥，一住就是一个多月。

现年76岁的倪志亮老人时任北倪村书记。他说，这几个知青娃都很乖，在水库工地上娃们跟社员一起风吹日晒，挖土、拉方、砸夯，把苦都“吃扎了”。

当时，生产队拉土拉粪主要用大马车，大牲口不够，就靠人力，四五个大小伙一人一条绳挂在马车前使劲往前拉，张艺谋就光着膀子，替代牲口驾起车辕，爬坡下沟，挥汗如雨。这不禁让人一下想到《红高粱》里那群太阳下赤裸着上身流着汗和泥的人。

为了解决旱原地区饮水灌溉问题，生产队集中劳力打辐射井。这些井直径约1米，深度都在25米以上，打井时张艺谋干最苦最累的活儿——“推杠子”、下井底。可以想象他光着膀子、躬身劳作的形象。黄土地上留下了他永远的身影。

1986年，吴天明拍摄电影《老井》，张艺谋担任摄影师。因为找不到合适的男主角，吴导从张艺谋棱角分明、瘦削坚毅的脸庞和土色强健的肌肉中看到了中国农民的形象特点，于是让他试演男主角。张艺谋一上手，几乎用一种不加修饰、原生态的表演征服了在场的所有人。这是他第一次作为男主角出现在镜头中，并一举获得当年东京电影节和国内金鸡奖最佳男演员奖。

这哪里是表演，分明是当年打井场面的再现。

住在饲养室大院，喂牲口的活儿就交给这些知青，张艺谋的主要任务就是井中绞水、拉土、垫圈、铡草，他渐渐由外行转向内行，由不会干到干得有板有眼。不到一年，春种、夏收、秋播、冬藏他样样在行。

在农村的日日夜夜，张艺谋和村民们共同经历着艰难困苦的生活，共同享受劳作间隙的嬉笑欢乐，他的血脉渐渐和这块土地、这群村民融为一体。当然，和同时代的知青一样，环境也逼迫他做出了现在想起来有趣、有乐、有些恶作剧意味的举动。

由于当时经常吃不饱、穿不暖，他也会和知青一起在半夜饿得受不了的时候，跑到地里偷挖红薯、掰玉米，蒸熟充饥，但是，绝不偷本村的。农闲时节，他和同伴会带着村里的孩子打野狗、灌黄鼠狼、熏兔子、打篮球。他的美术天赋让村里人到现在都念念不忘。问到张艺谋，几乎都会说“那小伙画画太棒了，村委会门上的毛主席像画得太好了”。下雨的日子，他会吹笛子、口琴，悠扬的乐曲牵动了知青和乡亲们的心。也是在这段日子里，他收获了自己的初恋，与插队同学肖华深深相爱。

由于和这块土地血脉相融，他的感情深处一直牵挂着这里的一草一木、一家一户。令村民感动的是，当他招工离开北倪村的十年后，也就是从北京电影学院毕业外出实习之际，他携肖华一同来到村上看望乡亲们，挨家挨户拍照留念。随后，又让肖华将照片一一洗出，送到村里的每家每户。

工厂七年：铸就了他为艺而谋的灵魂

1971年8月30日，张艺谋招工进了位于咸阳市区的陕西国棉八厂（现改制为八方集团），被分配到前纺车间，先做推条工，后做抄车工。用他自己的话说就是给机器打扫卫生。

刚进工厂分配宿舍，工作人员误将张艺（诒）谋的名字写成“张银幕”，同舍的工友一看，惊讶地说：“还有叫这名字的，看来咱以后不缺电影看了。”

一句玩笑话竟成谶语，冥冥之中道破了张艺谋的未来。

推条工就是要将棉条从梳棉车间推到并条车间，每小时推一吨，一班要推七吨多。纺织厂的车间一年四季温度都在25度以上，闷热潮湿，又脏又累。推棉条时，空中的棉絮不断往眼睛、鼻孔、耳朵里钻，用手搓脸能搓出10多厘米长的棉线。他做抄车工时，每周至少要掏一次地洞，清理被废花絮堵塞的排尘塔通道。清理时，张艺谋要穿上类似防化服的专用工装，戴上三层口罩，深入地下通道，劳作一个多小时，回到地面时人已面目全非。但他从不偷懒，从不叫苦，还爱开玩笑。工友们亲切地叫他“谋谋”。

工余时间，他是厂篮球队的主力队员。车间每月要办两次宣传栏，这项任务也由他和书法功底扎实的雷佩云完成。他负责版式设计、美工插画，雷佩云负责书写。他们办的板报，别出心裁。由于美术绘画的特长，他被调到织袜车间，搞工艺设计屡次获奖，声动纺织系统。

办板报的时候，由于工具不全，张艺谋常常把自己的饭碗当成调颜料盒，吃饭时，将碗一洗，吹净碗里的棉絮，夹着饭碗向食堂走去。而他吃饭用的筷子，就是两支排笔的笔杆，他自称这在八厂独一无二。

在工厂的日子里，对艺术的追求成了他的精神依托。从书法、美术到文学、音乐，他如痴如醉，经常拉着雷佩云、吴德功、郝民权等工友访书法名家、寻音乐老师、读文艺作品、写小说剧本、练武术篮球，最痴迷的还是搞摄影。

刚进厂时张艺谋的工资只有32块钱，后来才涨到40.2块钱。当时他最值钱的家当，就是一台8块钱的华山牌照相机。那还是他在插队时节衣缩食买的，进厂时裹在被子中间带来。进厂后他又省吃俭用攒了四五个月工资，花186块钱买了一台海鸥4A照相机。拿着这台照相机他拍厂里的大会场景、车间形象、工友生活、风景人像……他用微薄的工资购买胶卷、相纸、显影、定影粉，自冲自洗自放，苦在其中，乐在其中。

摄影，几乎成了他的生命。

为了拍好一张照片，他可以跑几十里路等十几个小时。为了拍摄华山景色，他七上华山。一次，为了拍摄冬天的华山日出，他约了几个工友腊月登山，在峰顶一趴就是好几个小时，拍完照片后他几乎冻僵了。在华山拍的《白云深处有人家》的照片，被《中国摄影》杂志用为封面并获得全国大奖。他的摄影作品都以其独特的艺术视角、画面语言、审美情趣在咸阳市、陕西省纺织系统和全国影展、美展中颇受关注。

1976年10月，粉碎“四人帮”喜讯传来，张艺谋兴奋不已，构思良久，决定拍一幅《一唱雄鸡天下白》的摄影作品。他从农贸市场挑选并买来一只雄健漂亮的大公鸡，采来松树枝条做背景，拉着同舍室友郝民权连续三天天不亮就挂着相机抱着公鸡，拿着树枝从天窗爬到楼顶，等待太阳从地平线冉冉升起、雄鸡引颈高歌的那个瞬间。可是，前两天不是云朵遮住了太阳， 就是公鸡不叫。直到第三天太阳一出，他们用枝条戳逗公鸡，公鸡终于迎着太阳叫了，他迅即按动快门，留下了这个美好永恒的画面。

工友郝民权要结婚，他主动提出要给人家拍结婚照。别人拍结婚照都是拍正面，但他却拍背影。他拉着人家跑了几十里路，来到沣河上游一个叫闫家渠的地方，找了一处有百年古树的河边，让其坐在树下，迎着阳光，促膝而谈。张艺谋从他们身后拍了剪影式背影，整个画面树影婆娑，波光粼粼，人影绰绰，情意浓浓，韵味无穷。

当时摄影全是黑白胶片，离不开暗室。八厂没有，他就把宿舍当暗室，把筒子楼里的公用厕所水池当成冲洗胶片的地方。他在宿舍墙上拉了两道铁丝，挂上相片夹，买了两个搪瓷盘子，当作显影、定影盘；在床头用图钉钉上了一份显影、定影液比例表。他制作曝光箱，没有窗帘，就把24层的口罩拆了12块，缝成一整片，染上不同颜色当窗帘遮光；没有红灯，他就在原灯泡上包了块红布做红灯。后来摄影圈的朋友多了，陕西国棉一厂（现在的风轮集团）、陕西中医学院、西藏民族学院的摄影发烧友都把本单位的暗室借给他用，他才结束了宿舍的暗室日子。

为了掌握摄影理论和技术，他几乎跑遍了咸阳高校和社会上的图书馆、新华书店，借阅购买摄影书籍。一些重要的书籍资料买不到， 他就借来抄阅。七年时间里，仅抄写的摄影书籍就有近十个笔记本。当抄完《暗室技巧》时，他自豪地指着自己的一摞笔记本对室友们说："目前，我是咸阳市掌握摄影资料最全的了。"

正是因为他对摄影的痴爱，对艺术孜孜不倦的追求，他勤学苦读积累的文化功底，加之他独有的审美眼光、构图视角、艺术悟性，铸就了他为艺而谋的灵魂。

走进北影：点亮了他腾飞苍穹的梦想

1978年，对于国家和民族来说都是一个大好机遇之年。这一年，我们迎来了改革开放，这一年彻底恢复了高考制度，数以百万的知青因为高考改变了命运。这年6月，北京电影学院给了陕西省纺织系统一名电影摄影的报考名额，陕西省纺织工业局将其分给了陕西第八棉纺厂。

张艺谋赶上了好时候。

工友们鼓动张艺谋报名，他还缺少点自信，怕自己不行浪费了名额。在大家的一再鼓励下，他才到宣传科领回了报名表。师兄师弟欢聚宿舍，一起动手帮助他整理应考作品， 他们选出了《形影不离》《莫道君行早》等108张照片，按人物、风景、特写分别制成三本应考摄影作品集。

第二天，厂里安排织袜工艺组到长沙参加业务研讨会。组长张春阳带上张艺谋前往。会议刚结束，张春阳就陪同他由长沙直奔北京参加考试。

到了北京电影学院摄影系报考点，拿出作品审查时，负责报名的老师惊呆了——身处西北的小青年竟然拍出了这么好的摄影作品。赶忙看他的个人资料，一看他生于1950年，28了！然后不无遗憾地说，超龄三岁，按规定不能报名。

这下可急坏了张艺谋，好不容易争取到名额，进京赶考，却因超龄被拒之门外。

不过，张艺谋遇到好人了。

他思量好久，给时任文化部部长黄镇致函，说明自己的情况及想上北影的迫切愿望并附上摄影作品。在亲戚朋友的帮助下，他又费尽周折找到了与黄镇部长熟悉的著名漫画家华君武。华君武看了张艺谋的作品，觉得他实属难得人才，就直接向黄镇部长推荐。黄镇部长看了张艺谋的作品后，让秘书和陕棉八厂联系，核实作品是否本人所拍、年龄是否超三岁。很快，陕棉八厂答复：一切属实。

黄镇部长随即向北京电影学院致函，让破格解决张艺谋的入学问题。由于没有及时得到回复的消息，张艺谋就黯然回到咸阳继续上班。

20天后，张艺谋收到北京电影学院来信，内容是："望来京有要事商谈。"他虽然有点纳闷，但还是拿着信向单位领导请完假直奔北京。

到了北京电影学院，接待人员对张艺谋讲，他的情况经研究可以破格入学，但只能作为代培生。张艺谋想只要能进北影，管他正式生、代培生，就满口答应。

张艺谋找到了好平台。

离开八厂告别咸阳时，面对朝夕相处的工友，张艺谋心如潮涌，他将自己视为宝贝的部分书法、摄影作品和书籍，分别赠予了他的工友。

这是一帮让他难舍难分的兄弟。

这是一方让他魂牵梦萦的土地。

1983年，他从北京电影学院摄影系毕业，被分配至广西电影制片厂。同年开拍他的处女作《一个和八个》。影片在咸阳上演时，熟悉他的工友们才发现“张诒谋”已经成了张艺谋。

1986年端午，张艺谋带着自己的团队，返回咸阳拍摄了《大阅兵》影片的部分场景，他第一个想到的就是，让他熟悉的工友做群众演员。

十年磨一剑，一挥映日月。舞尽人间情，光影动山河。

十余年的积淀，三十年的喷薄。从咸阳走出的“老谋子”誉满华夏，影响海内外。

盛名之下是光环，是财富，是喜悦；盛名之下有迷茫，有困惑，有疲惫。张艺谋，如果你真的累了，就回咸阳来，在这里歇歇脚，定定心，理理情，养养气，再去面对下一个十年、二十年、三十年……

注：本文与暮雨、池波合作，首发于《秦商》，后被2013年7月30日《咸阳日报》等转载

飞行的诗歌

——读《看不见的航线》和《简单》有感

翻开从大连寄来的诗作，遥想东北的天空与地平线。

忽然间，发现宁明将诗歌的翅膀插上了太空，在无垠的苍穹翱翔自由自在的思想。

后来，我又惊奇地发现，这个人不仅仅是诗人，更确切的身份是某空军特级飞行员。英雄宁明，他的爱好似乎与职业联系不起来，但是职业给了他诗作腾飞的原动力。

在物欲横流的精神失控时期，我们经常听到的是“房姐”“房叔”，或者反腐倡廉打倒的“老虎”“蚊子”。有些人在浮躁潮流港，就像进入太空的飞船，身心完全失控，沉迷于物质世界不知所措。如果说诗歌永远是心田上的净土，那么，身为飞行员的宁明，就是一位守望净土与诗歌用心对话的人。

在繁忙而有挑战性的工作之余，他却能安静下来，思考生活，解读人生，让厚重的才情释放在诗歌的家园、升华在诗歌的星空，坚守灵魂的高地。

他希望有一双配得上倾听的耳朵，释放内心的孤独和不安，甚至希望在一个凉爽的下午，将自己的房子搬到凉爽的云朵上。从此，告别空调虚情假意的体贴。

这是怎样的真诚与呼唤呢？让思想搭上浪漫的翅膀，在天空自由飞翔，这样的梦想除了深深的职业烙印外，更重要的是，在他的灵魂深处，充满着诗人的底线、良知和真诚。

航线是看不见的哲理空间，诗情却是熠熠闪烁的万丈光芒。他穿透无数云朵，来到读者的身边。让人感受滚烫在英雄心中的那一面鲜红的旗帜和触动灵魂的诗篇。

他的诗积极向上，又有入骨的正气呐喊和淋漓尽致的战士情怀。对祖国、对人民的深爱，充满字句诗行。

收获的季节，宁明会走进麦田，看英雄的母亲、看手牵手的姐妹。于是，人的感情就饱满得像肥沃的土地，然后又将自己想象成坚强不屈的麦芒，等待那锋利的镰刀，劝自己躺下回报大地。

这是英雄的豪气壮语。恰似钢铁军人，在困难面前坚忍不拔，时刻准备着为祖国牺牲、为母亲献身捐躯。

他的众多诗文里，总是流淌着英雄情结，无畏的背后又流露着淡淡的忧伤和孤独。

正如茫然时，心很累，走还是不走？他不知道路有多远。自嘲时，他将自己比喻成一只蚂蚁，甚至不比蚂蚁更聪明。怀想时，那淡淡的忧伤，装满了自己全部的行囊：手感极好的毛衣、几幅心爱的画儿和两封旧书信……他以诗人独特的视角和高度的敏感，在内心深处刻画着忠于亲情、友情和爱情的绝唱低吟。

绝不去哗众取宠，背叛心灵那方属于自己的净土。留不住岁月风尘，却要坚守真善美，像军人一样永远捍卫疆域领空，让心灵的净土完整无缺。

宁明渴望着真诚古朴，呼唤着善良感恩。他像刚烈的瀑布一样，为了爱情宁可粉身碎骨，也要远离水性杨花的溪流。他珍藏的爱情黑匣子，记录了多少个七夕，就装载了多少次痛苦。然而，他总是保持着军人的刚毅和冷静，在看不见的航线上，按自己的高度勇敢地飞翔。

他是炽热的又是理性的，他是浪漫的又是现实的，他是忧伤的又是乐观的，他是脆弱的更是坚忍的。

在宁明的眼里，一针一线、一草一木，都是充满感情和灵性的。仔细阅读他的诗文，字里行间从不拖泥带水，更没有一丝虚伪作秀、逢场作戏。

看得出，他是一位充满哲学思维的诗人，更是一位琴心剑胆的飞行员。他将自己的生活、工作和兴趣爱好，对接得完美无缝。工作是为了无悔人生，写诗是为了守住灵魂。他让诗歌搭上挑战性的飞行事业，动静结合，互相促进，不断高攀诗歌的高空。这样优秀的诗人，在我身边是极其罕见的。同时，这样的飞行员，在部队也是少有的。

翱翔在星空，沉思在大地。在诗歌的天空，他收获了无数荣誉和奖励，与胸章挂在一起。

是他，将诗歌的激情撒向蓝天；是他，用诗人的浪漫点亮星河；是他，将军人的使命融进文学。呼唤心灵的至善、至真和至美，这样的诗歌，一定会越飞越高。

2008.10.15写于西安

建国讲建国

60年，岁月弹指；60年，沧海巨变。

历史的巨轮，承载着数不尽的往事。喜迎建国60年，我听退休干部文建国，讲述他的建国情。

童年：战乱中逃生

文建国于1938年生于陕北定边，原名叫文定锁。

1945年抗日战争胜利后，国共和谈并提出“和平建国”口号，让受尽战乱之苦的人民看到了幸福的曙光，“和平建国”的喜悦传遍全中国。天天盼望过上安宁日子的父亲，就给儿子改名叫文建国。老人说，这次改名，不仅仅体现了父亲对美好生活的期望，更能代表当年生存在水深火热之中的人们对早日建立新中国的热切期盼。

文建国祖籍陕西旬邑县，民国十八年（1929），父母逃难到陕北定边经商，他出生时正值抗日战争初期，到处民不聊生。童年时他经常跟着大人逃生，躲天上的飞机轰炸和地上的炮火硝烟。许多老百姓在战乱中丧身，人们好不容易盼到抗日战争胜利了，内战又开始了。当时，胡宗南的部队进攻陕北，国共两党在陕北处于拉锯战的状态，老百姓整天四处逃难。1946年，为了躲避伤害，他又随父母逃到甘肃西峰生活。

甘肃的日子清苦，但比较安定，因为父亲经商，全家基本可以填饱肚子，和在战争区的人们相比，生活已经很幸福。随着1949年中华人民共和国的成立，大家都过上了踏实的日子。

青年：享受助学金

中华人民共和国成立后，全国上下朝气蓬勃，人民生活非常安定。19岁的文建国考入西北大学，当时所有大学生都享受国家的助学金，助学金分甲、乙、丙三等。

老人说："我当时享受的是丙等，是最低助学金，每月13.5元，已经满足了伙食费，比其他同学吃得都要好。中华人民共和国成立以前，大家都是吃不饱、穿不暖。"

提起1959年到1961年，老人回忆这三年为自然灾害年，期间都靠吃野菜生活，而且总是吃不饱。大人总是省吃俭用，唯恐孩子们饿肚子。家里有一点点面食，也只能让干活最苦、最累的父亲和兄弟吃，其他人达到没有饥饿感就行了。

1962年后，生活好起来了。人们自强自立，都有一股斗气，与天斗与地斗，勇于和困难做斗争，大家团结、和谐，整个民族蒸蒸日上。

中华人民共和国成立前，人们是流离失所、衣不遮体、饭不饱肚；中华人民共和国成立后，人们是艰苦奋斗、满足温饱，衣着是缝缝补补；20世纪60年代到80年代，大家是丰衣足食，直奔小康。如今，吃穿游玩，样样不愁，应有尽有。

老年：真的好幸福

提起现在的生活，老人笑得合不上嘴。

他认为，毛泽东让中国人站起来，邓小平让中国人富起来。这话千真万确，总结得非常生动。今天的生活，要什么有什么，私家车、电视电脑、手机网络等现代化工具层出不穷，放在以前连皇帝想都不敢想的事，都纷纷飞入寻常百姓家供人们享受。

人们已经开始追求精神上的愉悦，而不再仅仅是物质上的期盼。现在的衣着打扮彰显个性、时尚，不像过去只要过年穿个花棉袄，也能高兴大半天。

他感叹在甘肃西峰上学时，每年寒暑假都要步行三天回旬邑老家一趟，连脚都磨烂了。现在交通多方便啊，从西峰到旬邑坐车，只要三个多小时就到了。飞机、火车和公交，想去哪里就能去哪里。

谈起住房，老人说："20世纪70年代时，我们一家六口人，就挤在不足20多平方米的一个房间里，这还是国家科级领导干部的高标准，其他人的住房条件就很困难。现在住近150平方米，今非昔比啊！所以，没有共产党，就没有新中国。没有新中国，就没有今天的新生活。"说着，老人激动得为祖国60华诞即兴赋词一首，以表达感恩和祝福：

沁园春·国庆六十年

世纪风云，骤雨新晴，百废俱兴。
看神州大地，如花似锦；长城内外，虎跃龙腾。
坝锁江河，追星奔月，港澳回归望台澎。
行环宇，也抑邪扶正，唤雨呼风。
重振雄风，党旗飘飘，群众紧跟。
靠三件法宝，挺胸抬头。改革开放，中华飞腾。
与时俱进，科学发展，持续和谐永繁荣。
花甲岁，正扬帆起航，再攀高峰。

咸阳路桥30年

江山如画，路桥经纬。当我们享受高速公路的舒适时，可曾想起这样一群人：遇水架桥，逢山开路。他们常年为大家的出行放弃自己的节假日。这就是陕西省咸阳路桥工程公司的团队。

昔日：等待缝补的小修工

金秋十月，硕果累累。

在喜逢祖国60年大庆之际，他们也迎来了30岁生日。30岁风华正茂，团队今非昔比。这是一个长年没有节假日的团队。国庆期间，他们依然大干在劳动现场。

三十年前的4月19日，经咸阳公路管理局（原咸阳公路管理总段）党委会研究决定，成立了总段工程队临时支部和队委会。之后，该临时工程队仅靠洋镐、铁锨、架子车、小翻斗等简单工具，开始从事区域内的大中修工程。

当时，缺技术人员，也没有固定办公生活场地，纯属公路系统修修补补的捡拾行当，而且计划经济下的思维模式决定了该工程队只能是一个附庸式的等靠工具，业务单一枯燥、工作时风餐露宿，工人们一个个就像迟钝呆板的机器，劳作时毫无激情和主动性，大家拄着铁锨磨洋工是当时最真实的写照。

那时，他们被戏称为：“远看像个讨饭的，近看像个掏炭的，一问才知是公路段的。”

在别人眼里，身着橘黄马甲的养路工人，整天看守着路面，拿着微薄的薪水，无疑是最低等的职业。许多人提起这个行业的男孩子都摇头，他们甚至很不好找对象。一些人受不了风吹日晒而另谋出路。

1992年9月，乘着改革开放的春风，经过十二年小作坊式的磨炼成长，咸阳公路管理总段在工程队及拌和厂的基础上成立了公路工程公司，这便是最早的陕西省咸阳路桥工程公司，后来又在此基础上设立了下属的两个工程处。

从此，咸阳路桥工程公司成长起来。1994年和1999年，在江泽民总书记视察咸阳农科所和汉阳陵期间，公司职工两次顶风冒雨，连夜为总书记抢修出了平整舒适的道路，受到了上级表扬。此时的咸阳路桥工程公司，依然存在技术力量不足，机械设备紧缺老化，新设备、新机械和新材料难以到位的困难局面，只能依靠咸阳公路总段下达的一些计划性任务来单一施工。

谈不上管理，谈不上经营。一年到头等上级派活，等完成任务后发工资。

改革：开篇谋局的筑路人

随着改革开放的深入，1995年经咸阳市人民政府批准，陕西省咸阳路桥工程公司正式注册，开启了真正修路的主业。

当时，公司存在资质等级低、毫无市场竞争实力、工程任务不饱和、公司与所属单位管理不顺、财务核算制度与施工管理不符等诸多矛盾和困难，致使职工队伍人心涣散。

面对竞争激烈的市场经济，为保证公司在竞争中立于不败之地，1999年年底，上级组织决定，陕西省咸阳路桥工程公司开始独立运营。接着，领导班子采取了一系列大胆创新的管理措施。

首先是不等不靠，整合职工队伍，理顺管理关系。努力增强职工技术队伍力量，推行适合施工企业的财务会计制度，提高公司软实力。

其次是大胆决策，购置先进的施工设备和测量实验仪器，使企业在硬件设施上充实起来，提升企业的市场竞争力。同时，坚持用制度管理人，建立了“开拓、创新、实绩、贡献”的人力资源管理体系，形成了“权责分明、分配合理、管理科学”的现代企业制度。

再次，推行与时俱进的企业经营理念，促使公司良性互动、快速发展，注重人性化、民主化管理，将“理解人、关心人和尊重人”作为企业经营管理的文化理念，逐步形成了一支团结进取的职工队伍。

2001年，公司在陕西省公路系统率先完成了ISO9001质量体系认证，并以此规范管理施工全过程，为加强公司管理夯实了基础。2004年，公司已经成长为国内具有公路工程总承包一级资质的企业；2006年，公司取得了境外施工许可证。之后，公司连续获得境外承包资质、桥梁和房建二级资质，并迅速成为陕西省路桥同行业中的排头兵。

如今，咸阳路桥人的施工足迹，已遍布三秦大地乃至国外市场，并被团中央授予“全国青年文明号”等诸多荣誉。他们已经成了职场上的“香饽饽”，许多人争相进入这个团队。

这支队伍中有一句人人皆知的名言：“做出成绩的领导者，是汇总了大家的智慧、利用了个人的所长，相信大家都是积极向上的。”

路桥人的团队意识，唱响了时代进行曲。他们“招之即来、来之能战、战之能胜”，正是这样的先锋团队，使企业实力在竞争激烈的市场中脱颖而出，工程质量和企业信誉始终在全省公路系统遥遥领先。

机遇：创新路上的先锋队

三十年艰苦创业，三十年与时俱进。这些年，咸阳路桥人修了多少路、架了多少桥？他们无法计算。但在职工心中永远抹不去的记忆和喜悦，就是领导班子与职工齐心协力，为今天的发展付出的辛勤的汗水。

他们与路桥事业风雨同舟30年，也随着祖国改革开放一起见证了路桥事业。许多员工感慨地说：“想想这些年，交通发展这么快，我们都沾了改革开放的光。如果国家不重视交通，哪里会有今天的好日子？”

逢山开路，遇水架桥。这就是勇敢的路桥人。

哪里有险情，哪里就有路桥人的身影。路桥人总是默默无闻、吃苦在前、任劳任怨。

他们多次为中央领导视察抢修整道，多次受到表彰奖励。2002年，咸阳公路管理局副局长、路桥公司总经理王俊义（现任咸阳市交通局局长），带领员工出色地完成了108国道水毁抢险任务，受到温家宝总理的亲切接见，后路桥公司被陕西省交通厅授予“抗洪抢险先进集体”，王俊义等四人也被授予“抗洪抢险先进个人”称号。

2007年，他们又为温家宝总理来兴平调研市场抢修道路，受到了上级领导的称赞。王俊义先后被团省委授予“陕西省青年实业家”称号，被新华社陕西分社评为“陕西省交通系统十大新闻人物”，其事迹录入了21世纪人才库。

面对众多荣誉，王俊义依然再接再厉，作为领导班子成员，积极寻求企业的发展道路。他深思机制改革和职工的福利待遇，经常和大家加班加点钻研业务技术、讨论路桥发展思路。

近几年，公司在创新中不断发展，开展多元化经营，在做强、做大主业的基础上，立足公路主业，积极涉足市政道路、水利建设、材料加工、民用建筑业等相关领域，保持公路建设和房地产开发良好态势，形成“一业为主、产业关联、多元开发”的发展局面，为可持续发展拓展市场空间。

他们多次调研水力发电、景区开发等项目，先后与中交一公院、中交二公局、陕西省路桥、铁十五局五公司、通达公司和中铁二十局等多方合作，实现优势互补获得市场份额。同时，加强境外投标，先后在非洲埃塞俄比亚、安哥拉，东欧爱沙尼亚和中亚等地区成功进入境外市场。

在创新的道路上，他们认真执行“质量、环境和职业健康安全”三标管理体系，严格推行“标准化、规范化、效能化和人本化”的四化管理，积极创建“班子建设好、队伍带得好、业务发展好、管控抓得好、经营效益好”的五好单位，努力打造“创新型、技能型、效益型、安全型、节约型、和谐型”的六型团队，确保工程做精、企业做强、职工做富。

继2001年通过了质量体系认证后，2008年又通过了北京天一正认证中心第二次监督审核，在省内交通行业率先通过了三标体系的全面认证和实施。在此基础上，他们全面推行VI视觉识别系统。CIS管理已成为公司文明施工管理的重要窗口，公司MI（理念识别）和BI（行为识别）系统的建立，也为公司不断标准化、多元化、国际化、现代化的管理提供了保障。

进取：齐心协力的扬帆者

时值建国60年大庆，咸阳国际机场跑道需要抢修，而抢修必须在没有飞机起落的夜间时段进行施工。陕西省咸阳路桥工程公司义不容辞地承担了这一艰巨任务。

凌晨2点至5点，该公司二分公司的职工按机场规定开始进行抢修。抢修飞机跑道的技术含量要求非常高，除了设备、时间要求，还有温度限制，测温、铺压、运料……他们就像一支训练有素的航空特勤，在各自的岗位上紧张有序地忙碌着。经过两个多小时的抢修，他们以高质量、高效率的作风，圆满完成了此次的特殊任务，受到机场管理者的赞扬。

科学的管理机制、强硬的技术队伍已成为他们亮丽的名片。陕西省咸阳路桥工程公司，参加了中国第一条沙漠高速公路榆林至靖边，以及榆林至内蒙高速、靖边至王圈梁高速、西安至合肥陕西段商界高速、青岛至银川陕西段吴堡至子洲高速、西宝高速等高等级公路建设任务；完成了国道312线咸阳—永寿一级公路改建工程、国道316线汉中城固至褒河一级公路等改建工程及咸阳市世纪大道、阳光大道等重要施工任务。经验收，所有施工工程建设合格率达到100%，受到了地市政府和陕西省交通厅、陕西省公路局、咸阳市交通局、咸阳市建委等有关部门的好评奖励。

国庆中秋，亲人团聚。大家看到：在兰池大道、在咸户公路、在咸旬高速等施工现场，机器隆隆，人头攒动，陕西省咸阳路桥工程公司的职工们依然在一线紧张施工。

嗓子干了，顾不上喝水；肚子饿了，顾不上吃饭。他们却乐呵呵的。为了早日通车，他们心甘情愿放弃天伦之乐，大干苦干。这就是路桥人的特殊节日。

在他们的意识里，一年四季基本没有节假日，唯有加班加点地修路架桥，完成施工任务。为了保证工程质量，他们常年顶风冒雨、披星戴月，以路为家已经成了家人最习惯的工作方式。

回顾过去，展望未来。陕西省咸阳路桥工程公司的领导班子满怀信心，他们坚持以争创名牌工程为目标，以“让甲方顺心，让监理省心，让社会放心”为服务宗旨，进一步解放思想，抢抓机遇，全面实现公司集团化跨越式发展。力争将公司打造成路桥企业的排头兵，为我省乃至全国交通基础设施大发展再做贡献。

首发于2009.10.18《咸阳日报》

讲台上的“保尔”

苦难是一所大学，没有人愿意进去。但是，虎勇老师在苦难中，用乐观收获了生活的果实。

失去右臂 迎来坚强

见到虎勇老师时，高考分数刚刚公布出来。

他躺在215医院的病床上，用左手统计毕业班学生的喜讯：全班82人，61人上了一本线，20人上了二本线，只有一人未上线，其中刘佩取得了634分的优异成绩。

一束束康乃馨包围着他。虎老师空着右臂的衣袖，正好搭在被子上。他不像是住院病人，倒像个打了胜仗的将军。他笑着说：“这次受伤，其实太幸运了。因为发生在高考刚刚结束。那天晚上下楼时，正听学生报告估分情况，高兴得脚下踩空，左臂又受伤了。要是意外发生在高考前，我就在病床上躺不住了。”

提起伤痛，虎老师笑眯眯讲述。

1950年，父亲跟随王震将军前往新疆，他们一家人从礼泉跟随部队到新疆生活。他从小就树立理想，长大后成为优秀的地质勘探家，走遍祖国的大江南北，揭秘地下能源。

1968年，正是“文革”时期。8月26日上午，为了保证儿子的安全，母亲就把他带到上班的厂房避难。谁知，在母亲认为最安全的地方，等大人发现时，他的右手连同胳臂已经被机器吞走了。虎勇失去了知觉，等抢救过来时，他再也看不到自己的右臂了。

这一年，虎勇刚刚13岁。病床上，《红旗谱》《保卫延安》和《红岩》等书里面的英雄人物，天天陪着他疗伤。身体瘫痪、双目失明的保尔，在极端艰苦中进行文学创作的事迹，让他越来越坚强，他在中外名著里寻找到了精神安慰。

保尔有一句格言："一个人的生命就应这样度过，当他回首往事的时候，不会因虚度年华而悔恨，不会因碌碌无为而羞愧。"他暗暗下定决心，要自强不息地创作，并有了教书育人的想法。

脚手并用　样样全能

有了理想和目标，虎勇逐渐学会用左手写字、洗衣做饭等。

生活中，他从不给家人增添麻烦，也不依赖身边的任何熟人。切菜时，他用大拇指和食指捏住刀背，用另外三只手指摁住菜，动作娴熟麻利，做出的饭色香味样样俱全。他穿着朴素整洁，洗衣时借助搓衣板，小衣服用一只手捏着洗，大衣服用牙齿咬住领子，再用手边搓边拧。

他还能穿针引线缝被子、补袜子，他把针插在桌子或被子上，固定好针再把线穿上，用脚的大拇指摁住被子，再用左手一针一线地缝。有一次，他好不容易把被子缝起来，一抬脚，才发现把袜子和被子缝在了一起。无奈之下，他只好把袜子剪了个洞，才保住了缝好的被子。

这样的波折不计其数，但他总是乐呵呵地坚持不停实践着。其间，父母给了他温暖的后盾和信念。

1975年，虎勇幸运地成为新疆某兵团子校初中语文老师。

这一年，他遇到了同一个办公室的知心女友。共同的军人家庭背景和教学理念，让两人很快走到一起。从此，这对教学伉俪不离不弃。

1993年，虎勇和妻子回到祖籍。他调入礼泉一中教书，妻子进入咸阳实验中学教书。从此，夫妻开始更独立的分居生活。

他克服身体困难，坚持自学完成了陕西师范大学的教育专业。别人上课听讲、备课抄笔记，一遍就行，他必须提高左手的速度，书写规范，不断重复，直到满意才休息。

任教37年，当了37年班主任，他坚持每天早起晚睡走在班级队伍前列。课堂上，眼神恍惚的学生，就会被他叫去单练；学习习惯差的学生，他总是紧跟不放。

在他接手现在的班级时，由于在高二换过两次班主任，该班纪律和学习很差。后来，在他的认真督促下，该班今年取得了历史最好成绩。

地震来临　为人师表

学生刘佩高考取得了634分。她说，自己最喜欢听虎老师讲课，尤其是作文课。他总是在课堂上穿插一些生活感悟和哲理，这点很吸引大家。高考那天，虎老师和家长一起站在学校的大门口，那赤日下的“独臂保尔”神态，至今令她感动难忘。

汶川地震时，虎老师正上楼梯去教室，意识到发生地震时，他就直奔四楼，楼梯间已经挤满了学生，其中一个学生大喊：“老师，您怎么不往下跑呢？”他也大声说：“这还用问吗？因为你们还在上面。”在他的指挥下，学生全部安全疏散。危险过后，他收到一条短信：“老师，那一刻，我懂了您的伟大！”

虎老师从未请过病假，学校的集体活动他也从不缺席。即使天阴下雨，右肩膀不舒服，他也从不耽误上课。

去年，他所带的班级高考成绩优秀，当地教育局给他个人发了1万元奖金，他却把荣誉看作是大家的成果，将奖金全部拿出来分享。今年3月，同事和女儿双双出车祸，虎老师在第一时间组织了募捐活动。

师生这样评价他：虎老师人格完美，在是非判断上毫不含糊。心胸宽阔，从不抱怨生活，从不屈服于困难。

虎老师荣获了无数教学标兵、学科带头人和市级优秀党员等荣誉。他说，这些都是过眼云烟。作为一名老师，更应该走进学生心中。现在的孩子，从小生活条件好，没吃过苦头。教育就是要让孩子明白做人比作文更重要，好习惯比学分更重要，要培养他们自强自尊、艰苦朴素、互助友爱。

这就是虎老师。一个让人难忘的独臂保尔。

首发于2011.7.13《咸阳日报》

村庄记忆

2008 年的第一场雪,来得有些突然而猛烈。

当人们措手不及地应对时，在关中腹地礼泉县烟霞乡西一村，李小超正以宁静如雪的姿势，与泥土的灵魂对话。

情归家园。弯弯的小河、静静的村庄、古老的歌谣等渐渐被高楼大厦、公园盆景、车水马龙取代时，有人欢呼，有人忧伤。李小超敏感的艺术嗅觉，注定他要远离城市，在怀旧中抢救远去的风景，在沉思中用泥土表达乡情。

泥土，在他的指尖舞动成一个个呼之欲出的作品，充满了思想和情感，让人情不自禁地膜拜艺术。面对现代生活中的矫情脸谱和人造风景，他以独特的方式表达自己对生命的态度，以及态度中的艺术理念。

城市，最早就是由一个个村庄组成的。村庄里，有捡拾不完的碎片，泥土是生命无法更改的根。他依托泥土的灵性，呼唤现代人的乡愁意识。

李小超从2004年开始，倾注三年多时间，制作了系列泥塑作品“一个村庄的记忆”，记录一代人的村庄情感历史。该泥塑共有58组人物场景：纯朴的表情、悠闲的生活、邻里的互助。他以黑白艺术两线，简洁地勾画出了村庄的原汁原味。

鸡鸣狗叫，秦腔皮影，蛙声萤火。雪在静静地飘，人和物陶醉在天籁中。

时代在发展，记忆中的村庄已不复存在。我们每天看着楼房不断拔地而起，那冰冷的瓷砖使人没有勇气去接近朴素、自然、本色的东西。如今，只有在梦中才可以找到儿时的村庄。李小超通过创作，呼唤人们返璞归真、热爱自然、保护环境的意识，让人与泥土和谐相处。

村庄永远那么朴素，一切言语都是多余的。如果你想看乡愁，就来这里品味他的泥塑。

发表于2008.11.3《咸阳日报》

淡淡诗香静静飘

漫步春雨点点的湖边，人就想起了千年摆渡。

这时，眼前走来一位女子，时尚的外表下裹着淡淡的古典，她的出现将人又带进了唐诗宋词。此时此刻，安静中透着灵性、精巧中略带忧思的她，成了匆匆人群中的另一种别致。

她不慌不忙，刚从柴米油盐的家里出来，避开热闹的大街，正沿着河堤朝湖边走去。十多年来，宁颖芳就始终这么行走在人间烟火与诗歌花园里。

她是公路系统一位优秀的宣传工作者，在千头万绪的工作中，在理不完的家庭琐事中，她总是从容淡定地将本职工作和业余爱好梳理得完美无缺，永远安静地走在诗的王国，以恬淡的心境升华着自我。

生于乡村寄情山水、从小热爱诗文的宁颖芳，1991年毕业于宝鸡文理学院，后从事中学语文教学工作。课余，她常常带着学生去山坡上看那些不知名的花草；闲暇，她喜欢一个人去看山里的清泉，感受生命中的静美。

在不为人知的小镇里，她一边尽心地教书，一边快乐地写诗。两年后，宁颖芳进入城市工作，在热闹的人群中，她依然保持着自己的安静。工作之余，总是沉迷于诗情画意。

雨在细细地下，雪在静静地飘。温婉轻柔似乎是她永远的主题，她没有张扬喧哗，诗的天空却给了她一串串星光。

淡淡的灯光下，蓝蓝的月色里，她更像一枝丁香花守望着自己的《雪，或者爱情》。高贵中有点孤独，优雅里伴着哀怨。要不，她怎会用《红指甲》在《纸上独舞》呢?

静静地读书，与三五好友听音乐、品茗吟诗或闲聊人生，在匆忙中停下脚步，用心感悟诗与生活。

淡淡诗香静静飘，文字染绿梦衣裳。

素心雅致的宁颖芳，如花仙子般与缪斯轻盈舞蹈。她轻盈得不留任何痕迹，诗文却早已弥漫心田。让我们在月光里再次静静地品味她手中的《一块丝绸》:

我温柔地笑着
努力笑成一朵花
好与丝绸相配
走进春天的深处
请不要叫醒我
我会披荆斩棘
拂去灰尘　扫去冰雪
只因为一块丝绸
如碧水　清风　明月
夜夜在我心里……

这就是宁颖芳，不想染上一丝尘埃，只想静静写诗的女子。

发表于2006.11.18《咸阳日报》

寒门小伙演花旦

陕西电视台《秦之声》“戏迷大叫板”赛场上，名流荟萃，高手云集。谁也没有想到，经过激烈角逐，最终荣获周冠军的年轻小伙子李涛，是一名来自长武县巨家镇强村贫苦家庭的农家娃。继咸阳电视台《百姓戏苑》第29期擂台赛周冠军后，他又赢得此殊荣。

看戏误功课　挨狠批棍打

李涛10岁时，父亲在一场车祸中身亡，留下他和幼小的妹妹，与母亲相依为命。母亲是一位普通的农村妇女，幼年丧母。为了让孩子少受苦，她独自挑起家中重担，不分昼夜地干农活打零工，给孩子创造学习的环境。

谁料儿子偏偏就不喜欢读书，而且经常因为看戏上学迟到、忘记写作业。为此，班主任生气地批评：“你这个娃，一听见锣锣鼓鼓就坐不住了，天生就不是个上学的料！还不如早点回家干活去！”可是，李涛的表演天赋却让音乐老师惊叹，老师和同学一致认为他模仿能力强，他在文艺表演中说相声、演丑角、装花旦，惟妙惟肖。

面对整天耍怪出丑的儿子，母亲感到十分丢人。

她终日以泪洗面，在丧夫之痛中，觉得自己命太苦。中考期间，让母亲更伤心的事发生了：儿子私自填写的志愿，均为某某艺校、戏校之类，后竟然没等成绩出来，就偷偷跑到离家60多里以外的邻乡山沟马成寺村去看秦腔戏。当母亲四处寻找他将他领回家时，他突然倔强地说，自己打算不上学了，已经跟本地县剧团的演员说好了，可以随时跟着演员常年下乡演出，当配角演小丑。

听到这个消息，母亲一气之下就提了棍棒狠狠抽打儿子。他却哭喊着请求："别打了！打死我我也不读书了。讨饭流浪，我也要去唱戏当演员。"

无奈的母亲一边悲痛地哭着，一边撕毁儿子在校获得的所有表演荣誉奖证。后用棍棒将他赶出家门。

天生爱表演　舞台展才艺

被母亲赶出家门的那一天，李涛身无分文。

他一路哭着、跑着，发誓不再回家，满肚的委屈不知向谁说。迷迷糊糊地，一路哭哭停停，跑累了就走一走，不知不觉竟沿着山路跑到了彬县县城。这时，天色已晚，又下起了雷雨。已经快两天没有吃喝了，他饿着肚子在一家已经关门的饭店门口蜷缩着，等待雨过天亮。

在恐怖的电闪雷鸣中，他想起了善良又热爱秦腔的舅母，似乎只有她最理解、最喜欢自己。这时，他很想回到舅母身边，可惜现在来不及了。黑夜里，他想起舅母对自己、妹妹以及母亲多少年来的关爱帮助……忽然，他又想起父亲生前的音容笑貌，想起母亲为了自己和妹妹上学，顶着烈日冒着严寒在砖窑里干苦活、在农田里扛麻袋的情景；他又想起，因为家境贫寒，别人讥笑自己不务正业的场面。

想着想着，15岁的他，突然觉得自己也太辜负母亲了。雨渐渐地小了，恍恍惚惚中他想着：既然母亲不支持自己唱戏，那他就先去西安打工，等挣些钱再去实现愿望，以后就算天塌下来，也不能向母亲伸手要钱了。

好不容易挨到天亮，饭店开门时，他向老板讲述了自己的遭遇和想法，后在饭店打了几天工，挣了点路费就乘车来到西安。第一次离家出远门，在车水马龙中穿梭，他感到城市很新奇。他风餐露宿，四处颠簸，终于来到了西安戏曲研究院的大门口。他很想进去看个究竟，谁知因为衣衫褴褛而被门卫阻挡在外。他不得不选择在研究院附近的饭店打工，因为这样不仅能解决温饱问题，还能偶尔看到出入的演员，他的目的就是过一把戏瘾饱眼福。

果真有一对中年艺术夫妇，经常带着龙凤胎来自己打工的饭店吃饭，在得知李涛的身世和兴趣后，经常为他指点迷津，并时时送来衣物、礼物表示关爱。类似这样关心他的爱心艺人，举不胜举。

李涛说，这些年独自闯荡，蹬过人力三轮车、卖过蔬菜、在工地背过沙子、清运过大粪垃圾……出的苦力、受的委屈让母亲难以想象，但是处处有爱心友情和温暖帮助，尤其一听到秦腔什么苦都忘了。唱着秦腔打工干活，浑身都是劲儿。干完体力活后，闲暇时间就去大街、公园或小巷，看人家表演秦腔，看着看着就情不自禁给观众表演一段花旦，引来大家阵阵掌声。为了提高技艺，他省吃俭用购买秦腔艺术方面的书籍、道具和碟片磁带，夜深人静时，就边看资料边琢磨人物的动作唱腔。表演时一举一动、一腔一句，几乎都是他自己琢磨出来的。

掌声的背后　是辛酸苦乐

听说咸阳的秦腔迷比西安还多，1999年年初，李涛又来到咸阳一边打工一边唱戏。为了让母亲不再担忧牵挂，五年后，他在亲友的帮助下开起了理发店。

心灵手巧的他，很快吸引了一批回头客。他既是理发师，又是群众喜欢的花旦演员。大街小巷的自乐班里，经常出现他的声音舞姿。同时，他常常随着剧团到宁夏、甘肃等地，为群众义演。他最拿手的是小花旦，并以《拾玉镯》《看女》《玉堂春》和《杀狗劝妻》等闻名圈内戏迷，所到之处笑声一片。喜欢他的小粉丝，总会情不自禁地在台下喝彩：帅哥李涛，男扮女装，真棒！

生活中的李涛乐观向上，为人随和热情，还喜欢烹饪艺术和手工编织，他经常慷慨解囊帮助沿街乞讨的妇幼老人。只要闲下来，他就经常回家看望母亲，解决家里的实际困难，母亲也越来越理解儿子的选择。他的继父对儿子，更是赞不绝口，逢人就夸他懂事孝顺。

站在梦寐以求的舞台上，李涛显得阳光十足，毫无女孩般的扭捏、妖媚、羞涩之气。当鲜花和喝彩簇拥而来时，他激动得热泪盈眶。荣誉的背后，浸满了他倔强奋斗的泪水和辛酸。他要感谢所有关爱帮助过自己的人。面对记者，李涛自豪地说：“我要再接再厉，为年冠军再PK一把，让秦腔伴我一生。”

台上一分钟，台下十年功。桂冠永远属于锲而不舍的人。这些话很符合李涛，愿他早日圆梦。

采访手记

李涛自幼丧父，历尽生活磨难，为了学戏和母亲闹翻后，独自在城市闯荡。他从未接受过艺校专业的学习培训，却敢叫板大舞台，不但拥有自己谋生的理发店，而且不断实现艺术之梦。

现实生活中，有无数类似李涛这样的孩子，他们的特长因为各种理由得不到发挥，甚至半路夭折。

三百六十行，行行出状元。面对教育体制改革和社会就业压力，希望老师和家长，都能因材施教，发现人才、善于引导，给有某些特长的孩子创造适合他们成长的环境。因为兴趣是求知学艺的最好老师，只有热爱才是自我进取的最好动力。

事实证明，拥有围墙的学府，不是折桂成功的唯一通道。

轮椅上的梦

一个贫苦农家娃，只读过三年半小学，自幼体弱多病，9岁时瘫痪在床双耳全聋。三十多年来，他在与病魔抗争中，一边为生计奔波，一边坚持文学创作。文学，为他赢得了浪漫的爱情，但因为贫穷他又差点失去美丽的爱妻。

文学：让他忘却痛苦

42年前，新春正月十八日，连忠照出生在旬邑县清塬乡连家村一户贫困农家。他的出生，让家人的生活更加艰难。他自幼大病小病接连不断，9岁时，不幸患了骨髓炎，导致双腿瘫痪，后因药物中毒又双耳失聋。

无钱求医的父母不得不放弃他，奶奶紧紧抱着生命垂危的孙子日夜哭泣。最终，她从死神那里捡回了呼吸的“孙子”。从此，连忠照辍学了，他在无声的世界里流着泪躺在窑洞的土炕上，每天看着窗外飞翔的小鸟，看着小伙伴蹦蹦跳跳去上学。

由于无法行动，连忠照大腿上的肌肉和皮肤都大面积溃烂，不停地化成脓水。奶奶四处求医问神，用民间的土方草药为他疗伤，疼痛就像刀劈斧砍似的一阵阵侵袭着肉体。在剧烈的疼痛中，连忠照渴望能够像同龄孩子一样去上学。

于是奶奶就到村庄的学校借来书籍，连忠照迷上了语文课本。村里的人们也把家里的旧书拿出来送给他。连忠照在书中慢慢忘掉了病痛，并渐渐爱上了文学。

其间，他阅读了大量的中外名著和天文历史等书籍，尤其是巴金和鲁迅对他的思想启迪最大。通过《家》《春》《秋》及《呐喊》等作品，连忠照明白了做人和作文的道理，他经常安慰自己："不要向命运低头，要做生活的强者；孤独时书籍是最好的伴侣，写作就是要给他人一些快乐、一些光明、一些温暖……"

他开始梦想着当一个作家，用自己的笔给残疾人带来美好的希望。

1988年，家人用卖鸡蛋的钱，为连忠照报名了《鸭绿江》文学函授班，他开始在老师的指导下学习写作。随后，他的作品《献给我的奶奶》等陆续在函授教材《文学之友》上发表，其中诗作《残者自白》在学员中引起强烈反响：

不知是必然还是偶然
我走上了这条道路
拄着双拐可不是为了依赖
孤独的脚步不愿追随没落的秋风
但愿不要碰上奇怪的眼睛
我与人可没有什么不同
不愿浑浑噩噩
只想站起来做人
为了未来为了理想
即使头破血流
也要把这条道路走通

正是这首《残者自白》的诗行，为连忠照赢得了美好的爱情。生活在云南省陆良县嘎古村的刘向月，出生8个月时因小儿麻痹后遗症导致双腿残疾。此刻，16岁的她似乎读懂了诗中的情绪。当年6月，刘向月初中还未毕业，却因家境、身体等原因陷入辍学的困局，在郁闷无助中，她便提笔悄悄给连忠照诉说自己的不幸。

连忠照安慰劝导着刘向月，一封封温暖的信打开了少女的心扉。1989年的春天，刘向月不顾家人反对，离开家乡来到连忠照的身旁。从此，两颗心连在了一起。他们共同编辑完成了二人的诗歌合集《伤残人之歌》。同年12月，在当地各级政府的关怀下，这一对有情人喜结良缘。

自强：为他赢得新生活

婚后第二年，女儿连依梦的出生，使夫妻俩立刻陷入了生存的困局。

连忠照和妻子不得不背起嗷嗷待哺的女儿，自制起云南的特色烙饼去大街上摆摊叫卖。由于口味不合当地群众的饮食习惯，所以买烙饼者寥寥无几。但是，连忠照在卖烙饼时发现，大家对自己的诗集很感兴趣。于是，他就试图走书籍销售的路子。他在当地书店批发了一些书籍，然后用一张塑料布铺在街上，和妻子一起摆地摊卖书。

这样居无定所的漂泊生活，每天只能挣10多元钱养家糊口。爱情的力量是无穷的，当年冬天，寒风刺骨，冰封山路，他第一次跌打滚爬着离开家门，到西安图书批发市场了解销售行情。别人花费两天时间可以往返一趟，连忠照却要花三倍的时间，甚至更多的精力在路上颠簸。当他发现卖书租书是一个精神和物质同时享受的商机时，就返回家中和妻子一起翻山越岭到西安东五路、六路等图书市场去购买书籍。

经过两个月的奔波筹备，1992年他们在当地翠屏市场租起不足10平方米的门面房，开办起了“三味书屋”，兼营副食品和音像制品。连忠照怀着强烈的梦想：等赚够一笔生活费时，开始安心创作。

为了这个梦想，连忠照经常拄着拐杖，颠簸于西安和旬邑之间。一天下来，他的双腿冻得失去知觉，生出许多冻疮。为了省钱，他每次到西安只买两个蒸馍充饥，一路忍饥挨饿，沿途的山村荒洞、城市的屋檐、车站的候车室及公园的椅子，就是出门在外的高档休憩处。

不幸：频繁光临考验他

1997年，因营养不良和劳累过度，连忠照的病情再次恶化，他的双腿几乎都不能动了。

看着无助的妻子女儿，他急得一双眼睛几乎什么也看不见了。幸亏一个老中医用偏方治好了他的眼疾，随后又到西安经过两个多月的治疗，花费一万多元，才勉强将病情控制住。这下，他已经没有购进图书的本钱了。书店面临倒闭关门，妻子只好给别人修补衣裤维持生活。

连忠照没有屈服于命运，他挣扎着爬起来，买了一台旧冰柜开始卖冷饮。在别人鄙视的目光中，他坚信有一天总会攒够一笔钱，然后开始安心创作。

2002年，小女儿连想出生后，家中所有的重担都落到连忠照身上。他既要照看小生意，又要给顾客缝补衣裤，还要回家给妻子做饭。每天早上5：00起床，晚上12：00才能回家。夜深人静时，连忠照就开始写作。长期积劳，加之营养不良，病魔一次次地乘虚而入。连忠照咬着牙、用凳子把腿压住止痛，然后继续写作。

他开始创作《轮椅上的梦》，计划用一年时间完成这部作品，让人们了解残疾人的爱情婚姻和生活压力，同时唤起残疾人自强自立的意识。此刻，他做梦也没想到，赖以维持生计的翠屏市场拆迁了，全家人又失去了唯一的生活依靠。

为了让连忠照把《轮椅上的梦》写完，妻子含泪离开旬邑，选择了去远方打工。谁知不到一个月，她在外打工的企业就倒闭了。连忠照试图做些小生意，或销售图书，然而爱看书的人也越来越少，现实很快熄灭了他的梦。

倒霉的生活让妻子下决心留下正上高中的大女儿，离开生病的丈夫，独自带着6岁的小女儿离开家去找活路。残酷的现实导致妻离子散。执着的文学梦也无法抚平心中的伤痕。连忠照陷入了无法自拔的痛苦之中，他曾一次次想到自杀，但他又想到自己的父母和大女儿，熬过无数不眠之夜后，他再次擦干泪水继续写作。

他趴在床上，继续压住病腿止痛。就这样，他完成了一尺多厚的初稿，共计20多万字。随后，他又开始用电脑打印第二稿，全书30万字左右。第二稿的一部分，在《华商论坛》的《文化沙龙》栏目连载后，立刻成为该版的热点作品，深受网友和残疾人的追捧。

连忠照的病情不断恶化，他腿上的4个伤口一天到晚不停地流脓流血，每天最少要换两次药。由于没有钱买药，只能用草药疗伤。年近古稀的父亲，因冠心病后遗症瘫痪在床；年迈的母亲，几年前就因脑出血卧床不起。眼看开学在即，家里没有一点生活来源，正上高二的大女儿的学费如何解决？

连忠照心急如焚，连依梦默默地整理书籍。父母的婚变，让这个本来文静乖巧的姑娘显得更加成熟沉默，她说：“父亲的理想，就是要做像巴金一样的作家，用自己的笔书写人生的悲欢离合。看着命运坎坷的父亲，我心里很难受。由于功课紧张，连周末都不放假，我只能抽空帮爸爸洗衣服做饭。如果无法继续上学，我就去打工挣钱，帮爸爸完成《轮椅上的梦》。”说到这里，连依梦的眼睛湿润了。

据了解，连依梦正在旬邑中学高二（2）班上学，也很喜欢文学，将来想上影视学校的编导专业或者其他院校的文学专业。然而，面对这样的生存环境，她和她的父亲还能挺住吗？记者呼吁社会予以关注，别让现实击碎轮椅上的梦。

2014.7.5 发表于作家网

相关链接

2008年6月和2010年春，《咸阳日报》社记者赵常丽在下基层采访中，发现连忠照正在病床上书写《轮椅上的梦》，后连续报道了他挑战病困、醉心文学的感人事迹。

时任陕西省作家协会秘书长的王芳闻女士看到《别让现实击碎轮椅上的梦》等系列报道后深受感动，与赵常丽等多方联系援助，后由西安市富士达公司总经理郭建雄出资30000元，资助连忠照出版了第一部长篇小说《生命的微笑》。该书由贾平凹题名，连忠照也因这部小说被誉为“陕西的史铁生”。

连忠照在纸上写下：“生命总是在痛苦的洗礼之后，焕发出它的微笑。感恩身边这么多好心人。”他的妻子也感动地说：“非常感谢《咸阳日报》社赵常丽老师和王芳闻大姐，总是在第一时间奔走呼吁，我们会写出更好的作品回报大家。”

答记者问

记者/《陕西旅游》薛玉娟　访谈/赵常丽

1. 请问赵老师，您和咸阳湖有着怎样的渊源？您关于咸阳湖的诗歌或者文章是以怎样的契机所得？

答：廊桥几番风雨梦，古渡几度夕阳红。我从1989年至今，一直住在渭城渭河边。在改革开放的春风中，每天听着泾渭涛声，看着渭河摆渡、芦苇荡漾和潮起潮落。非常意外，咸阳湖在城市发展中成了我的后海。

作为渭河边生活的市民，我见过昔日的污染、涨水，杂滩、乱草、干枯无序的渭水河床。而眼前突然惊现的咸阳湖，不仅改变了生态人居环境，更重要的是让人从古老的视觉里一夜间走出来，发现这座城市如此灵动，富有生机和诗意。古城也多了时尚、浪漫的现代大都市幸福感。

作为城市变迁的见证者，我是非常激动的，正想记录表达这种心情时，碰巧上级安排我用一首诗来表达市民对咸阳湖的心情。这时，我就和好姐妹等一行开车，连续几个夜晚沿着河堤路，一边观咸阳夜景，一边分享城建的喜悦。

回到家里，连夜动笔，一气呵成，抬眼一看，凌晨三点。

总觉得把咸阳湖没写好。反复修改，融合本土人文历史内涵，让城与湖对话，将心悦的心情注入进去。

谁知，《在咸阳，我们遇见湖》在咸阳日报亲网首发后，当天被陕西网和搜狐等全国各大媒体转载。一时间，它也成了市民点评热议的话题，并打破本报亲网文学作品有史以来的点击量。这时，我才意识到，自己写出了许多人的感受。

这组长诗，在本土连续获奖并被朗读。也是我在文坛沉默了近30年后，再一次溅出的诗歌浪花。最近，新作不断。非常感谢这座城市和湖带给我的创作愿望和灵感。

2. 您能否介绍一下咸阳湖的前世今生，比如曾在这里发生过的历史事件或者有影响力的历史人物等？

答：咸阳湖是2005年起依托渭河河床打造的人与自然和谐相生的城市生态景观带。2011年，再次顺应陕西治理渭河的秀美工程目标，一次次探讨、复审，到2014年，拉开了咸阳湖二期工程。尤其是2017年起，又加快了建设的步伐，亮出了海岸沙滩、天湖一色、宛如仙境的咸阳湖美景。

咸阳湖的生态打造，在我个人看来，是紧紧围绕秦汉文化的历史背景和渭河古渡的人文景色，繁衍升华的“一泓碧水润古城”。

比如，文明长河的上林晨曦、渭城朝雨、丝路驿站、沙河古桥、杨柳依依、清渭楼和咸阳钟楼等，都为咸阳湖注入了丰富的内涵。李白、杜甫、王维、白居易、李商隐和温庭筠等文人墨客，千古传唱的脍炙人口的《诗经》《兵车行》等古诗乐章，都是从这里找到的艺术灵感。

咸阳是华夏文明的发源地，承载着周秦汉唐的厚土，秦皇汉武等举世闻名。这里，我只想围绕个人创作《在咸阳，我们遇见湖》谈些浅见略知。

3. 作为对咸阳湖一景一物深有感触的作家，请您给出一些深度游玩建议，比如如何安排自己的行程，才能够更加深入地了解咸阳湖，甚至读懂咸阳文化？

答：关于这个，我也不代表官方推荐。如果是我的朋友来咸阳自由玩，我就建议选择住在渭城区的湖边很方便，先品味老城区的小吃和历史，白天可以到北塬上看看，然后，慢慢延伸去看周秦汉唐文化，最后去看咸阳博物馆、钟楼、清渭楼和统一广场等。

夜晚的咸阳湖和统一广场更迷人，千万不要走马观花。当然，每个人都有自己的兴趣点，也许有人觉得住在秦都区更方便更有现代感。总之，咸阳的交通四通八达，出游十分方便。

4. 请您以一个市民的角度，谈谈咸阳湖建设带来的社会效益和经济效益。

答：水利万物，滋养市民，惠及城市。社会效益，我已经在第一个问题里面涉及了。你们可以附上我的《在咸阳，我们遇见湖》诗歌，让更多的读者和游客感受这一人造湖的工程奇迹。

我个人觉得，咸阳湖的出现，表面看改变的是生态环境，其实，有了湖的城，安放的是灵魂，提升的是心灵愉悦和精神幸福的指数。

从此，不仅仅是咸阳人有了生活的栖息地，更多的是吸引周边居民，惊艳中外游客的眼球。以湖相邀，旅游业就自然带动了。关于经济效益，可以再请相关部门专家论证。

我接受采访，仅仅代表个人观点，不代表官方。

对话《秦都》

问/主编邹赴晓　答/赵常丽

1. 请谈谈你对写作的兴趣最初来源于什么。

答：懵懂的童年，父亲是我的启蒙老师。他给我买了很多童话书，严格要求我每天必须背《唐诗宋词精选》和《千家诗》，并经常说："熟读唐诗三百首，不会作诗也会吟。"

刚上小学，班主任赵武德老师经常让我画板报、教我说快板和跳忠字舞。8岁那年的冬天，课间雪花飘飘，我和同学嬉戏逮雪花时脱口童言，被老师听见，以小诗《雪花娃娃》为题写在黑板上，并奖励我一朵小红花。

从此，我就爱上了写日记，几乎天天背诗，天天晚上偷偷写日记，把自己的故事和情绪时时记下来。至今，不读书写文章，就觉得活得空虚无聊。

2. 你是陕西"70后"作家中曾被名家包括臧克家等人最早以中学校园诗人身份鼓励的咸阳作者之一，对如今的校园写作者，你想说些什么体会？

答：其实，虽然我的年龄靠近"70后"，但是可能是写作的原因吧，我的心态依然停留在青少年甚至童年。这也是我的作品一直受校园关注的原因吧。

近年来，校园写作很热，尤其是向低龄化奋进，偶见天才神童化宣传口号，出版作品者也不少。我为文学的神圣和吸引力而自豪，欣慰中也有点担忧。总怕被加工"催红"的小荷，经不住岁月打磨，最后昙花一现。

写作本是一个陶冶心灵的过程，不需要追风、赶潮，像商品一样包装叫卖。写作需要静音，更需要低调、低沉和历练，在砥砺中体验。建议热爱写作的幼苗，先扎根泥土，不急于绽放。功到自成。天道酬勤，天上是不会掉天才的。

3. 不知不觉人到中年，你如今如何看待写作与生活的关系？

答：转眼到了知命之年，写作始终让我置身空灵世界，内心不染杂尘。因为写作，我活得清澈透明，生活有动力、定力和活力，为人处世友善和包容。

诗歌，让我在孤独中暖心、迷茫时顿悟、困境里自救。如果说，我始终能保持自爱、简洁和干净地生存，那一定要感谢诗歌、读书和写作赋予我的人格魅力。

写作，带给我不断思考的源泉和闹中取静的雅致。感谢写作，让我灵魂高贵、精神富有、物质知足。俯身生活低处，满眼小草情趣。

4. 你最早因写作诗歌被人称道，如今散文也写得清新幽雅，诗歌和散文，你认为它们有好的标准吗？

答：从时间的反光镜里照自己，即使是昨天发表的作品，在今天看来，依然有那么多不满意。所以，我至今都在练习，拿不出一篇好作品。我只是一个用心写作的女子，一个和文字对话的小工匠而已，总觉得诗人和作家离自己很遥远。

个人浅见，除了公文，任何文学作品，包括诗歌和散文在内，没有所谓的技巧和标准。百花齐放，各有千秋。我手写我心，我心传他心，心心感应，不需矫情。

如果非要区别好坏的话，我想检验的标准，就是艺术美和境界高才能持久、耐看。好作品应该滋润或者直击人心，给人解脱和修为的温暖，字里行间散发着正气。换句话说，好作品是人品和文品知行合一，利己、利人并利社会向上向善的经典。

5. 作为主题和隐题，你认为故乡对一个写作者意味着什么？

答：长于此，梦于此。即使远走高飞，故乡也是游子身上的脐带，是永远剪不断的血脉。故乡更像一个储存着故事的生命罐，站在远方也近在身旁。品味乡愁，引古博今，穿越时空，感受岁月深处亲情交织的棉布歌谣。只有感恩故乡的水土，才能打开人生另一扇智慧之窗。

故乡，是写作者离不开的后方。

6. 能向读者推荐一个读书单吗？接下来有什么写作计划吗？

答：我读的书涉及面很广，包括中医、哲学、法律和行政管理等，但从来不看娱乐流行的休闲书。青年时，爱读外国名著，也爱读《水经注》《毛泽东诗选》和《平凡的世界》，一直喜欢《金刚经》《黄帝内经》《圣经》《心经》《中国哲学史》《西方哲学史》《物种起源》《道德情操论》《建筑美学》等，至今还看童话和动画片。我喜欢的书，未必大家都喜欢，就不具体介绍了吧。

最近，在恩师和发小的支持下，我正配合西北大学几个校友，整理自己从8岁到49岁期间写的“小嫩文”。《倒读青春》和《尘上荷影》等系列丛书，已被一家高校出版社看好出版。

丛书发行后，我依然会一边创作，一边继续整理旧作。与文字为伴，这是我今生的生活常态。

第八章

大家评论

清风好梦伴思飞

——赵常丽散文赏读

杨焕亭

赵常丽给我的印象是单纯而雅致，纤弱而谨慎，好思而多梦，及至读了她的散文，便益发觉得，这梦做得很悠远、很绵长、很深沉，载着淡淡的乡愁、浓浓的母爱和青春的波流，是一种醇香的知性女人散文。

西方马克思主义批评家杰姆逊说，“在梦里我们就是作家”，“即梦怎样从我们所知道的一切创造出新鲜感”。所以，从某种意义上说，“梦”就是生活的过滤器，删除的是浮沉，留下的是珍珠。作为“梦”的载体，赵常丽笔下的散文中，生活不是我们活过的日子，而是我们记住的日子。

作家借助于女人散文的柔丽清婉，将之呈现在读者面前。

这“梦”带着童年的遐想，从黄土高原深处走来。那“到底什么时候自己也能坐上大花轿呀”的萌萌遥想。那小阁楼上的读书岁月，“我再也不愿离开这个安全又别致的小阁楼，整天待在里面玩弄琴棋书画，经常头枕月光、抱着唐诗宋词入睡，醒来时闻不完的满院花香”，记录了一个烂漫少女的生命“初心”，就像一张白纸，不染尘埃，一任生活为之涂上斑斓的色彩。而一个“疯女人”的形象，彻底打碎了“花轿”里的红烛暖帐，使得作家“更不向往外婆的那个大花轿了”。对于“女兵梦”的向往，是结束童梦走向个性的转机。

几十年后，当作家将这些过往的浪花从生命的册页中采撷出来，潺潺溪水一样地流淌成文字的溪流时，我们从中咀嚼出的是“生命”作为“此在”绽出的过程中色调的不断“更新”，是人的诗意栖居的摇曳多姿，收获的是“当年那个踏遍青山、不知伊人在何处的爱人，竟然在与我相识前的一个晚上，梦见自己在桃花林中和一个素雅女子漫步……始终紧握着笔涂涂写写，而且为了小家放弃自我，做起爱人的助理”。这是一幅杏花春雨的情感谱系，留给人多样的审美感受。

这“梦”带着文化的基因，从传统的厚重中走来。即便是在进入青春“叛逆期”后，作家对于人性“善”的向往依然有着一种本能的执着，这当然归于出身于大家闺秀的母亲的影响，归于父亲营造了读书的“小阁楼”的熏陶，归于“外婆给她（疯女子）一些吃的，送她一些穿的，帮她洗脸洗手”的环境影响。

因此，在赵常丽的散文中，“梦”再绚烂多彩，却始终有一条线牵着，这就是流淌在血液中的“爱”与“温暖”。

《陪妈妈去看海》实际上是一篇很富意象色彩的文字。母爱是海，作家的梦在母爱的大海中起航，走过浪漫、走过沧桑。因此，与其说“陪母亲去看海”是一帘久有的幽梦，毋宁说，这是作家去往大海重读母爱的一种生命体验。在这里，客体的意象和主体的意象在作家审美的平台上达到了一种艺术的叠印。

这“梦”带着拳拳的牵挂，从绵绵乡愁中走来。今年春季以来，我发现赵常丽对于故乡的眷恋有如“孤灯不明思欲绝，卷帷望月空长叹”，缠绵悱恻，不断地跃上微信公众平台。这是一种身在城市、情结在乡村的新乡愁意识，是一种人在旅途、向往情感彼岸的“若为化得身千亿，散上峰头望故乡”。乡愁千万里，最怜是故人。

在作家的笔下，这份情感是以凄婉的故事得以再现的。《呼郎》充满了浓浓的乡愁记忆，洒下命运的旅痕足迹，一对男女风雨中相遇、苦寒中相依的故事，无论如何都是感人肺腑的。而他们爱情的悲剧命运，让我们对于曾经给予过生命的乡村文化多了一份理性的沉思。

作家以诗人的笔调写到："想着想着，我的心里开始下雪了。"由此，而给自己的乡愁注入了一缕人文的清幽和温暖。

赵常丽的散文带着女性的细腻和诗意的浪漫，这与她写诗的经历是分不开的，也得益于她的"梦"与遐想。因此，你不能不从艺术的层面说，会做梦的女人，一定是出类拔萃的美丽女人。

（杨焕亭系著名作家、学者、文艺评论家。中国作家协会会员，咸阳师范学院兼职教授。）

“尺水兴波”的艺术

杨国鹏

《闺中细语》是赵常丽老师的一篇回忆性散文。文章主要回忆了自己童年时期的一段生活，对家乡重男轻女的陋习做了深刻的反思。文章不长，却显得波澜起伏、曲折生动，表现出了一种“尺水兴波”的艺术魅力。

其一，《闺中细语》在线索上以时间为明线，以感情为暗线，构思巧妙，布局精致。

先写儿时，家里人重男轻女，“我”受到冷落，向往外婆的大花轿，此时对花轿的感情更多的是因为其漂亮、气派和风光；后来，趁父母外出的日子，外婆悄悄放假让我和小伙伴一起去玩，结果经历了受惊并受伤的事情，爷爷对外婆当面责怪并惹得全家不高兴，这时“我”想到的是出嫁，对花轿的向往之情更深；接着，父亲建造了小阁楼，并将“我”束缚在内，使“我”失去了应有的童趣，但“我”也逐渐适应并喜欢上了在小阁楼里读书的日子，当目睹了疯女人因连接生了三个女孩遭到公公婆婆的语言暴力以及丈夫与族人的行为暴力而致疯的悲惨遭遇，“我”就对小阁楼和花轿失去了兴趣，从而引发自己的女兵梦；接下来写“我”因受了童年的阴影影响而晚婚（年近而立才出嫁）的悲哀，最后“塞翁失马，焉知非福”，晚婚却让“我”找到了可以相携到老的理想伴侣，并对家乡在感恩的基础上，有了一定程度上的谅解。

随着明线（时间）的发展，作者经历了一系列的事情，引起了情感上的不断的变化。明暗线索的使用，把事件巧妙地串接起来，让文章的叙述有条不紊、层层深入、娓娓道来、动人心弦。这是“尺水兴波”艺术在结构上的特征。

其二，文章在材料选取上剪裁得体，叙述上详略得当，有紧有松，有疏有密，跌宕起伏，赏心悦目。

作者在文中使用的材料都是实实在在的，是经过了内心省察的事实。它们的存在让文章在精神和情感表达上显得有理有据。而且作者对这些材料的安排和叙述，是上了心的。

“爷爷在外工作，偶尔回来只和哥哥玩；父亲整天忙着写大字报、画漫画；母亲则沉浸在样板戏中”寥寥几句话，就概括出了因为自己是女孩而受到的冷落。

“外婆是个标准的大家闺秀，出嫁时正逢桃花盛开，五匹大马护送着她，从一个桃花村到了另一个桃花山庄。那张灯结彩穿行在桃花林中的大花轿，让人心驰神往。”写外婆的出嫁，因为作者心生向往就写得格外细腻、喜庆。

外婆教自己做女工，讲故事，唱歌谣，皆一笔带过，自己外出受惊并受伤的经历就细致；父亲盖阁楼就简略，描写阁楼环境则详细；外婆给放假就写得松，自己受惊和受伤就写得紧；等等。这是“尺水兴波”艺术在剪裁和叙述上的突出表现。

其三，作者通过简洁的文笔，以细节和动作体现人物的性格。

“与外婆为伴时，她还教我做女工、讲美丽的神话、唱动听的歌谣”，“在一个父母外出的日子，外婆悄悄放假让我和小伙伴一起去玩”，“外婆给疯女人一些吃的，送她一些穿的，帮她洗脸洗手”。

外婆的聪慧、隐忍、有教养和富有同情心，是通过外婆的言行举止表现出来的，都是以简洁之笔落到了实处。

“生产队长见状也不追赶了，他扶起我，帮我捡起撒了一地的苜蓿，并叮咛以后千万别到这么危险的地方来了。”

一个“扶”字，一个“捡”字，一个“叮咛”，寥寥几个动词，就成功地体现出生产队长既忠于职守，又面冷心善的性格特点。

“整天衣不遮体，见了人一会儿哭，一会儿笑，还打人骂人。”简短的几句话，一个遭遇不幸而变疯的女子形象就宛若目睹，让人唏嘘不已！

简洁的笔法，能用极少的文字塑造人物形象，表现人物性格，给人一目了然的生动感。这是“尺水兴波”艺术在笔法上的特征。

其四，作者以诗意的描写，来体现人物的内心活动，有较为复杂的情绪表达。

“小阁楼三面有窗，直立在院子东南角的绿树花丛中。东窗能望到无边无际的玉米地；西窗能看到遥远的山那边；南窗外，时时传来虫儿与青蛙对唱。春天，燕子到窗前探望；夏天，蝴蝶落在书上；秋天，满眼果实，张口就能吃到大黄梨；冬天，可以静静感受白雪世界。”

这段充满诗情画意的描写，其实是以诗境和乐景，来写小女孩的孤独和寂寞，甚至读者可以体会出一丝淡淡的凄凉。窗外越是广阔，阁楼里越显得狭小；窗外越是五彩缤纷，阁楼里越显得色彩单调；窗外越是生机勃勃，阁楼里越显得暮气沉沉。至于“燕子探望”“蝴蝶落书”，更反衬出小女孩没有同龄伙伴相与玩耍时的孤独与寂寞。最让人唏嘘的是，冬天下雪的时候，别的小孩可能在雪地里尽情地追逐玩耍：堆雪人，打雪仗，滑雪橇……可是作者呢？一个不足八岁的小女孩，竟然“静静感受白雪世界”——被父亲和亲人们变相地剥夺了童趣，而让小女孩如此少年老成！这里分明透出了一丝淡淡的悲凉。

但是当作者逐渐熟悉、适应并享受读书学习的生活的时候，接下来文字又表现出另一种诗意的享受。“我再也不愿离开这个安全又别致的小阁楼，整天待在里面玩弄琴棋书画，经常头枕月光、抱着唐诗宋词入睡，刚醒来闻不完的满园花香。”

同样的小阁楼，同样是诗意表达，因为作者不同时期的感受，便显出了迥然不同的心绪。类似的复杂感情，还表现在作者对家乡的感受：起初家乡重男轻女的陋俗和法律观念淡薄的现实，让作者急于逃离；但当有了丰富的人生阅历，多年后再面对家乡，作者又读出了家乡的厚重和父辈的艰辛，对家乡则充满感恩。“是那一方厚重的泥土，种植了我会飞的思想；是那深锁童心的家教，配备了我远行的自信。”诗意的表达中，满是感恩和谅解。这种情感上的复杂，正是“尺水兴波”艺术的另一个突出表现。

其五，作者对意象的选择和创造。

花轿，是出嫁的象征；军装，代表不受人欺负；桃花，是美好生活的象征。

外婆出嫁是“正逢桃花盛开，五匹大马护送着她，从一个桃花村到了另一个桃花山庄。那张灯结彩穿行在桃花林中的大花轿”，“桃花盛开”“桃花村”“桃花山庄”都给人以吉利、祥和、美好的感觉，后来自己的丈夫——“当年那个踏遍青山、不知伊人在何处的爱人，竟然在与我相识前的一个晚上，梦见自己在桃花林中和一个素雅女子漫步”。这里又出现了“桃花林”，表明作者与夫君心意相通、情投意合，最终得偿所愿的圆满。

意象，具有以一当十，甚至更为宽泛的表达，可以起到“尺水兴波”的艺术效果。

总之，在这篇有限的文字里，作者通过“尺水兴波”的艺术手法，让我们读得如痴如醉，爱不释手！

（杨国鹏毕业于咸阳师范学院中文系，系青年新锐评论员。）

扛得住岁月的才情

侯雪梅

凌晨5点，突然醒来，再无睡意。我便习惯性地打开了微信，第一个跳入眼帘的便是赵常丽的《外婆的两盏灯》。

迫不及待地打开来读，诗意文字，娓娓道来，将那年那月，窑洞里的外婆和煤油灯，通过明暗两条线和暖暖丝绸般的文字，再现到读者面前，还原岁月深处那一段温情幽香。

其清新唯美的文字，还有外婆温暖的情愫，仿佛午后阳光里的一抹幽兰，暗香沁心头。涓涓文字里，外婆的可爱，厚道的教育，哥哥的光荣，妹妹破涕为笑的忍让，母亲的善良，邻里的浓情，父亲的智慧，乡邻的崇拜，让两盏灯突然照亮。

在缺爱的时候，在物质的当下，油灯和电灯除了给人温暖和光明，更重要的是，作者的言外还有一种向善的力量。让人反思，一个好女人带给这个社会的是什么。一个朴素的外婆，用两盏灯，照亮了三代人。所以，赵常丽的散文深处，让人回味的东西太多了。时代变迁，她向善的心灵永远没有变。

字字细嚼，句句慢咽，通篇读完，闭目回味，只觉心头萦绕着外婆三寸金莲的影子，还有外婆仁慈宽厚的笑颜。感慨之际，油然而生的是对赵常丽的敬意和感动。

在这个处处弥漫浮躁喧嚣的环境下，赵常丽的文字却始终有着诗意般的唯美与安静，更多的还有清澈与纯粹。这种出污不染的清洁高雅，映射出的是她纯真与归真的内心世界，也体现了一个真正热爱文字的女子的心境情怀。

她的心境有着绿茵般的柔软与阳光，她的情怀有着诗人般的浪漫与忧思。她以一个低温女子的姿态，行走在诗意的花园里，低头捕获着生活里的温柔与美好，捡拾着文字的片片枝叶，腌制出醇香弥漫的茶酒般的诗情墨香。

我读过她的许多诗歌散文，文字里从没有幽怨、不满、纠结、偏执，有的却是淋漓的正义、阳光般的温暖、唐诗宋词的韵味、城南旧事的人家小调。

赵常丽的文字，之所以有着婉约派的格调与风格，是因为她在童年的时候，就是枕着唐诗宋词入睡的女子，8岁的时候，就是出口成诗的女子。

所以说，当她的诗歌和散文在沉寂30多年后，再次以“忽如一夜春风来，千树万树梨花开”的势头，绽放于各大网络报端之时，这不是偶然的惊艳耀眼，而是沉淀孕育之后的盛放和厚积薄发的美文食粮。

我想，一个在唐诗宋词里浸染过的女子，一个在新闻战线脚踏实地而又仰望文学星空的女子，一个见多识广的女子，她的才情最能扛得住岁月，扛得住那些过往的脚步和眼睛。愿赵常丽笔下，播撒出更多充满温情与美好的真情佳作，就像《外婆的两盏灯》一样照亮人们迷茫的心。

（侯雪梅系作家、记者、杂志主编。）

一片冰心在玉壶

——记西北大学校友赵常丽女士

《西北大学报》记者 刘畅

2017.10.15西大115周年华诞受邀返校，接受《西北大学报》记者采访后合影

如果青春是厚厚的书，她选择了西大；如果智慧是渐渐地修行，她选择了淡泊。牢记西大精神，致力公益事业，传递真善美。面对名利，果断放下，素心不变，让人敬佩。这就是1991年毕业于西北大学汉语言文学专业的赵常丽。

初识西大　巧遇恩师

赵常丽生于书香之家，读着童话和唐诗宋词长大。从事教育工作的爷爷和父亲，在她幼小的心灵勾勒出西北大学的最初印象：一所历史底蕴深厚、人才精英辈出的高等学府。

中学时期，广泛了解高校信息后，她更加坚定了报考西北大学的决心。高考前，她有两个心愿：人大的新闻系与西大的中文系。可以说，西北大学是她一直最向往的深造学府。

1989年，高考失利。对于赵常丽来说，这是一个不小的打击，但她仍然没有放弃初心。她奋力学习，三进西大，从自考到进修，不断深造，付出了常人难以想象的艰辛。其间，首先要保证圆满完成领导分配的各种工作任务，剩下的时间就是自学啃书、钻研考试功课。遇到不懂的难题，集中起来，在周末或者晚上，专程从咸阳来西安请教西大的老师。

那时正逢改革开放，同龄人的业余生活丰富多彩。她连谈恋爱的时间都没有，常常是在八小时之外来西安，夜以继日埋头苦读，最终用了不到两年时间，拿到了自学西北大学汉语言文学的毕业证。接着，出版了被誉为“咸阳市第一位女诗人”的专集，加上工作业绩突出，1993年又荣获陕西省高教委授予的“优秀毕业生”称号。

凭借敬业踏实、为人真诚友善，还有对文学的热爱，赵常丽在同龄人中很快脱颖而出，赢得了恩师、亲友和同事的广泛认可，尤其是获得陕西505集团公司总裁来辉武先生与西北大学张岂之、郝克刚校长等恩师的欣赏，又获得在西北大学作家班进修的机会。

她干一行爱一行，不断在北京大学等名校进修与职业岗位相关的哲学、管理、中医、情报、法律和新闻等专业，后来，有高校邀请她为校友，赵常丽表示西大就是自己的母校。

谈起对西大的感情，赵常丽说，高考后求学的第一站是这里，而且这些年来，自己与中文系、行管系、作家班和经管院等老师、校友联系紧密，至今也没有中断过在西大的学习交流。西大不仅给她提供了学术和思想上的帮助引导，还带给她刻骨铭心的浓浓的校友感情。

一次，她有急事在朋友圈寻求帮助，不到10分钟，许多西大校友公开留言，纷纷伸出援助之手，最后很复杂的烦心事在大家的帮助下很简单便得到了处理。这让她十分感动，就像每次来到西大，遇到那么多志愿者一样，让人感到校风的友善与学校的涵养。这种温馨，也是岁月沉淀出来的精华。

如今，赵常丽最爱的就是重返校园净土。她可以放下一切身外之物，在熟悉的校园里漫步，整理青春，感悟岁月。与自己对话，遵从内心，不争朝夕。

公诚勤朴　永远传承

公开表示西大为母校，还有另外一个特殊原因：就是赵常丽喜欢西大“公诚勤朴”的校训，这一点与她的处世哲学和工作风格完全吻合。

“其实，西大学子从西大走出去，不仅仅是拿到文凭。更重要的是，被西大校风熏陶后，用西大精神立足社会的硬功夫。这一点，随着每个人的工作生活阅历，会越来越明显、持久地散发出来。这也是西大与众不同的气质名片。”赵常丽这样解读心中的母校。

求真务实，内敛低调。在西大学习时，张岂之校长经常赞美季羡林先生，教导学子戒骄戒躁。这种潜移默化的声音，植于内心，融于职业。记得发小给她写专访，题目是“小村庄走出的大才女”，她发现后要求改掉，觉得有点浮夸和自吹了。

“其实，我在大千世界，就是一棵小草向往一朵玉兰罢了，从来都不敢说自己是诗人、作家等，文字也是业余爱好罢了。”赵常丽说，“沉默近30年，而今年重拾诗文，作品又进入大众视野，突然变得高调起来，让许多朋友都不适应我的张扬。这是文字带来的浮名，也是因为现在家庭生活压力小了，很想早早回归总结自己。”

在她心中，自己的前半生一直在体验耕耘，后半生则打算在恩师校友的认可鼓励下，将内心沉淀的感悟与温暖传递出来，能在社会发挥余热就好。

一路播撒友善，赵常丽也活得透明，从容自如。

刚刚工作，她就加入从善队伍直到今天。

1995年，她荣获“中华绿荫儿童村爱心妈妈”荣誉。面对乡亲邻居和弱势群体的求助，她更是全力以赴，甚至将自己的小家当作救助帮学的扶贫点，先后到甘肃、云南和故乡等地支教，捐款捐物累计超过10万元。

她的事迹，先后被《年轻人》、陕西人民广播电台教育台、《中国人才交流》、《安徽日报》、新浪和三秦网等多家媒体采访报道，成为青春励志的典范。

选择工作时，考虑到双亲无人照顾，她主动放弃留在北京的机会，选择了一条自强不息的艰辛之路。身为记者、编辑和主编，她总是吃苦在前，深入基层，先人后己，乐在其中。

在赵常丽看来，守本真、有书香、交善友、养智慧，才是幸福的自我。江山自有新人在，她更愿意多带学生，用自己的言行感染学生尽快成长，让他们拥有比自己更好的未来。如果有机会，她更愿意重回校园，做一名光荣的文字工匠。

祝福母校　寄语青春

百年西大，喜迎华诞。回到母校，赵常丽欣然提笔写出暖暖的《时光》小诗：

越来越喜欢柔软

的物与色
遇见校园深秋
枝头挂满的小花苞
早早温暖着严寒

青春被骏马驮走
歌声落在草坪
感受老中青
共享岁月的丝绸
心中的西大
温润友善内敛

在她眼中，西大的老校区古色古香、富有韵味；新校区现代国际、时尚大气，但是无论是哪个校区，绿化都非常优美，让人感到舒心有灵气。

“我觉得你们真是幸运，遇上了很幸福的好时代，学习环境这么好。今天的勤学苦练，是为了明天更高更远的飞翔。在你们身上，我也看到了西大美好的未来。”

说起对西大学子的寄语，身为作家和新闻工作者，她更多地在担忧学术尤其文化的功利性和浮躁性，强调中国传统文化与个人内心修为结合的必要性和重要性。叮咛年轻人一定要过好汉语关，写好中国字，不断充实配备知识内存。

谈学业，她希望学子持之以恒，宁静致远，爱国爱亲，有理想定力，有担当意识，明辨是非丑恶。不要盲目跟风追潮，轻易放弃自己的梦想。

谈情趣，她希望学子爱好丰富，博览群书，培养琴棋书画滋养身心，有高雅的生活情调，多看经典文艺作品。不玩网丧志，不浪费青春时光。

谈做人，她赞美吃亏是福，厚道真诚。不要小聪明，要做有智慧、有大爱的人。做好人，守好土，种好地，一切都会水到渠成，不必花心思去讨好外物。

她多次提到西大“公诚勤朴”的精神，就像学子成长前进的一盏心灯。总结人生因果，必有源头动力。只有灵魂干净的人，才会迎来福报，永远经得住岁月砥砺考证。

第九章
时代讲坛

争当时代新乡贤　建设幸福新农村

赵常丽

尊敬的各位领导，女士们、先生们：

大家上午好！

离别三十载，今朝回娘家。心潮是大海，涌动幸福花。非常感谢亲人搭台建桥呼唤女儿回家，请允许我以最热恋的感恩之心，向朝思暮想的故乡表达最崇敬的爱与祝福。

改革开放四十年，新农村建设换新颜。

今天，我们相聚在一起，重温十九大报告提出的乡村振兴战略计划，按照产业兴旺、生态宜居、乡风文明、治理有效和生活富裕的总体要求，在不断推进城乡一体化健康发展的道路上，共话打赢精准扶贫攻坚战和携手共进全民奔小康的三农话题。这是时代赋予大家的使命，也是故乡给我的一份考卷。

借此，我想围绕乡贤文化与乡村振兴来抛砖引玉，与亲人一起探讨、分享在新农村建设调研中的一点个人体会。不妥之处，我们在会后有一个自由交流、互动学习的环节，希望大家多提宝贵意见。

主题一：乡贤，是构建三农宏图的好标杆

首先，我要和大家分享一下什么是“乡贤”。

坐拥金山而为富不仁者，不是乡贤；才高八斗而漠视民生者，不是乡贤；投机钻营唯利是图者，也不是乡贤；自私自利六亲不认者，也不是乡贤；横行霸道不懂礼让者，更不是乡

贤。

通俗地讲，乡贤就是中国各地本土、本村庄里德高望重、品学兼优、才干出众、情系百姓、为民办事的人，乡贤也是被民间公认尊敬、群众自愿推崇跟从的先进模范人物。

“乡贤”一词最早出现在东汉，明朝建立乡贤祠，清朝开始有了乡贤志。

乡贤是国家给爱民、惠农、有政绩的官员，或者在某一领域为社会做出重大贡献、有公民道德影响力的人物的赞美词。后来，在乡村建设、风习教化、左邻右舍公共事务管理中威信很高的乡绅，也被大家称为“乡贤”。

由此，在漫长的历史发展中，逐渐形成了一种具有地域色彩、象征故土精神文明的窗口，也就是我们民间流传的一方水土、养一方人的乡贤文化。

随着乡贤的内涵不断丰富延伸，我们将发挥余热的还乡官员、耕读故土的书生农民、深入基层的扶贫干部和回报桑梓的儒商精英，等等，只要他们是全心全意为大家着想、致力于新农村建设的最美基层工作者，我们都可以称其为当代的新“乡贤”。

换而言之，乡贤就是守土有责、造福山水、尊老爱幼、抑恶扬善、正直诚信、遵法明理、乐于奉献的人，他们不但维护着村庄的社会治安，也潜移默化影响着村庄的文明，使田园生活风清气正、人们安居乐业。

另外，广义的乡贤既有本土人物，也有外出在异地对国家和人民做出优异成绩的人。

比如从古到今，我们耳熟能详的“二十四孝”中的第一孝虞舜、为治水三过家门而不入的大禹、东汉大儒王充、神医华佗、药王孙思邈、弘一法师李叔同、气象专家竺可桢、中国申奥功臣何振梁、水稻之父袁隆平……还有香港企业大慈善家田家炳、兰考县委书记焦裕禄、当代爱国科学家黄大年、甘为人梯的黄天骥、抗击非典的钟南山、奉献终生的卢永根、乡村振兴的领头雁王传喜…… 他们都是乡贤代表人物。

如果再拓展一下来环球扫描，我觉得救死扶伤的国际主义战士白求恩也是当之无愧的乡贤代表。

在这里，让我非常自豪也必须致敬的身边的好榜样有：长期致力公益事业的慈善家来辉武，高举红烛的呼秀珍老师，全国旅游形象大使、咸阳市乡贤文化协会发起人与践行者高春毅会长；还有我非常敬爱依然留守在故乡的许多老师，如儒雅博学的孟振民老师等等，以及我从不相识在各行各业做出了优异成绩的许多女士们和先生们。

在长武，还有一个我们心中公认的道德模范人物，即乡贤代表梁增基老人。他祖籍广东茂名，我相信他背井离乡的感人故事家喻户晓，惭愧的是我至今没有当面请教过他，非常希望这次回家能去拜访他，向他学习。

这些让我引以为荣的家乡亲人，家乡人民一定更加敬爱他们。另外，因为是回娘家与工作的关系，所以我有幸亲眼见证过第一书记高利萍女士的工作风采。今年3月中旬，省上民盟组织了一次公益活动，高春毅会长一行来到亭口红色故土，虽然当时我没有回来非常遗憾，但是我从此就知道了亭口的红色文化旅游做得非常好……

这里，我要特别解释一下，因为我的父母现在都在咸阳，我自己则是1989年就离开家乡，中小学时期都是由虎爸束之高阁、圈养读书，虽然生在农村但是不太熟悉农家人的生活方式，工作后也很少回家探亲，对于今天来交流学习的许多乡亲，包括许多乡贤代表，我无法一一说出大家的姓名，敬请乡亲多多包涵理解。

我希望通过本次文化活动，结识更多、更美的基层乡贤，向大家学习任劳任怨、以身作则的工作态度、人生故事与高尚情怀，给乡贤文化提供源源不断的精神食粮。

在此，请让我们一起向身边的榜样学习再学习、致敬再致敬、鼓掌再鼓掌。他们为群众送温暖、谋幸福、办实事，群众将他们也记在了心里。我更希望在故乡的土地上，涌现出更多的乡贤人物，时刻脚踏实地，用情描绘山水，赤心建设家园。

在这些举不胜举的乡贤身上，我们也不难发现他们都有一个共同的闪光点：朴素的平凡心、坚定的钢铁心、燃烧的红烛心。正是这样的一群人，他们在各行各业中尽职尽责、不计得失、永葆本色，不断展现新时期、新征程上的新思想与新成果，不断描绘乡村文明与人类进步的最新画卷。

由此看来，乡贤人物具有自然觉悟形成的人格魅力。乡贤不一定由党组织任命指派，但必须是群众公认的。乡贤的重量级别，与权力职务的高低和财富的多少不成正比。乡贤，其实就是行走在民间的中国精神最柔和、也最坚强的力量。

江山就是人民，人民就是江山。

水可以载舟亦可以覆舟。所以，乡贤文化的主心骨、关键词就是："讲仁爱、行上善、讲诚信、求和谐。"应用在新时期的领导干部身上，尤其是第一书记脱贫攻坚战里，就是把工作当乐趣、把百姓当亲人的人。

也就是说，现代新乡贤的品质特点表现在扶贫干部身上，就是埋头苦干，善于用自己的行动凝聚人心、促进和谐、养育文明、探索创新、深入村户、了解民情、通晓乡俗，时刻保持重民、亲民、爱民、护民、富民和利民的工作态度，牢记新农村建设我们要依靠谁、为了谁、属于谁的民本思想，自觉成为倡导乡贤文化的领路人。

主题二：乡贤，是维护生态和谐的先行者

记忆中，在我的家乡下雨时，亲人走的是泥泞池塘路，天晴时吃的是漫天飞舞的黄土；家乡人住的是破烂窑洞，许多村民衣不遮体、饭不饱肚，一年到头愁眉苦脸、眼泪汪汪。祖祖辈辈几乎与外界没有多少联系，群众的文化娱乐生活是一片空白，根本没有任何基础设施保障。

随着改革开放的进行，新农村建设大踏步，村村通起了乡间致富路；互联网连起了千家万户；电子商务解决了农副产品的滞销问题；农家乐、广场舞和村民文化中心、农家书屋随处可见。

精准扶贫送关爱，家家户户笑开怀。尤其是党的十九大再一次作出扶贫攻坚的重大部署，这是决胜全面建成小康社会的重大历史任务，也是新时代做好“三农”工作的及时雨和强心剂。

民以食为天。农家人听到了春天的畅想曲，我们要为好雨知时节而欢欣鼓舞。

十九大报告中提出，坚持农业农村优先发展，实施乡村振兴战略。农业、农村、农民问题是关系国计民生的根本性问题。

我们必须把“三农”问题解决好。2017年12月，中央农村工作会议明确实施乡村振兴战略的目标任务是：到2020年，乡村振兴取得重要进展，制度框架和政策体系基本形成；到2035年，乡村振兴取得决定性进展，农业农村现代化基本实现；到2050年，乡村全面振兴，农业强、农村美、农民富全面实现。

习近平总书记强调，任何时候都不能忽视农业、忘记农民、淡漠农村。中国要强，农业必须强；中国要美，农村必须美；中国要富，农民必须富。

世界大同，天下一家。小家无忧，国家安宁。虽然在国家精准脱贫、乡村振兴战略中，我们的衣食住行等物质生活层面发生了划时代的变化，但是，城乡一体化也带来了痛并快乐的现实问题。商业繁荣了，生态污染了；高楼林立了，土地减少了；钱袋鼓起了，诚信丢远了；借它山之石，传统精髓忘记了；雾霾光临了，健康困扰了。

苏丹红事件、三鹿奶粉事件、红黄蓝幼儿园事件和假疫苗事件，等等让人深恶痛绝。生态环境危机四伏的背后，是道德滑坡，诚信缺失，监管不力，黑心商人，唯利是图，让人深恶痛绝。恶有恶报，善有善报；不是不报，时间未到。积善人家有余庆，土豪治业难长久。

这些年，我去过苏州、青岛和桂林等全国各地许多村庄，在调研中看到改革发展中的红利共享，面对可喜的新生活、新农民与新变化，也发现有一些偏远地带成了无人监管的空心地：新建的校园，由于生源不足关闭了；新盖的住所，由于农民不愿意搬迁空置了……走进村庄，好像走进了老弱病残的留守所。再看看传统作坊后继无人的荒凉和遍体鳞伤的开采乱伐、河流干枯、空气污染，让人牵肠挂肚、思虑万千，一股乡愁情不自禁涌上心头。

夜深人静，暗暗思量。我们大多数人受传统观念的影响，认为出人头地就是必须离开农村进入城市，无论是读书还是工作，似乎只有跳出农门才能荣光耀祖。所以，当农村人口持续涌入城市时，一方面的确是给城市发展注入了生力军，另一方面又带来了城市各种隐患......配套资源与人口跟进出现倒挂时，闹心的买房摇号、上学摇号和车辆限购、限行等问题，无不困扰着围城里的人们。

摇摇摇，摇啊摇，摇到何时了？为了繁荣，我们用村庄里的清风、明月、鸟语换来灯火辉煌的环境污染，坐在瓷片、钢筋和水泥构建的高楼里，有谁不怀念远去的外婆桥？

村庄的学校门可罗雀，城市的课堂人满为患。面对城乡教育资源不均衡的现状，相关部门也开始反思并解决问题。改变留守村庄文化落后的现状刻不容缓。让德才兼备的青壮年重返家园，激发大家饮水思源的恋乡情感，呼吁乡贤做建设新农村的领头雁与打造青山绿水的守护神，渴望一批批新乡贤进入田间地头、走上媒体报端，形成乡村振兴的希望线。

美化家园，创新乡贤文化，必须以乡情、乡愁为纽带，吸引各方游子回家，号召各界人士支持家乡发展，倡导乡村养善、育德的文明之风。

乡村振兴，耕读为本。小时候，我们因为喜欢童话才知道丹麦这个国家。长大后，我们因为读书、收看新闻，才知道了更有趣的环球旅游胜地。读万卷书，行万里路。一个人的修养越高，内心越善良。善良的心，就是黄金。英国有一句名言：宁可失去英伦三岛，也不能失去莎士比亚。因为文化的底气，让人的内心充满贵气、勇气和骨气，不以物喜，不以己悲，不染杂尘，不迷方向。

一本名著、一位作家、一部电影、一篇美文，或许在不经意间就很可能给一个地方带来旅游热点与经济繁荣。文化从来没有国界和种族的划分，文化是不需要真枪实弹的软实力，但其穿透力可以遍布全球、影响历史、跨越时空。

我写过一首散文诗叫《长武是个好地方》。故乡的人、故乡的事、故乡的风景在我眼里具有原生态的美，纯真独特、天蓝地美、鸟语花香，尤其是背水沟、马坊水库和南塬水库，这些山水里有多少神秘、浪漫和唯美的故事值得挖掘出来。

记得十年前，我做记者的时候，当时长武县文化旅游局的局长是解仁强先生，他邀请我回来过一次，因为单位采访任务繁重、公务太多，我待了大半天就回咸阳了。后来，只要能回家乡哪怕是待半天，我最爱走的一条乡村小路，就是红星林场通往南塬的路。还有一次，值班时接到新闻热线，当我带着记者翻山涉水到小安村后，又没见到女主人，但是，从村民口里知道时任县委书记的李晓静女士已经急民所急、解决了孩子入学难的问题。

言归正转，话说林场。这里云帆雾海，变幻莫测，让人神清气爽。这是一条有我少女记忆的路，这是一条见证故乡旅游文化发展的幸福之路。走过千山万水，看过人间天堂，这里是我心中最美的一条风景线。我希望这条路能与柳园连接起来，打造玩在县城、走在乡间、吃在农家、住在窑洞、钓在水库、骑在马背、学在热土的长武乡愁旅游文化胜地。

精准扶贫，文化先行。坚持乡村全面振兴，要充分尊重广大农民的文化意愿，激发广大农民参与文化的积极性、主动性和创造性，激活乡村振兴的内动力，让广大农民在秦腔社火、皮影秧歌、敲锣打鼓和吹拉弹唱中，拥有更多自愿融入的获得感、幸福感、安全感和满足感。

勤劳致富，与时俱进。我们要创新城乡融合发展的机制，依托现代“互联网+”，不断促进农村产业链融合发展，大力培育新型经营主体产业，不断开创乡村振兴与文化育民、旅游惠民的新局面。

重视乡贤德育文化，也有利于解决当下城乡发展不平衡和农村文化贫乏的问题。同时，我们应该深刻认识到，乡村振兴不仅仅是经济振兴、生态振兴、社会振兴，更需要乡贤文化的注入振兴。

自古以来，乡贤文化是开启乡村文明的爱心锁。在乡村振兴过程中，我们更应该重视乡贤文化的发展平台，用乡贤来点亮乡村好风气的长明灯。

留住青山绿水，就是留住生态和谐的金山银山。功在当下，造福后代。守望乡愁，就是不忘养育我们的亲人。热爱乡贤文化，就是树高千尺也离不开根。用实际行动来回报家乡，已经是新时代赋予我们的社会责任。

主题三：乡贤，是高扬乡村文明的发言人

上学时，老师教我们要“胸怀天下，情系苍生。”入党时，我们宣誓：对党忠诚，积极工作，为共产主义奋斗终身。十八大以来，习近平总书记在多次讲话中谈及“修身、齐家、治国、平天下”的家国情怀。

谈起家国情怀，我个人认为，一个优秀的人，一定爱亲人、爱朋友、爱单位；再说远大一点，也就是必须爱群众、爱社会、爱人类。但是，现实生活中也有一些人本末倒置、急功近利，对自己亲生父母横眉冷对、横加指责，却对上级领导点头哈腰、唯命是从，这类人从不关心年迈的父母生计问题和身心康乐，甚至不愿意承担赡养老人的义务；也有一些人热衷于假大空的社交圈，或者违法经营，腰缠万贯、香车宝马，只是到处显摆、炫富给父老乡亲看……

生活是什么？挣钱为什么？育儿为什么？事业干什么？我想关于人为什么活着、我们该怎样活着才有意义的思考，每个人心中的答案也一定是不一样的。

老吾老以及人之老，幼吾幼以及人之幼。尊老爱幼，是中华民族的传统美德。百善孝为先。让我们以凡人善举之心，至真至爱从自己身边做起，爱家人、爱亲友、爱事业。这样的爱，纯真甘甜，表里如一，好像涓涓细水，汇成大海，万古长流，滋润心灵，福泽后人。

乡村振兴需要法律保驾护航。2018年的中央一号文件提出，要把行之有效的乡村振兴政策法定化，《乡村振兴法》有望在2020年之前正式发布。届时，可以更好地保障乡村振兴所需要的土地、资金和人才等要素的落实。

走转改，接地气。我们应该向农村迈进，支持新农村建设，在广阔的天地里大展才华，让各行各业的乡贤引领乡村振兴，实现质量发展、绿色发展、融合发展、创新发展，让重大前沿颠覆性科学技术与乡土文化在民间成功对接，生根发芽，开花结果。

文官告老还乡，武将解甲归田。这是生命的基本规律。如今，少小离家老大回，由于长期在外，反认他乡是故乡。许多出门在外的新乡贤，几乎不再适应农村的生活习惯，许多人没有居所也就缺少归属感。回家发挥余热，意味着要克服种种困难，甚至牺牲退休疗养的舒心生活。因此，如何吸引新乡贤反哺故里，我想结合自己这些年的调研活动与采访采风所见所闻，谈一谈个人不成熟的建议，供大家在实际工作中参考：

第一，政府应该加大出台相关政策，让身有一技、资金雄厚的在外新乡贤回归有安全感和成就感，让他们回到家乡肩负重任、有所担当，给他们施展能力的社会大舞台与鼓励机制。

第二，解决好新乡贤回归后的医疗、住行等后顾之忧。帮助他们建立畅通的亲情平台，营造人人爱乡贤、学乡贤、敬乡贤的环境，树立争当乡贤的好风气。

第三，新乡贤回家也要从实际出发，理解政府，坚决不能给亲人添麻烦、提过分要求；新乡贤应该俯下身子、找到金点子、栽好梧桐树、引来金凤凰、建造智慧库；新乡贤更应该忠诚守信，办事公道，有强烈的责任心与感恩心，吃苦在前，发挥自身优势，带领乡亲踏上致富的高铁大道。

第四，要坚持通过致富光荣榜，层层评选乡村的好媳妇、好公婆、好村民等最美道德模范人物。让他们形成一股正气，化解邻里矛盾、稳定基层关系，促进农村发展。

第五，能请回来也要能走出去，建立新乡贤人才库，聘请他们担任决策智囊团主要成员，充分发挥其人脉资源与外界沟通的桥梁作用，在本土山水、风俗习惯、饮食特产和历史文化里寻找旅游新理念，有特色、不模仿、不落伍，做大做强旅游文化的大蛋糕，吸引游客、吸引游子、吸引创业、吸引资金、吸引智慧、吸引人气。

第六，百年大计，教育为本。知识的沉淀积累，是真金白银换不来的宝库，我们应该从娃娃抓起、重视学前教育，尤其是思想品德教育，树立正确的人生观，大力培养乡贤文化的后备军。

学无止境。文化与文凭也没有必然的关系，民间才是有大学问的地方。没有钱不可怕，没有名也不可怕，但是没有文化的乡土，经济建设一定是空架子，走不远。所以，我也建议就地取材，返聘愿意发挥余热的科技、教育、医疗与法律工作者，支持他们创办书香小院、惠民诊所、科技和文化讲坛，充分挖掘本土人才资源，调动乡贤投入新农村建设的热情。

乡贤文化，精深博大。

战火年代需要英雄，和平年代需要乡贤。乡村振兴正当时，时代呼唤新乡贤。

我也向故乡表个态，如果学有所用，一定义不容辞。

亲爱的家人，女士们、先生们，大地林茂从来都不忘记绿叶的深情，天涯海角挡不住回家的脚步，鸿雁高飞也有南来北往的影子……今天，我们在这里谈乡愁、叙乡情、讲乡贤文化，其目的就是希望家乡的亲人，群策群力，同舟共济，众手浇艳花开富贵的平安家园。

愿大家常回家走亲串友，愿父老乡亲多与儿女拉拉家常话，愿政通人和大家多说心里话，让我们共同敲开致富的大门，一起助力故乡文化、教育和产业的振兴。

最后，请让我代表咸阳市乡贤协会和陕西省文化传播协会的各位领导和同志们，祝愿家乡的明天更美好！愿亲人们身心快乐安康，永远行走在蓝天白云下，生活在青山、绿水和花海里。

谢谢大家！

2018年8月2日

注：此稿也是作者荣获国家艺术基金培养后，首次参加中央文化管理干部学院的论文核心稿

图书在版编目（C I P）数据

湖岸记事 / 赵常丽著. -- 西安 : 西北大学出版社，2018.8
ISBN 978-7-5604-4240-2

Ⅰ. ①湖… Ⅱ. ①赵… Ⅲ. ①散文集－中国－当代 Ⅳ. ①I267

中国版本图书馆CIP数据核字（2018）第205732号

湖岸记事

作　　者　赵常丽
整体设计　陕西智联鑫文化传媒有限公司
出版发行　西北大学出版社
经　　销　新华书店
印　　刷　陕西向阳印务有限公司
开　　本　1/16
字　　数　230千
印　　张　19
版　　次　2018年8月第1版　2018年8月第1次印刷
书　　号　ISBN 978-7-5604-4240-2
定　　价　68.00元

版权所有　翻印必究
如有印装质量问题，请与本社联系调换
联系电话：029-88302966